AS SOMBRAS DO MAL

GUILLERMO DEL TORO

AS SOMBRAS DO MAL

AS FITAS DE BLACKWOOD • VOLUME 1

TRADUÇÃO DE STEPHANIE FERNANDES

CHUCK HOGAN

intrínseca

Copyright © 2020 by Guillermo del Toro e Chuck Hogan
Copyright da capa © 2020 by Hachette Book Group, Inc.
Publicado mediante acordo com Grand Central Publishing, Nova York, NY, EUA.
Todos os direitos reservados.

TÍTULO ORIGINAL
The Hollow Ones: The Blackwood Tapes (Vol.1)

PREPARAÇÃO
Ana Guadalupe

REVISÃO
Ulisses Teixeira

DIAGRAMAÇÃO
Ilustrarte Design e Produção Editorial

DESIGN DE CAPA
Will Staehle

ADAPTAÇÃO DE CAPA
Anderson Junqueira

CIP-BRASIL. CATALOGAÇÃO NA PUBLICAÇÃO
SINDICATO NACIONAL DOS EDITORES DE LIVROS, RJ

T639s

    Toro, Guillermo del, 1964-
        As sombras do mal : as fitas de blackwood / Guillermo del Toro, Chuck Hogan ; tradução, Stephanie Fernandes. - 1. ed. - Rio de Janeiro : Intrínseca, 2021.
        320 p. ; 23 cm.   (As sombras do mal ; 1)

    Tradução de : The hollow ones: the blackwood tapes (book 1)
    ISBN 978-65-5560-011-7

    1. Ficção mexicana. I. Hogan, Chuck. II. Fernandes, Stephanie. III. Título. IV. Série.

20-67527   CDD: 868.99213
                                            CDU: 82-3(72)

Leandra Felix da Cruz Candido - Bibliotecária - CRB-7/6135

[2021]
Todos os direitos desta edição reservados à
EDITORA INTRÍNSECA LTDA.
Rua Marquês de São Vicente, 99, 3º andar
22451-041 – Gávea
Rio de Janeiro – RJ
Tel./Fax: (21) 3206-7400
www.intrinseca.com.br

CH:
Para Richard Abate

GDT:
Para Algernon Blackwood, Lord Dunsany e Arthur Machen

Leitores atentos vão identificar em nosso personagem principal uma homenagem a um dos escritores que mais admiramos e o criador do subgênero "detetive do sobrenatural", Algernon Blackwood. Embora alguns rituais religiosos aqui descritos tenham sido adornados para aprimorar efeitos narrativos, quaisquer erros nos fatos apresentados não foram propositais. É muito importante, contudo, ressaltar que o roubo de túmulos em Nova Jersey para fins relacionados ao ocultismo não é de todo ficção ou coisa do passado. Está acontecendo. Agora mesmo.

PRELÚDIO: A CAIXA

Bem no vão entre dois prédios do Distrito Financeiro de Manhattan — a saber, entre os números 13 e 15 da Stone Street —, encontra-se uma propriedade muito estreita, cujo endereço oficial é Stone Street, número 13 ½.

Com cerca de um metro e vinte de largura e nove de altura, e uma fachada de pedra ao estilo colonial que ocupa o espaço entre os prédios, a propriedade não tem nenhum propósito aparente senão o de amparar uma caixa de correio bastante comum, feita de ferro fundido, aos moldes da era eduardiana.

A Caixa não tem adornos, nem qualquer característica marcante além de uma grande abertura para envelopes, e não conta com portinhola ou chave para a retirada da correspondência nela depositada.

Atrás da Caixa, há uma cunha maciça de pedra e argamassa.

A escritura desse ínfimo mistério urbano data do período colonial holandês, e os impostos são pagos à risca pela firma Lusk e Jarndyce desde 1822. Antes disso, os registros da propriedade constam apenas em referências, mas tudo dentro da legalidade.

A mais antiga menção à Caixa de que se tem registro remonta a um panfleto na cidade, à época ainda conhecida como Nova Amsterdã. "O mais completo relato das vicissitudes de Jan Katadreuffe e sua Virtuosa Ascensão Final ao Reino do Nosso Senhor."

O referido panfleto, publicado por Long e Blackwood em 1763, em formato de fólio e com quatro páginas, conta a história de um próspero comerciante de especiarias que faz um pacto com um demônio para assegurar a chegada de seus navios e carregamentos.

Os navios aportam bem, mas, pouco tempo depois, um espírito ímpio aparece, instaura o caos e passa a torturar o comerciante todos os dias ao cair da noite, mordendo-o brutalmente, arranhando suas costas e montando em seu corpo feito jóquei, enquanto a pobre alma se lamuria, em estado de miséria e desgraça, e comete atos pecaminosos de extrema violência.

Na tentativa de ajudar, um fiel não ordenado apresenta a um padre uma possível solução:

"... Na High Street, a caixa de ferro
Acolhe as aflições mais vis.
Uma carta selada leva o nome Blackwood.
E em quinze dias ele há de vir..."

Para o padre, o louvor a Deus e os sacramentos são as únicas soluções possíveis. Katadreuffe paga por uma litania e é liberto de seu tormento poucas horas antes de falecer, purificado.

Uma pequena e singela lápide eterniza a partida do comerciante. Na lateral da Igreja da Trindade, em Manhattan, na Rector Street, lê-se o epitáfio:

"Aqui jaz o corpo de Jan Katadreuffe, mercador de especiarias e madeiras.
Faleceu ao 16 d'outubro de 1709
Aos 42 anos de idade.

Contempla a tua passagem.
Pois o que és agora
Fui ontem,

AS SOMBRAS DO MAL

E O QUE HOJE SOU, NÃO DEMORA,
SERÁS TAMBÉM.
PREPARA-TE PARA A MORTE E VEM..."

Ao longo dos séculos, o endereço da Stone Street, número 13 ½, resistiu a incontáveis litígios: zoneamento, corporações e muito mais. Cada uma dessas batalhas legais foi vencida com muito custo. E assim permanece a Caixa: um mistério à luz do dia. Quase todo mundo passa por ali sem notar.

Dez anos atrás, uma grande seguradora que ficava do outro lado da rua instalou três câmeras de segurança. Um observador atento poderia afirmar que, embora algumas poucas cartas sejam postadas na Caixa — uma correspondência a cada três semanas, aproximadamente —, ninguém as recolhe, e a pequena caixa de correio nunca chega a transbordar.

A respeito desse ínfimo mistério, ao menos um fato é corroborado repetidas vezes com o passar das décadas: toda correspondência que postam na Caixa é de caráter urgente — um pedido desesperado de ajuda — e todo envelope, sem exceção, traz o mesmo nome:

"Ilmo. Sr. Hugo Blackwood".

2019. NEWARK, NOVA JERSEY

Odessa deixou o cardápio de lado e olhou ao redor da lanchonete Soup Spoon em busca do menu do dia. Lá estava, em um quadro branco próximo ao balcão da recepcionista, escrito em letra de forma com canetinha vermelha. Algo na caligrafia desenterrou uma lembrança esquecida de seus dias na Academia do FBI em Quantico, na Virgínia.

Diante do auditório, um palestrante de Ciências Comportamentais escrevia definições de homicídio com uma pilot vermelha que chiava ao tocar o quadro.

A classificação, explicou o palestrante, nada tinha a ver com os homicídios propriamente ditos — gravidade, método ou modo —, mas com o período de inatividade entre as mortes.

— A marca registrada do Assassino em Série é o ciclo. Semanas, meses ou até anos podem se passar entre os crimes.

"O Assassino em Massa age em um único cenário, dentro de um período limitado, chegando a um mínimo de quatro homicídios em rápida sucessão, com pouco ou nenhum tempo de inatividade entre eles.

"O Assassino Relâmpago mata em múltiplos cenários, geralmente num curto período, e o ataque pode durar de uma hora a vários dias ou semanas. Relacionado: Assassino de Massacre ou Chacina, uma única pessoa que tira muitas vidas em um único evento homicida."

As últimas duas definições davam margem para sobreposição. Um caso difícil de classificar — em geral, considerado a primeira chacina nos Estados Unidos — tinha acontecido a apenas cento e dez quilômetros ao sul da lanchonete onde ela se encontrava.

No dia 6 de setembro de 1949, o veterano de guerra Howard Unruh saiu da casa da mãe em Camden, Nova Jersey, vestindo seu melhor terno e uma gravata-borboleta listrada. Tinha vinte e oito anos de idade. Ele havia discutido com a mãe durante o café da manhã, o que levou a mulher a correr para a casa dos vizinhos em desespero, dizendo-lhes que temia que algo terrível estivesse prestes a acontecer.

Unruh chegou ao centro da cidade armado com uma pistola Luger alemã, portando trinta cartuchos de nove milímetros. Em um intervalo de doze minutos, matou treze pessoas e feriu outras três. Entre as cenas do crime estavam uma farmácia, uma barbearia e uma alfaiataria. Embora tenha sido comprovado que o desejo de matar era premeditado — mais tarde, descobriu-se que Unruh mantinha um diário com uma lista de inimigos —, suas vítimas eram um misto de alvos preferenciais e pessoas que tiveram o azar de cruzar seu caminho naquela manhã ensolarada de quinta-feira. Tanto as vítimas quanto as testemunhas descreveram o olhar de Howard como absorto, atordoado.

Para qualquer pessoa que não seja um profissional da lei, pouco importa a classificação do crime. O único fato que realmente importava, no caso, era que, por mais de sessenta anos, a matança de Unruh manteve o posto de pior chacina de Nova Jersey.

Isto é, até a noite em que Walt Leppo pediu bolo de carne.

— É feito na hora? — perguntou Walt para a jovem garçonete depois de voltar do toalete.

— Mas é claro! — respondeu ela.

— Você pode me fazer um favor, então? Pode ver se talvez tenha sobrado uma ou duas fatias da hora do almoço? De preferência mantidas sob uma lâmpada de aquecimento por algumas horas? Bem sequinhas, com as bordas torradas?

A garçonete ficou olhando para Walt, sem saber se aquilo era uma brincadeira. Ela devia estudar em uma das faculdades de direito das redondezas. Odessa terminara seu terceiro ano de direito a muito custo, trabalhando como garçonete em Boston, e se lembrava muito bem do desconforto que sentia quando certos clientes faziam pedidos bizarros, quase fetichistas. Geralmente eram homens solitários, que pareciam querer escolher mulheres no cardápio, e não só comida.

A garçonete olhou de relance para Odessa, sentada de frente para Leppo, e a agente lhe ofereceu um sorriso encorajador, na esperança de acalmar a jovem.

— Vou dar uma olhada — disse ela.

Walt agradeceu, então fechou e devolveu o cardápio.

— Ah! E prefiro as fatias da ponta.

A garçonete se retirou com os pedidos. Walt comentou com Odessa:

— Na minha época, chamávamos as fatias da ponta de "bundinha".

Ela respondeu com um meneio, fingindo interesse, e disse, num tom descontraído:

— Bundinha, é? Seu tarado...

Walt deu de ombros.

— Só porque gosto de bolo de carne do jeito que a minha mãe fazia?

— Meu Deus! Fixação oral, ainda por cima.

— Sabe de uma coisa, Odessa? Tenho uma novidade para você: tudo pode ser sexualizado. Tudo. Até bolo de carne, pelo visto.

— Aposto que você gosta de torrada queimada também.

— Parecendo carvão. Mas, escuta, você não recebeu o memorando com as regras? Os novatos não podem analisar os agentes veteranos, sabia?

Ambos se viraram quando os primeiros pingos de chuva começaram a tamborilar na janela panorâmica da fachada da lanchonete.

— Só me faltava essa — comentou Leppo.

Odessa deu uma olhada no celular. O aplicativo de previsão do tempo mostrava uma massa de precipitação em tons de jade e menta se aproximando de Newark, feito uma nuvem de gás tóxico. Ela virou a tela para Leppo poder ver. Seu guarda-chuva estava trancafiado junto a uma espingarda Remington 870, calibre doze, no porta-malas do Impala deles, estacionado a meio quarteirão dali.

— Típico temporal de Jersey — disse Leppo, desdobrando o guardanapo. — É que nem dar banho em cachorro no banheiro de casa. Fica tudo encharcado e nem um pouco limpo.

Mais uma das "teorias de Leppo". Odessa deu uma risadinha sem tirar os olhos da janela, que era gradativamente metralhada pelos pingos de chuva. As poucas pessoas do lado de fora começavam a apertar o passo com um senso impreciso de urgência.

Tudo se acelerava.

No exato momento em que Leppo fazia perguntas sobre o bolo de carne (conforme linhas do tempo posteriores viriam a corroborar), a quase vinte quilômetros ao norte de Newark, Evan Aronson estava na espera de uma chamada com a operadora de seu plano de saúde, ao som de soft rock dos anos 1970, aguardando para questionar a sobretaxa de uma visita recente ao pronto-socorro. No encontro de dez anos de formados com os amigos da faculdade, semanas antes, ele tinha distendido o bíceps esquerdo tentando repetir a tradicional corrida sobre banheiros químicos, que costumava organizar com os amigos da fraternidade durante as madrugadas. Ele decidira pegar no colo um amigo, Brad "Bomba" Bordonsky, ainda que ele tivesse ganhado quatorze quilos desde a formatura.

Enquanto aturava mais um sucesso da banda Styx, Evan tirou os olhos de sua mesa na sala de voos fretados do Aeroporto Teterboro e observou um Beechcraft Baron G58 novinho em folha taxiar no hangar de aviação particular mais próximo. O piloto, um homem alto, em torno dos cinquenta anos, desceu da cabine da aeronave bimotor de um milhão de dólares. Vestia uma calça de moletom cinza, um pulôver de manga comprida e sandálias, e desapareceu dentro do hangar, deixando os motores do avião ligados. Um funcionário do hangar trocou algumas palavras com ele e então se afastou.

Pouco depois, o homem voltou segurando uma chave inglesa enorme.

Os pilotos, sobretudo os proprietários de aviões, geralmente não consertavam as próprias aeronaves, ainda mais quando havia dois motores de trezentos cavalos rodando e hélices girando mais rápido do que a visão humana é capaz de acompanhar. Evan se levantou para enxergar melhor. Estava com o braço esquerdo em uma tipoia e, com a mão direita, segurava o gancho do telefone, conectado por um fio à base de sua mesa.

Sob o zunido da turbina, ele ouviu um estouro — e ao mesmo tempo um ruído de trituração.

Evan escutou o barulho de novo, e dessa vez estava com dificuldade para ver o piloto, que aparentemente trabalhava atrás da fuselagem do Beechcraft. O homem contornou a asa mais próxima, e Evan o viu desferir um golpe de chave inglesa contra a luz de navegação. A vedação das lâmpadas se rompeu com o impacto; o revestimento de plástico vermelho se despedaçou, espalhando estilhaços pelo asfalto; e a luz se apagou.

Evan não conteve o susto, de tão obsceno que era aquele ato de violência contra a aeronave de milhões de dólares. Ele esticou o fio do telefone ao máximo. O embalo suave de "Lady" oferecia um contraponto esquisito à cena do proprietário do avião vandalizando o próprio patrimônio.

Os jatinhos privados de luxo eram paparicados como animais de estimação e conservados à risca, como carros de corrida. O que aquele homem estava fazendo era o equivalente a arrancar os olhos de um cavalo puro-sangue com uma chave de fenda.

Aquele não era o proprietário, presumiu Evan, não podia ser. Alguém estava causando danos de milhares de dólares à aeronave... talvez fosse um roubo.

— Sr. Aronson, estou com a sua ficha aqui na minha frente... — disse o representante da seguradora, mas Evan se viu obrigado a soltar o bocal, deixando-o quicar no chão. Saiu correndo do escritório, sob os pingos cortantes de chuva gelada, olhando de um lado para outro, na esperança de que alguma outra pessoa estivesse vendo aquilo e pudesse ajudá-lo.

O homem alto terminou de destruir a última lâmpada, deixando a aeronave envolta em escuridão. Uma tênue iluminação de emergência servia de contraluz.

— Ei! — berrou Evan, acenando com seu braço bom.

Ele se aproximou um pouco, gritando "Ei" sem parar, tanto para o homem alto quanto para todas as direções, na esperança de chamar a atenção de alguém com dois braços funcionais.

Um funcionário do hangar se aproximou do piloto e tentou contê-lo. Com três golpes de chave inglesa, o homem alto afundou o lado direito da cabeça do funcionário — o ataque durou poucos segundos. O funcionário desabou e ficou estirado no chão, tomado por espasmos agonizantes.

O piloto se agachou e deu conta do restante do crânio, como um homem das cavernas terminando de matar a presa.

Evan sentiu tanto medo que congelou. Sua mente não estava conseguindo processar tamanha violência.

O piloto largou a chave inglesa, fazendo ecoar um baque, e seguiu andando em torno da asa esquerda, perigosamente perto da hélice. Por fim, subiu pela asa e se acomodou na cabine de vidro.

A aeronave deu um solavanco e começou a se mover.

A única iluminação restante era a luz da aviônica da cabine, um painel em LCD Garmin G1000 verde e azul, que, para Evan, fez com que o piloto parecesse um alienígena.

Estava hipnotizado pelo olhar vazio do homem.

Com um movimento mecânico, o piloto se agachou para pegar algo na cabine, abaixo da linha de visão de Evan. De repente irrompeu uma explosão de ruídos e um fogaréu, estilhaçando a janela direita da aeronave. Os tiros de uma AK-47 perfuraram o corpo de Evan como pregos quentes. Seus joelhos cederam, e ele caiu de cabeça no asfalto, perdendo a consciência na hora.

Enquanto o Beechcraft apagado taxiava, Evan sangrou até morrer, em paz.

Odessa pediu bife com salada. Sem cebola, porque não queria passar a noite toda com o gosto na boca. Pediu café, porque estavam no meio do expediente e porque é isso que agentes do FBI bebem.

— Você sabia — disse Leppo, assim que a garçonete se afastou da mesa — que tem mais rastros de fezes humanas em cardápios do que em qualquer outro lugar de um restaurante?

Odessa pegou uma garrafinha de álcool em gel na bolsa e colocou-a na mesa como se movesse uma peça de xadrez.

Leppo gostava dela, Odessa sabia disso. Ele tinha uma filha já adulta, e via um pouco dela na colega mais jovem. Gostava de mantê-la sob sua asa. Não havia parceiros designados no FBI. Leppo queria lhe mostrar o caminho das pedras, ensinar-lhe "o jeito certo" de fazer as coisas. E ela queria aprender.

— Meu velho passou trinta anos vendendo utensílios de cozinha pelos cinco distritos de Nova York, até que o coração dele não aguentou mais — contou o agente. — E ele sempre dizia, e talvez essa seja a lição mais importante que vou ensinar a você no seu terceiro ano de agência, que o maior indício de um restaurante limpo é o banheiro. Se o banheiro estiver em ordem, pode ficar tranquila que a área de preparo da comida também é segura. Sabe por quê?

Ela tinha um palpite, mas era melhor deixá-lo concluir a pregação.

— Porque o mesmo imigrante chileno ou salvadorenho mal pago que limpa os banheiros também limpa a cozinha. Toda a indústria de serviços alimentícios, talvez toda a civilização, ouso dizer, depende do desempenho desses trabalhadores da linha de frente.

— Os imigrantes sempre dão conta do serviço — falou Odessa.

— São heróis — concordou Leppo, propondo um brinde com a xícara de café. — Só podiam dar um jeito de limpar melhor os cardápios.

Odessa sorriu, mas logo depois sentiu gosto de cebola na salada e fez cara feia.

* * *

A primeira chamada de emergência veio de Teterboro, dizendo que um jatinho particular havia decolado sem autorização da torre. A aeronave fizera uma curva inclinada para o leste, sobre o distrito de Moonachie e a rodovia I95, rumo ao rio Hudson. O avião, que se presumia ter sido roubado, voava em um padrão errático, subindo e descendo milhares de metros de altitude, por vezes fora do raio de alcance dos radares.

A Autoridade Portuária de Nova York e Nova Jersey emitiu um alerta de emergência. Fecharam o Aeroporto Teterboro, seguindo os regulamentos da Administração Federal de Aviação, suspenderam todos os voos pendentes e redirecionaram o tráfego de entrada para o Aeroporto Municipal de Linden, um pequeno aeródromo ao sul de Nova Jersey, mais usado para passeios turísticos de vista panorâmica e viagens de helicóptero.

A primeira chamada de emergência feita por um cidadão veio do operador de um rebocador no rio Hudson, a um ou dois quilômetros da ponte George Washington. Ele alegou ter visto um avião com as luzes apagadas voar bem baixo, entre o barco e a ponte, "fazendo uns estalos" em meio à chuva. O operador disse que soou como se o piloto tivesse atirado rojões em seu barco, e ficou com medo de ser o "começo de outro 11 de Setembro".

A segunda chamada de emergência veio de um executivo de moda que estava a caminho de casa, em Fort Lee, passando pela ponte George Washington, quando reportou ter visto "um grande drone" voando na direção do Upper West Side, em Manhattan.

A isso se seguiu uma enxurrada de chamadas de emergência dos residentes da ilha, alegando que uma aeronave tinha passado rente a seus prédios residenciais ou locais de trabalho. O avião foi visto sobre o Central Park, beirando a Quinta Avenida, na direção sul, mas era difícil acompanhá-lo, já que voava às escuras. O padrão de chamadas delineou uma rota de voo diagonal pelo sul de Manhattan, sobre o Greenwich Village, e depois de volta para o rio Hudson.

AS SOMBRAS DO MAL

A balsa de Staten Island estava fazendo sua travessia à vista da Estátua da Liberdade quando o Beechcraft deu um rasante sobre a popa da embarcação. As únicas luzes visíveis eram as explosões no cano do rifle automático que atirava pela lateral direita da cabine. Projéteis acertaram o casco laranja da balsa MV *Andrew J. Barberi*, e alguns chegaram até a estilhaçar as janelas da área da tripulação. Dois passageiros foram baleados, mas nenhum ficou em estado grave. Dezessete passageiros sofreram ferimentos mais sérios durante a onda de pânico que se seguiu, obrigando a balsa a dar meia-volta e retornar ao terminal sul de Manhattan.

Mais tarde, três furos de projéteis foram encontrados no revestimento de cobre da coroa e da tocha da Estátua da Liberdade, mas não houve registro de feridos no monumento.

O Beechcraft fez uma curva fechada a oeste, retornando ao espaço aéreo de Nova Jersey. Foi visto sobre a cidade de Elizabeth, rumo a Newark, a cidade mais populosa do estado, cortando a chuva noturna.

O aeroporto internacional de Newark também foi fechado, e o tráfego, desviado.

Surgiram relatos de uma segunda aeronave sobre a região sul de Nova Jersey, mas logo foi confirmado que se tratava de avistamentos do mesmo veículo.

Em alguns momentos a altitude do Beechcraft chegava a trinta metros. De uma estrada, um passageiro de ônibus muito observador conseguiu ver o prefixo na fuselagem do avião e notificou a polícia estadual por mensagem de texto.

Dois jatos de combate F-15 decolaram da Base da Guarda Nacional do Ar de Otis, em Cape Cod, e voaram até Manhattan a uma velocidade supersônica.

Sirenes policiais invadiram a noite por toda a área de Newark, com viaturas correndo até os locais de avistamento da aeronave, mas a mobilização terrestre municipal foi completamente ineficaz. Em poucos minutos, o avião foi visto sobrevoando a ponte Pulaski Skyway, depois o bairro de Weequahic, depois a baía de Newark e, por fim, o MetLife Stadium, no Complexo Esportivo de Meadowlands.

— Que tal o bolo de carne? — perguntou Odessa.
— É o melhor que já comi — respondeu Leppo, de boca cheia.

Odessa balançou a cabeça e riu, depois acenou com a xícara de café vazia para a garçonete. Ela ia precisar da cafeína. Os dois estavam trabalhando em um grande escândalo de corrupção envolvendo Cary Peters, ex-subchefe do gabinete do governador de Nova Jersey. Peters tinha deixado o cargo três meses antes, em uma aparente tentativa de refrear as autoridades e impedir que a investigação prosseguisse. O trabalho em campo tinha começado a esfriar havia pouco tempo. O escândalo que se seguiu revirou a vida pessoal de Peters, bem como a profissional. (Receber um reembolso de 1.700 dólares do fundo de campanha do chefe por uma noite na boate Scores dava nisso.) O sacrifício que tinha feito pelo governador estava custando caro. Enxames de repórteres de noticiários e tabloides rodeavam a vida dele, de sua esposa e de sua família, alardeando cada detalhe da separação caótica do casal. A coisa ficou tão feia que a cidade de Montclair, onde moravam, estabeleceu uma zona de estacionamento proibido no entorno da casa de Peters, seguindo o conselho do departamento de polícia, para manter a imprensa fervorosa afastada. Desde então, Peters estava entrando em parafuso, chegando ao ponto de ter sido preso por dirigir embriagado no começo do mês. Um portal de notícias on-line deixou um timer correndo na página principal, estimando quantos dias levaria para Peters se dar por vencido e firmar um acordo com a promotoria para salvar a própria pele, entregando o governador antes que o escândalo tomasse novas dimensões.

Para o FBI, sobretudo para Leppo e Odessa, a investigação tinha passado para o estágio da papelada. A sede do FBI na Claremont Tower trabalhava dia e noite com documentos recém-disponibilizados pela Assembleia Legislativa e pelo comitê da campanha do governador. Odessa e Leppo tinham passado as últimas quatro noites lendo e-mails, acordos contratuais e relatórios de gastos. Grande parte do trabalho investigativo na moderna era digital se resumia a análises forenses computacionais e à decodificação do extenso volume de pegadas e vestígios digitais que todos deixam.

É por isso que o FBI gosta de contratar advogados.

O jantar naquela espelunca — em uma região decadente de uma das cidades mais perigosas dos Estados Unidos —, era o único respiro de Odessa em meio ao árduo trabalho burocrático do expediente noturno. Com isso em mente, ela seria capaz de escutar Leppo falar de boca cheia a noite toda.

Os celulares dos dois, ambos com a tela virada para a mesa, começaram a vibrar ao mesmo tempo. Os agentes logo se prontificaram a olhar o que era, pois sabiam que, quando seus celulares chiavam ao mesmo tempo, nunca era coisa boa.

Para a surpresa deles, não era uma mensagem de trabalho. Era um alerta de notícia do *New York Times*. Um avião sequestrado em Teterboro estava atormentando Manhattan, com relatos ainda não confirmados de tiros vindo da cabine do piloto. Atualizações em tempo real se acumulavam abaixo da manchete. Ao que tudo indica, a aeronave tinha cruzado o rio Hudson. O avistamento mais recente fora perto de Newark.

— Merda! — exclamou Leppo.

Ele abocanhou um pedaço enorme do bolo de carne enquanto tirava o guardanapo do colo. Odessa entendeu que seu café precisaria esperar. Era sempre melhor agir o quanto antes, em vez de ficar esperando um chamado. Odessa deu uma passada rápida no banheiro, precaução que os anos de experiência lhe ensinaram, enquanto Leppo se dirigiu ao caixa com seu cartão de crédito.

Ele já estava do lado de fora, tentando se proteger da chuva com um panfleto de imobiliária, quando Odessa saiu. O semáforo fechou, e os dois atravessaram a rua sob a chuva gelada, contornando uma poça na sarjeta a caminho do Impala prateado.

Com o pé-d'água e os automóveis cantando pneu no asfalto molhado, Odessa só ouviu os motores do Beechcraft quando já estavam logo acima de sua cabeça. O avião escurecido atravessou a chuva viscosa com as asas ligeiramente inclinadas para um lado, a barriga da fuselagem a menos de sessenta metros deles.

Lá estava, e logo em seguida desapareceu. Surreal.

— Jesus amado! — exclamou Leppo.

Odessa parou tão de repente que Leppo, que vinha logo atrás, trombou com ela.

Sirenes substituíram o barulho cada vez mais distante dos motores do avião. Uma viatura ruidosa passou por eles e cruzou a rua transversal enquanto Odessa entrava correndo no banco do motorista do Impala.

Leppo já estava no celular, falando com alguém de Claremont. Os últimos seis andares da Claremont Tower tinham vista para as margens do Passaic, um rio estreito de águas pardas em Newark.

— Para onde? — indagou Odessa, vendo mais luzes azuis ararem o aguaceiro.

— Não adianta ir atrás deles — disse Leppo, apontando para a esquerda no cruzamento.

De volta a Claremont, então.

Leppo acionou o viva-voz pelo bluetooth do painel do automóvel.

— Davey, estávamos jantando, acabamos de ver... Como é mesmo?

— A ameaça terrorista — respondeu Davey. — Já acionaram uns caças de Otis.

— Da base aérea de Otis? — perguntou Leppo, incrédulo. — Para quê? Para derrubá-lo em Hoboken?

— Se for preciso... Ele está voando em zigue-zague sobre o Hudson, fazendo acrobacias, dando rasantes, atirando pela cidade.

— O que já sabem sobre esse cara?

Odessa parou no acostamento para deixar passar outra viatura, que corria na direção oposta.

— O avião está registrado em nome do CEO da Stow-Away. É uma empresa de locação de galpões, depósitos e armazéns, daqueles prédios quadrados, laranja. Mas a suspeita é de roubo. Temos duas mortes em Teterboro, funcionários do aeroporto. Um minuto, Walt...

Davey cobriu o microfone com a mão para falar com algum outro agente que estava por perto, e o som da chamada ficou abafado. Odessa e Leppo se entreolharam.

— Stow-Away — repetia ela, sentindo uma pontada no peito.

— Não pode ser... — disse Leppo.

O CEO da Stow-Away, um homem chamado Isaac Meerson, era um dos maiores doadores do Partido Republicano em Nova Jersey... e amigo próximo do governador de Nova Jersey, e de Cary Peters.

— O que não pode ser? — quis saber Davey, de volta à linha.

— A Stow-Away está sendo investigada no caso de corrupção em que eu e Hardwicke estamos trabalhando e que envolve Cary Peters. Alguma descrição do sequestrador?

— O piloto? Não que eu saiba. Vou averiguar.

Odessa estava parada em um sinal vermelho. Os limpadores de para-brisa trabalhavam freneticamente, dando a impressão de que o semáforo estava piscando.

— O que a gente faz?

— Não sei — disse Leppo. — Não deve ter conexão com o nosso caso, não é?

— Peters andava deprimido, recluso — insistiu Odessa. — Teve aquela matéria sobre a esposa no jornal ontem...

— O pedido de divórcio? Não foi nenhuma novidade.

— Não mesmo. Mas mesmo assim...

Odessa conhecia Leppo bem o bastante para sentir que ele estava prestes a ligar os pontos e chegar a Peters.

— Roubar um avião? Não me parece algo que um homem como ele faria.

— Ele chegou a ter aulas de voo, lembra? — disse ela. — E largou o curso quando estava quase tirando o brevê por conta das crises de ansiedade. Estava tudo na ficha dele.

Leppo assentiu. Não sabia o que fazer.

— Merda, merda, merda, merda, merda — praguejou.

A voz de Davey retornou à linha.

— Ainda não sabemos nada sobre o sequestrador.

— Esquece, Davey — disse Leppo. — Qual foi a última posição registrada do avião?

— A noroeste de Newark. Sobre o distrito de Glen Ridge. É a última localização que recebi. Escuta, Walt, preciso ir...

— Vai nessa — respondeu Leppo, desligando.

— Que ele está indo para Montclair — falou Odessa. Estava tudo acontecendo muito rápido. — Você acha que...?

Leppo completou o pensamento dela.

— Que ele seria capaz de jogar um avião na própria casa?

— Na casa da esposa, você quer dizer. Logo não vai mais ser a casa dele — disse Odessa.

Leppo assentiu. Estava decidido.

— Pode ligar a sirene!

Odessa tateou a parte de baixo do painel e apertou o botão que ativava as luzes azuis e vermelhas das grades na dianteira e na traseira do carro. Ela pisou fundo e começou a cortar o tráfego rumo à pequena cidade de Montclair.

A perturbação aérea causou diversos acidentes nas ruas, sendo o pior deles um engavetamento de sete veículos em um pedágio, o que afunilou o tráfego da direção norte em um emaranhado sem saída.

Depois de uma ligeira elevação de altitude sobre a cidade de East Orange, o avião fez uma curva a oeste e mergulhou abaixo do alcance dos radares mais uma vez. A asa esquerda da aeronave cortou a copa de uma árvore do Nishuane Park, mas o piloto nivelou o avião e continuou voando. Observadores teorizavam que o piloto estava procurando um lugar para pousar ou talvez um ponto de referência para a navegação.

Poucos minutos depois, o avião sumiu de vista.

O primeiro registro de um acidente aéreo foi a oeste de Orange. A polícia e os socorristas de cidades vizinhas foram enviados para a região, aguardando uma localização precisa. Mas depois de muitas buscas e trocas de informações via rádio, o registro foi considerado falso e descartado.

O Beechcraft bimotor tinha pousado no Clube de Golfe de Montclair, no primeiro dos últimos nove buracos: uma reta em declive de par cinco. O avião quicou duas vezes sobre as rodas, desnivelado. Com a asa, arrancou um naco do gramado, forçando uma curva fechada à esquerda. Por fim, afundou em um campo de areia e parou com o nariz para baixo ao pé das árvores.

Mais tarde, uma testemunha ocular relataria o que tinha visto. A testemunha, um homem, tinha parado no estacionamento do campo de golfe para retomar um telefonema dramático com seu colega de apartamento. Estava de pé fora do carro, andando para lá e para cá, conversando, quando viu um homem sair do matagal, caminhando com pressa. Ele relatou que o homem parecia não ter percebido que sua cabeça estava sangrando, e que o encarava com o que descreveu como "um olhar vazio". Na hora, imaginou que o homem estivesse em choque e tentou chamá-lo, ignorando a discussão ao telefone. Mas o sujeito ensanguentado não respondeu, apenas seguiu andando até o Jeep Trailhawk da testemunha e entrou no veículo, que ainda estava ligado. Com a testemunha em seu encalço, o homem saiu do estacionamento do campo de golfe em alta velocidade, e só fechou a porta do motorista quando o Jeep já sumia da vista do dono.

As luzes piscantes do Impala ajudaram Odessa a ultrapassar outros carros, mas o trânsito estava engarrafado por toda parte. Leppo ligou um aplicativo de navegação e ditou o caminho, conduzindo-os por vias alternativas até a casa da esposa de Peters em Upper Montclair.

Já tinham decidido não acionar a polícia local.

— Ainda é só um palpite — disse Leppo. — Além do quê, já estão ocupados o bastante. A última coisa que queremos é desperdiçar força policial por uma suspeita equivocada.

— Você acha que é um ataque terrorista ou algo do tipo? — perguntou Odessa.

— Se for, tudo isso vai acabar em breve. Os caças não vão deixar barato. Vão derrubar ele rapidinho. Se não for... É um cara que está com a corda no pescoço. Um cara que tem três filhos, uma ordem de restrição e nenhuma chance de voltar para a vida que levava antes.

Um turbilhão de pensamentos e teorias passava pela mente de Odessa. As chances de o criminoso ser Cary Peters eram muito pequenas; seria uma coincidência e tanto. Era uma aposta arriscada.

No entanto, o avião pertencia à empresa de galpões ligada ao escândalo. Só isso já era uma forte conexão.

— Divórcio enlouquece mesmo — disse Leppo. — Acho que nunca comentei com você, mas fui casado antes da Debonita.

A esposa de Leppo de quase vinte anos se chamava Deb, mas o policial se referia a ela como "Debonita". Era uma mulher franzina de cabelo ruivo e revolto à la Medusa que dirigia um SUV colossal, um Tahoe vermelho. Odessa a encontrara duas vezes antes. A primeira tinha sido logo que virou parceira de Leppo, praticamente uma sessão investigativa em que Odessa tentara se apresentar da forma menos ameaçadora possível. Deb fora simpática com ela, falante e amigável, mas, por trás da fachada, havia uma força que Odessa achou admirável. A segunda vez fora em um evento de fim de semana oferecido aos agentes, um churrasco, onde Odessa conheceu os filhos de Leppo, e Debonita conheceu Linus, seu namorado. Dali em diante, tudo correu bem.

— Eu era jovem, nós dois éramos — contou Leppo. — Não durou um ano, mas só fui me recuperar mesmo depois de dois anos. E graças a Deus não tinha filho envolvido. É difícil dizer, Peters não me parece o tipo que se jogaria do precipício assim. Mas vai por mim... Você só descobre quem é de verdade quando chega ao fundo do poço.

Odessa assentiu. Às vezes, as lições de trabalho acabavam virando lições de vida.

— Você sabe onde estamos agora? — perguntou ele.

Ela fez uma curva fechada à esquerda no bairro rico.

— Quase lá — respondeu.

As ruas estavam vazias. Era uma verdadeira cidade-dormitório. Odessa passou por jardins bem-cuidados e casas iluminadas, o que lhe fez ter certeza: nada de muito ruim poderia acontecer ali.

— Ai, merda! — disse Leppo.

Ele viu antes dela: um Jeep parado em cima da calçada, com a porta do motorista aberta. Os faróis estavam acesos, o motor ainda ligado.

Ela parou na cola do Jeep para impedi-lo de dar ré e sair. Leppo repassava o endereço para as demais autoridades. Os dois iam entrar na casa.

Odessa saltou da viatura com a mão no coldre e contornou a porta aberta depressa. As luzes de dentro do Jeep mostravam que não havia ninguém no veículo. Estava parado em cima de uma placa de trânsito que tinha derrubado — que indicava ser proibido estacionar ali.

Ela se virou para a casa. Era um sobrado estilo Tudor com um telhado de inclinação acentuada que descia até o térreo. Os dois andares estavam com as luzes acesas. A porta da frente estava fechada. A garagem, à esquerda, era ladeada por uma mureta de pedras e dava acesso a uma entrada lateral, que estava com as luzes apagadas.

Ela se virou para procurar Leppo quando ouviu um tiro. Assustada, girou a cabeça bem a tempo de ouvir um segundo tiro dentro da casa e ver uma explosão de luz na lucarna de um cômodo do andar de cima.

— Leppo! — bradou ela, sacando a pistola Glock.

— Lá vamos nós — anunciou ele, com a voz abafada, longínqua.

Os ouvidos de Odessa zuniam, não por conta do tiro, mas da adrenalina que invadia sua corrente sanguínea em um ritmo abafado, *mmp-mmp*. Ela esperou pelo parceiro, mas ele passou correndo por ela e seguiu direto para a entrada. Odessa foi atrás, com a arma apontada para baixo.

A porta lateral estava aberta. Leppo entrou primeiro. Odessa ficou atenta para escutar vozes, passos, o que quer que fosse, mas o ruído em sua cabeça estava muito alto, e ela precisou aumentar bastante o volume da própria voz para ouvir a si mesma

— FBI! FBI!

Leppo bradava o mesmo logo adiante:

— Larguem as armas! FBI!

Odessa não obteve resposta e concluiu que Leppo também não. Ele avançou para a cozinha, e a agente o seguiu, mas se deteve diante de um armário fechado.

Ela abriu a porta com um chute, a arma apontada para a frente. Não era um armário, mas uma ampla despensa. No chão, diante dela, estava estirada uma mulher com a garganta cortada. Em suas mãos, notavam-se lesões de defesa.

— UM CORPO! — berrou Odessa para alertar Leppo, embora não esperasse que ele respondesse.

Ela seguiu o treinamento à risca. Contornou a poça de sangue cada vez maior para medir o pulso da mulher, sentindo a garganta ainda morna, mas sem pulsação, sem sinal de vida. A pressão de seu polegar sobre a jugular fez o ferimento do pescoço se abrir um pouco mais. O ar, ou gás, saiu gorgolejando pelo corte, numa grande bolha brilhante de sangue.

Odessa sentiu uma onda quente de náusea subir direto pela garganta e se afastou, cambaleando para trás. O mal-estar persistiu, mas ela não perdeu o prumo. Sentia-se débil, letárgica. Tinha certeza de que conhecia aquele rosto. Era a esposa que estava se separando de Peters.

Identificá-la fez Odessa cair em si. Um pensamento lhe ocorreu: *Três filhos.*

De repente, voltou a ficar alerta. Não tinha escolha. Recobrou os sentidos — e logo ouviu gritos. Vindos do andar de cima.

Odessa deixou a despensa correndo. Atravessou a cozinha, encontrou a base da escadaria e olhou para cima.

— LEPPO!

Ela chamou Walt mais uma vez, querendo saber sua localização e também avisá-lo de que estava subindo. Toda semana, na Academia do FBI, treinavam como evitar fogo amigo.

Mais gritos. Odessa subiu correndo, dois degraus por vez.

— LEPPO!

Ela esquadrinhou o corredor: vazio. Uma luz azul pulsava através de uma janela que dava para a rua: a polícia estava chegando. As luzes das viaturas deveriam servir de alívio, mas, em vez disso, o flash azul conferiu ao segundo andar um efeito desorientador, como se fosse uma casa de espelhos.

Ela entrou na primeira porta que encontrou. O quarto era cor de pêssego e rosa, todo em tons pastel; a manta da cama desfeita era cheia de babados.

Do lado da cama, debaixo de um lençol ensanguentado no chão, encontrava-se um pequeno corpo humano.

Não pode ser verdade, não pode ser verdade.

Odessa levantou uma ponta do lençol, apenas o bastante para ver um pequeno pé descalço, um tornozelo e uma panturrilha franzina. Não tinha por que ver o corpo ferido. Não queria ver o rosto.

De volta ao corredor. Hiperventilando, com os ouvidos zunindo e a visão oscilante feito um navio na tempestade.

— LEPPO!

Um segundo quarto a esperava logo adiante. Pela porta aberta, viu que um pôster do New York Rangers pendia da parede, com um espesso borrifo vermelho. O cheiro tênue de ferro pairava no ar...

A cama estava vazia, não havia nenhum corpo no chão. Agitada, Odessa esquadrinhou o pequeno cômodo escuro.

O closet. Uma porta de correr, entreaberta. Odessa abriu-a de uma só vez...

Lá dentro, encontrava-se o corpo de um menino, desmantelado como uma boneca de pano, escorado na parede, com o olhar fixo e vazio.

Não é verdade, não é verdade...

Odessa se virou, arma em riste. O quarto estava vazio atrás dela. Tudo acontecia muito rápido.

Uma pancada na parede do cômodo adjacente, à esquerda, fez um quadro cair e se estilhaçar. Gritaria, luta corporal — outro baque contra a parede.

Uma briga?

— *LEPPO!*

Odessa disparou pelo corredor, sob a luz azul intermitente. Assim que ela se dirigiu para a porta seguinte, dois adultos saíram para o corredort, engalfinhados.

Odessa ficou em posição de ataque. Reconheceu Leppo imediatamente sob a frenética luz azul. Ele estava se debatendo com outro homem. O agressor virou o rosto o bastante para Odessa conseguir ver que se tratava de Cary Peters. Estava usando calça de moletom e tinha manchas de sangue nos joelhos e no peito dos pés descalços.

Uma faca. A lâmina reluzia, refletindo a luz azul. Era uma faca de trinchar de cabo grosso. Odessa a viu na mão do parceiro. Tentou fazer uma leitura da cena em uma fração de segundo, mas a faca não fazia sentido.

Por que uma faca e não uma pistola? Cadê a Glock do Leppo?

— NO CHÃO! AGORA! OU EU ATIRO! — berrou ela.

Leppo tinha agarrado Peters por trás e empunhava a faca. Eles se debatiam. Peters empurrava o queixo de Leppo com a mão esquerda, tentando afastá-lo. Com a mão direita, segurava o pulso do agente, tentando conter a faca. Com muito esforço, no meio da luta de vida ou morte, o ex-subchefe do gabinete do governador girou o corpo e encarou Odessa com uma expressão que ela nunca, jamais esqueceria.

Não era a violência insana, movida a ira, que ela esperava. Ele estava pedindo ajuda. Uma expressão suplicante. Parecia desnorteado, desesperado, apesar do sangue da esposa e dos filhos no rosto e nas mãos.

Olhava para ela com a expressão confusa e desorientada de um homem que acabara de acordar de um pesadelo vívido, aterrador.

Cary continuou se debatendo com Leppo, mas agora era ele quem parecia se defender do homem mais velho — como se Leppo fosse o agressor. Só então Odessa tomou consciência de que era seu parceiro quem segurava a faca. Ele estava empunhando a arma do agressor. Por incrível que parecesse, Peters estava desarmado.

— *WALT!*

Tudo que ele precisava fazer era derrubar Peters. Estava em posição de vantagem. Odessa tinha Peters na mira. A situação estava sob controle.

— PODE SOLTAR ELE! DEIXA COMIGO!

Se ela atirasse naquele momento, o projétil atravessaria o corpo de Peters e acertaria Leppo. Mas seu parceiro não seguiu nenhuma de suas instruções.

Peters, que estava perdendo a briga, se virou de costas para Odessa, com a faca na altura de seu ombro. Tirou a mão do queixo de Leppo e agarrou-o pelo braço, lutando pela posse da arma branca.

Então gritou:

— Não... Por favor!

— *ÚLTIMO AVISO!* — bradou Odessa.

Com uma explosão de força bruta, Peters jogou Leppo contra a parede do corredor. Leppo estava livre. Peters se virou para Odessa, estendeu a mão e suplicou:

— Não!

Odessa atirou duas vezes.

Peters desabou. Levou as mãos ao peito, onde os dois tiros o tinham perfurado, contorcendo-se sobre o tapete do corredor. Odessa se manteve em posição de ataque, sem tirar o torso dele da mira. Peters arfava e gemia, os ferimentos em seu peito sibilavam. Então, por um ínfimo instante, uma peculiar compreensão passou por seus olhos, como se tivesse acabado de acordar e se ver num lugar estranho. Seu olhar ficou imóvel, uma única lágrima escorrendo pela bochecha esquerda.

Odessa tinha atirado em um homem. Ele estava sangrando. Ela estava vendo o homem morrer.

Em nenhum momento a agente olhou para Leppo.

Estirado no chão, Peters parou de se mexer. Os ruídos agonizantes que vinham de seu peito foram ficando mais suaves até virarem apenas um suspiro estridente, como um pneu murchando. Seu olhar se vitrificou e perdeu o brilho.

Estava tudo acabado.

Odessa soltou o ar que sem perceber estava segurando desde que tinha atirado.

— Eu atirei nele — disse a Leppo e também para si mesma. — Eu matei ele.

Foi quando Odessa notou duas coisas, quase ao mesmo tempo: um leve cheiro de queimado, similar ao de pasta de solda, e a voz de uma menina chorando e pedindo ajuda num outro cômodo, abafada pelas sirenes que se aproximavam da casa.

— Socorro! Quem tá aí?

A terceira criança da família Peters. Ainda viva, ilesa.

Odessa não conseguia parar de olhar para o corpo de Peters. De soslaio, viu Leppo sair em disparada rumo ao último quarto, no fim do corredor. Ia ao socorro da única sobrevivente da família Peters.

Ela se sentiu um pouco mais tranquila. Endireitou-se e deu um passo à frente, sem tirar os olhos do homem que tinha matado.

Logo adiante, Leppo diminuiu o passo quando chegou ao pé da porta, antes de entrar. Odessa levantou o rosto e, assim que o colega entrou no cômodo, viu que ele ainda segurava a faca.

A primeira coisa que ela pensou foi que o parceiro não estava seguindo os procedimentos devidamente. A arma do crime era uma prova e precisava ser tratada como tal.

— Leppo! — berrou, tentando chamá-lo da outra ponta do corredor, ao lado do corpo de Peters.

As solas dos pés do assassino estavam sujas, quase pretas, o que por alguma razão deixava a situação ainda mais trágica, sórdida.

Leppo tinha desaparecido. E por um instante, sob a luz azul oscilante do corredor, Odessa ficou a sós com o homem que baleara.

Ela se sentiu mal. Era diferente da náusea que tinha sentido quando descobriu o corpo dilacerado da sra. Peters. A maioria dos agentes do FBI nunca recorre à pistola durante o exercício da profissão. Abririam um inquérito. Ainda bem que ela tinha Leppo como testemunha.

Odessa contornou o corpo de Peters, incapaz de afastar o olhar enquanto passava. Ele continuava com as mãos ensanguentadas sobre os ferimentos do peito, e tinha o olhar fixo no teto e em algum ponto mais além.

Ela se aproximou do quarto com a arma abaixada, procurando não assustar a criança sobrevivente. Passou pela porta por onde o parceiro entrara.

A menina de nove anos vestia um pijama amarelo, todo estampado de desenhos de pintinhos saindo de ovos sorridentes. Walt Leppo estava bem atrás da garotinha, segurando-a pelo cabelo louro. Ela estava de boca aberta, mas não soltou sequer um berro. Contorcia o corpo, tentando se desvencilhar, mas Leppo puxou seu cabelo com ainda mais força.

Com a outra mão, ele segurava a faca de trinchar, não como alguém lidaria com uma prova importante, mas empunhando-a como uma arma, com a lâmina apontada para baixo.

Odessa tentou assimilar o que estava testemunhando: *talvez Leppo esteja segurando a menina para ela não fugir. Só está tentando impedi-la de ver o corpo do pai no corredor, e os corpos do irmão, da irmã e da mãe.*

Mas sua racionalização, estruturada em uma fração de segundo, não batia com a expressão que via no rosto do parceiro. O olhar vidrado e ameaçador, o sorriso perverso. Era quase como se ele estivesse exibindo a faca para a menina, com a lâmina suja de sangue.

— Leppo? — chamou Odessa.

Não fazia sentido. Leppo não parecia nem ter notado que ela também estava no quarto. Ele ergueu a faca e fitou a lâmina, ao passo que a menina sacudiu a cabeça, tentando se desvencilhar.

— Walt, solta a faca — suplicou Odessa. — Walt! Solta a faca!

Ela mal podia acreditar no que dizia, e se pegou mirando nele com a Glock. Estava enquadrando um agente do FBI, contra todos os seus instintos.

Leppo encarou a menina. Puxou seu cabelo para trás com ainda mais força, expondo o delicado pescoço. Algo estava muito errado.

Naquele momento, Odessa pressentiu o que viria a seguir.

— LEPPO! — berrou.

Sem aviso, Walt Leppo desferiu a facada. A lâmina atravessou carne, osso e cartilagem e ficou enganchada na clavícula. Foi possível ouvir uma rachadura óssea, abafada, aterrorizante, enquanto Leppo fazia força para desprender a faca e o ombro da menina se deslocava.

Ela gritava.

Odessa disparou duas vezes por puro reflexo. A pistola Glock saltou em suas mãos.

A força do impacto afastou Leppo da menina. Ele rodopiou e caiu de costas sobre uma mesa de cabeceira, ainda segurando a criança pelo cabelo.

A menina despencou junto, sangrando, berrando, indo parar em cima dele. Debatendo-se, ela conseguiu se livrar das garras de Leppo. Três mechas grossas de cabelo arrancado ficaram na mão dele.

Ela engatinhou depressa até o canto mais afastado do quarto.

A queda de Leppo derrubou um umidificador da mesa de cabeceira, desprendendo o reservatório do aparelho e derramando a água no chão. Leppo escorregava pela lateral da cama, contorcendo-se, tentando ajeitar o corpo, recostando os ombros e a cabeça no estrado em um ângulo estranho.

Odessa ficou paralisada, sem sair do lugar.

— Leppo! — berrou, como se ele tivesse sido baleado por outra pessoa, embora ainda o encarasse por cima do cano de sua pistola fumegante.

Chamados em voz alta vinham do andar de baixo. Policiais na casa, finalmente.

O sorriso horripilante de Leppo se dissipou, seus olhos perderam o foco. Sem conseguir se mover, sem acreditar no que tinha acabado de acontecer, Odessa viu algo...

Uma névoa semelhante às ondulações de uma miragem emergiu da figura retorcida de Leppo. Uma presença no quarto, que pairava no ar feito gás pantanoso. De novo, não tinha cor, apenas cheiro de pasta de solda, diferente da fumaça de pólvora que ainda emanava do cano da pistola...

O corpo de Leppo murchou visivelmente, como se alguma coisa, alguma entidade, deixasse-o para trás enquanto ele morria.

Quando as autoridades de Montclair invadiram o quarto, encontraram uma mulher jovem sentada no chão, abraçada a uma menina trêmula e chorosa de nove anos que tinha um corte profundo no ombro. Um homem de meia-idade estava caído entre a cama e a mesa de cabeceira da menina, morto por dois tiros. A mulher soltou a menina para mostrar aos policiais armados seu distintivo do FBI.

— Agente ferido... — avisou Odessa, em pânico. — Agente ferido...

1962. DELTA DO MISSISSIPPI

O AGENTE SUPERVISOR o atualizou sobre a investigação durante o curto voo de Knoxville a Jackson, no Mississippi, de madrugada. O caso apresentava muitas peculiaridades dignas de nota, mas o fato de o FBI ter fretado um avião para agilizar sua relocação imediata para a sucursal de Jackson, capital do estado — sendo ele, Earl Solomon, vinte e oito anos, um agente especial novato no FBI, formado na Academia havia apenas quatro meses —, indicava, acima de tudo, que não seria um inquérito qualquer.

Um sedã foi buscá-lo na pista do aeroporto, para o longo trajeto pela Rota 49 até o Delta. Tirando a saudação protocolar inicial, o motorista, um agente branco de trinta e tantos anos com sotaque típico daquelas bandas do interior, permaneceu em silêncio durante o trajeto, optando por bater o cigarro do lado de fora da janela em vez de sujar o cinzeiro do painel. Solomon entendeu a dinâmica. Também entendeu por que tinha sido enviado para aquele barril de pólvora prestes a explodir, uma combinação brutal de violência e ativismo por direitos civis. Não tinha nada a ver com suas habilidades enquanto agente, nem com sua experiência, que era quase nula. Um número perturbador de linchamentos havia ocorrido recentemente no lugar, e o FBI estava sendo barrado pelas autoridades locais. Eles precisavam apresentar um rosto negro para os locais.

Solomon era um dos três primeiros agentes negros da Academia do FBI. Tinha entrado no começo daquele ano e, no breve período de treinamento em Knoxville, se dera razoavelmente bem com os demais agentes. Quase todos tinham experiência militar e, portanto, a integração racial já não era novidade para eles. Solomon imaginava que tinha enfrentado os mesmos problemas que qualquer outro calouro enquanto aprendia a realizar as tarefas mais corriqueiras. Quando recebeu um chamado no meio da madrugada para que fosse até o escritório, ficou sem saber o que pensar, mas com certeza jamais teria esperado um voo para Jackson, Mississippi, para fazer parte de sua primeira investigação criminal em campo. O agente especial que comandava a operação em Knoxville insinuou que a realocação tinha sido ordem direta do próprio sr. Hoover. Solomon sentia que o FBI estava de olho nele.

Porque aquela não era uma investigação qualquer. Mais um linchamento havia sido reportado, dessa vez em um matagal remoto, com supostos aspectos ritualísticos na cena do crime. As autoridades locais registraram o ocorrido como um ato antirreligião, de "satanismo", mas as fotos da cena ainda não tinham sido reveladas, e as autoridades em questão não eram lá muito confiáveis. E esse não era o maior problema do caso.

Dessa vez, lincharam um homem branco.

O agente local o conduziu a noroeste de Jackson, seguindo pela Rota 49, passando por Greenwood e Oxford. A cidadezinha se chamava Gibbston. Era um pedaço de terra fértil entre os rios Mississippi e Yazoo, onde reinava o algodão — e gente branca.

Encostaram na agência do correio, uma pequena barraca que mais parecia uma lojinha de artigos de pesca, com o emblema federal desbotado na porta. O agente de Jackson saiu do carro e esperou Solomon se juntar a ele, sem encará-lo nos olhos em nenhum momento. Atravessaram a rua e se juntaram a um grupo de homens brancos de terno sem paletó, que se abanavam com seus chapéus e enxugavam a testa com lenços empapados de suor. Solomon foi apresentado para o xerife local, dois delegados e o agente especial no comando em Jackson, cujo sobrenome era Macklin.

— Quando disseram que estavam enviando um sujeito chamado Solomon para ajudar com os depoimentos — disse Macklin —, comentei que precisávamos de um negro, e não de um judeu.

Macklin abriu um sorrisinho que revelou seus dentes da mesma forma que uma incisão cirúrgica revela órgãos internos. Os demais também sorriram e esperaram Solomon responder, porque assim saberiam com que tipo de negro estavam lidando. Solomon olhou cada um deles nos olhos, deixando que remoessem o suspense por alguns instantes a mais que o necessário, então os cumprimentou com um meneio e um sorriso. Precisava da ajuda deles, e era um peixe pequeno naquele sistema, se é que podia dizer que estava mesmo dentro do sistema.

Jogaram um pouco de conversa fora, e Solomon acabou se distraindo com a cantoria na igreja ao lado. As vozes dos congregados não expressavam o típico júbilo das igrejas batistas do Sul do país.

Ele caminha à minha frente,
E ao meu lado,
Portanto não temo.

Era um canto pesaroso. Pairava no ar uma ansiedade densa, opressiva, junto com o calor e a umidade. Designar Solomon para o caso mostrava desespero por parte do FBI, talvez sob ordens da Casa Branca. Enviá-lo para Gibbston, para estabelecer contato com a comunidade negra no interior do Sul dos Estados Unidos, era como enviar um comunista radical para escutar os interesses dos comunistas moderados.

O culto acabou e os fiéis começaram a sair. Vestidos com suas melhores roupas, desciam do patamar da entrada à calçada de terra. Os homens colocavam seus chapéus de volta.

Macklin e os demais tinham alguns conselhos para Solomon.

— Deixa eles te verem aqui, deixa eles ficarem curiosos. Senão você vai assustar o pessoal.

Mas Solomon sabia que a manhã de domingo, das onze ao meio-dia, era o único momento em que a maioria da comunidade local se reunia, ou podia se reunir. Deixar passar a oportunidade significaria esperar mais uma semana, no mínimo.

Ele comentou isso com o agente Macklin.

— Não — disse Macklin. — Hoje mais tarde e amanhã nós vamos sair, cada um por sua conta, para recolher alguns depoimentos.

Solomon ficou observando os fiéis se despedirem e aos poucos se dispersarem. Pensou que havia uma ponta de... se não medo, talvez receio, na atitude de Macklin ao evitar aquelas pessoas.

— Senhor — disse Solomon, já com o pé na rua —, eu vou lá.

Solomon já estava na metade do caminho quando se deu conta de que os homens o seguiam. Ele não toleraria aquilo. Afinal de contas, sua presença fora requisitada justamente para aquele tipo de contato.

— Senhores, acho melhor esperarem aqui.

E assim fizeram. Solomon continuou andando e atravessou a rua, notando que os congregados observavam ele se aproximar. Viram que ele tinha impedido os policiais brancos de acompanhá-lo e ficaram espantados com a autoridade do jovem negro.

— Bom dia, senhoras e senhores — apresentou-se para os espectadores silenciosos. — Sou o Agente Especial Earl Solomon.

Ele abriu a carteira e mostrou o distintivo e a identidade, depois a guardou de volta no bolso interno do paletó. Percebeu que muitos olhavam por cima do ombro dele, para os policiais brancos do outro lado da rua.

— O FBI me enviou aqui para auxiliar na investigação dos homicídios por linchamento.

O pastor emergiu das portas da igreja e parou no degrau mais alto, atrás dos fiéis. Já sem a túnica, vestia uma camisa de algodão de gola aberta e uma calça escura, e enxugava a testa com um lenço. Havia um brilho prateado em seu cabelo preto que o distinguia, como uma vela acesa na escuridão.

Solomon o cumprimentou com um meneio respeitoso, mas sentiu uma desconfiança peculiar nos modos do pastor. Talvez não estivesse acostumado a ver outro homem negro atrair a atenção de seus fiéis. O agente prosseguiu:

— Devo informá-los de que o governo federal pretende ouvir o que vocês têm a dizer e acabar com essa violência. Seus direitos devem ser protegidos. Estou atrás de qualquer informação que vocês possam ter a respeito dos assassinatos recentes.

Os fiéis pareciam confusos. Ora fitavam o xerife mais atrás, ora fitavam Solomon. O jovem se postava diante deles como um emissário de outro planeta.

Um homem corpulento na casa dos cinquenta anos se abanava com a gola da camisa.

— Você é um desses engravatados de escritório — disse.

Solomon fez que sim, sem se deixar abalar.

— Verdade. No caso, o escritório é o FBI, e eu sou um agente.

— E por que a gente confiaria em você?

— Acho que vocês têm que começar por algum lugar.

Outro homem tirou seus óculos de armação de metal e poliu as lentes com a gravata.

— Ouvi falar de vocês. Os primeiros agentes. Li um artigo na revista *Jet*. Estão tentando promover a integração no FBI.

— Pois é, senhor — respondeu Solomon.

— Ele é só um rapazote — disse uma senhora arrumada, de vestido azul engomado.

— Um rapazote com um distintivo — falou outro homem.

— Agora que um branco foi avexado, resolveram mandar você pra cá — prosseguiu a senhora.

— Vou aonde sou designado — disse Solomon. — O que importa é que estou aqui agora.

— Você só tá esperando a gente dedurar alguém — acusou a senhora. — Depois que prender um ou outro pelo linchamento do branco lá, vai é sumir daqui!

Solomon tomou o cuidado de menear a cabeça em sinal de respeito quando falou:

— Não, senhora.

Solomon olhou para o pastor. Era difícil ler seus gestos, mas o agente sabia que precisaria da ajuda daquele homem de Deus mais cedo ou mais tarde. O pastor enrugou um pouco o nariz, como se para impedir que o suor do sol do meio-dia alcançasse seu lábio superior.

— Irmãos e irmãs — começou ele —, acredito que este homem, o agente...?

— Solomon.

— O agente Solomon, que partilha o nome com um sábio rei próspero da Antiguidade, merece uma chance para provar ser um homem da justiça. Vou retornar à casa de Deus. Caso alguém tenha alguma informação para compartilhar, sinta-se à vontade para falar com ele.

O pastor entrou na igreja e fechou a porta. Solomon achou estranha a relutância do homem em ouvir o que seu rebanho tinha a dizer. O motivo ficou claro depois de uma conversa em voz baixa entre uma família espremida ao lado da senhora de vestido azul, que os fitava com o olhar afiado de reprovação que somente uma pessoa de idade é capaz de lançar.

Um homem de trinta e poucos anos tirou o chapéu de palha, revelando uma careca reluzente e a carneira amarelada de suor na parte interna do acessório. Usava um pequeno alfinete de gravata de crucifixo, com uma pedrinha de vidro onde as linhas prateadas se cruzavam. Fitou os policiais que aguardavam ansiosamente do outro lado da rua, antes de voltar a atenção para Solomon.

— Talvez você devesse saber do menino — disse ele, quase sussurrando.

O agente branco — cujo nome, conforme Solomon descobriu, era Tyler — foi dirigindo, com o agente Macklin no banco do passageiro e Solomon sentado sozinho atrás. Seguiram a viatura do xerife, uma perua bege e marrom com a estrela do condado estampada na porta.

Pegaram uma estradinha suave de quilômetros e quilômetros de canaviais de açúcar. Com as janelas abertas para o ar circular, Macklin precisou berrar para se fazer ouvir em meio às rajadas de vento quente e à fumaça de cigarro. Solomon não tinha respostas para as perguntas dos outros agentes. Ele não sabia o que os aguardava no local, se iam encontrar um suspeito, uma testemunha do crime ou alguma coisa completamente diferente. O homem de chapéu de palha não quisera dizer mais nada, silenciosamente coagido à submissão pelos demais fiéis.

O xerife parou a viatura para pedir informações a um garoto de treze ou catorze anos descalço e sem camisa que caminhava açoitando a grama com um filete de cana na beira da estrada. O menino indicou aonde deveriam ir. Solomon notou que Tyler o observava pelo retrovisor do mesmo jeito que um agente estuda um suspeito ou um criminoso.

A casa do meeiro era uma estrutura baixa e oscilante, sem fundação, situada nos fundos do terreno, com uma pequena trilha até lá. Era feita de uma madeira sem acabamento que parecia mais apropriada para uma fogueira do que um abrigo. A estrutura em si tinha dezenas de anos, embora parecesse para Solomon que uma boa tempestade de verão a reduziria a estilhaços.

Solomon observou o terreno pela janela do carro. Nenhum brinquedo na parte da frente da propriedade. O varal amarrado entre os fundos da casa e uma árvore estava vazio, exceto por dois corvos sacolejantes. Nenhuma antena de televisão no telhado. As janelas do primeiro andar tinham cortina, mas não veneziana. Estava tudo fechado, o que era de se estranhar naquele calor.

— Melhor eu entrar sozinho — concordou Solomon.

— Não tem outro jeito — concordou Macklin.

Ainda assim, ele saiu do carro junto com Solomon. Tyler permaneceu ao volante, fumando. O xerife e os demais saíram da perua, mas só para tomar um ar e esperar.

Solomon bateu à porta. Uma menina atendeu quase imediatamente. Ela usava um vestido engomado de algodão azul, com uma renda branca que pendia da bainha desfiada.

— Olá! — cumprimentou Solomon. — Os seus pais estão em casa?

Ela o fitou com seus grandes olhos castanhos, sem levantar muito o rosto.

— Você é médico?

— Não sou, não, mocinha.

Ela se virou e entrou. Solomon aguardou, imaginando que tivesse ido chamar os pais, mas não ouviu nenhuma voz. Nenhum passo. O corredor lá dentro se dividia em dois, mas estava escuro, e os olhos dele, acostumados à forte luz do sol, só se ajustariam quando entrasse na casa.

Chão de terra batida. Havia um assoalho de madeira um pouco adiante. Um rapaz estava ali parado, com um pacote de biscoito de água e sal na mão, mastigando. Talvez tivesse vinte anos.

— Você é o homem da casa? — indagou Solomon.

— Não, senhor.

— O seu pai está?

— Foi pro campo.

— Essa é a casa dos Jamus, não é?

— É, sim, senhor.

— Qual é o seu nome, rapaz?

Ele tirou mais um biscoito do pacote.

— Coleman, senhor. Cole.

— A sua mãe está em casa, Cole?

Cole assentiu e saiu correndo, olhando por cima do ombro, indicando a Solomon para segui-lo até um quarto com um grande tapete oval de tricô no centro e uns poucos móveis ao redor. No canto, sentada diante de uma janela de onde via o canavial, estava uma mulher em torno dos quarenta anos vestindo uma velha bata bege e com o rosto apoiado em uma das mãos. Estava aos prantos. Uma poça de choro já se formara em seu colo, e mais lágrimas escorriam pelo braço.

Os lábios de Solomon começaram a formar a palavra "senhora", mas ele não chegou a pronunciá-la. Tentar obter qualquer informação daquela mãe de luto seria inútil. Era melhor deixá-la a sós com suas emoções.

Ele olhou para Cole, que mastigava mais um biscoito de água e sal e fitava a mãe como se estivesse habituado à cena.

— Ele tá no quarto dos fundos — disse Cole a Solomon, ainda fitando a mãe. — Acorrentado.

Solomon seguiu sozinho até lá, passando por três outras crianças no caminho, e parou diante de uma porta fechada, ao lado de uma despensa. Ele ouviu o tilintar inconfundível de uma corrente e o rangido de uma mola de colchão. Um ruído que julgou ser uma voz grasnou, mas logo o agente se deu conta de que era um dos corvos no varal. Ele estava nos fundos da casa agora.

A porta abria para fora. O cômodo parecia mais um depósito que um quarto, mas tinha uma cama, encostada na parede dos fundos, com um colchonete fino sem lençol ou cobertor. Sobre o colchonete encontrava-se um corpo pequeno, um menino, deitado de frente para a parede. Correntes não muito pesadas se estendiam de grilhões fechados a cadeado em torno das grades do estrado até algemas nos pulsos e tornozelos do menino. Havia manchas de sangue na base do colchonete, provavelmente porque o garoto tentara se livrar das algemas dos tornozelos, que estavam em carne viva. Além disso, seus pés estavam inchados, do tamanho dos pés de um adulto.

A imagem dos grilhões fez a cabeça de Solomon girar. Pareciam correntes de escravos de um século atrás.

Ele percebeu que o ar dentro do quarto sem janelas era diferente. A atmosfera parecia alterada, como se estivesse na cabine despressurizada de um avião. Ele ouviu um som distante e abafado, um misto de zunido e estrondo, parecido com o que costumava ouvir ao fim de uma longa tarde de treino no estande de tiro da Academia do FBI. Só que era mais que isso. Sentiu-se desorientado, zonzo. Se seu cérebro fosse um rádio, diria que a recepção estava bloqueada por algum motivo.

No entanto, Solomon se esqueceu da questão assim que o menino se virou para ele. As correntes roçaram o estrado da cama, ferro contra ferro, e o menino sem camisa levantou um pouco o rosto, fixando os olhos em Solomon. E que olhos. Eram metálicos, quase prateados, talvez azuis. Arregalados de loucura. O rosto do menino estava retorcido, como uma luva de couro velha em uma mão grande demais. O agente estremeceu.

A boca do menino se abriu e permaneceu aberta, à beira de uma enunciação, pelo que pareceu ser um longo tempo. Bem quando Solomon imaginou que ele não soltaria um pio, seus lábios secos se pronunciaram.

— *Blackwood.*

A voz soava longínqua, abafada, embrutecida por dias e mais dias de loucura e gritaria. Solomon estava abalado, ofegante e perturbado pela imagem do menino doente. *Blackwood? O que aquilo significava?*

O olhar do garoto o perfurava. Solomon se recordou das histórias que seu avô costumava contar quando ele era criança, em Illinois, sobre os marujos e marinheiros mercantes que conhecera em alto-mar, que exploraram ilhas desconhecidas e foram seduzidos por mulheres exóticas e promessas de riqueza e magia, para então acabarem envolvidos em rituais obscuros. Em uma história terrível, ele e sua tripulação tiveram que abandonar um companheiro de cabine que tinha tentado atacá-los de madrugada, depois de ser possuído por um demônio.

De fato, para Solomon, o filho do meeiro parecia estar tomado por alguma força do mal, algo que ia além da jurisdição do FBI.

Antes que o agente pudesse responder, o menino abriu a boca de novo. Sua língua estava preta como a de um cadáver. Mais uma vez, Solomon ficou atento às palavras que seriam pronunciadas.

— *Blackwood.*

O ambiente estava no mais completo silêncio. Solomon tinha escutado direito?

— Como é? — indagou Solomon. Com a voz ressequida, parecia estar coaxando.

— *Traga Blackwood aqui.*

Perplexo e aterrorizado, sentindo os medos de infância virem à tona, mais intensos do que nunca, Solomon começou a recuar. Bateu o ombro esquerdo no batente da porta e estremeceu como se tivesse sido atacado. Escorado no batente, retirou-se para o corredor estreito. Precisou sair do quarto para se recompor.

— *Hugo Blackwood. Aqui.*

Solomon deu um jeito de fechar a porta. Aquele estranho nome não significava nada para ele. Ficou ali parado, tentando recuperar o fôlego.

Quando se virou, ele se deparou com quatro crianças pequenas no corredor, encarando-o. Coleman observava de longe, com as mãos vazias. O pacote de biscoito tinha acabado.

— O que aconteceu com ele? — indagou Solomon.

As crianças apenas o encararam. Não sabiam.

— Quem... Quem é Hugo Blackwood? — perguntou Solomon com certo esforço.

As crianças não tinham respostas para ele. Uma por uma, deram as costas e se retiraram.

A resposta, no entanto, estava por vir.

1582. MORTLAKE, GRANDE LONDRES

A CASA à beira do rio no distrito de Mortlake, repleta de aposentos dos mais variados usos e estilos, era uma extensão da mente do grande feiticeiro.

Os corredores eram frios, silenciosos, contemplativos. Uma porta dava no observatório, com painéis de vidro no teto para mapear fenômenos celestes tanto em nome da astronomia quanto da astrologia. Outra dava em um laboratório de navegação e cartografia, disciplina científica de suma importância para os marinheiros ingleses, que queriam traçar rotas comerciais para o Catai ou mesmo para o Novo Mundo, dominando os mares do norte. Outra porta dava em um laboratório de cosmografia, o estudo do universo conhecido e pressuposto, cujos elementos — astronomia, geografia, geometria — alavancavam várias outras buscas científicas, em curso atrás de outras portas pesadas.

Um palácio da mente.

Nenhum aposento era mais estimado, mais reverenciado que a grande biblioteca. Seu conteúdo causava inveja em toda a Grã-Bretanha, com um catálogo mais amplo do que o acervo de qualquer universidade. Prateleiras e pilhas de tomos obtidos por toda parte do mundo civilizado: os gânglios basais da casa. *De Legibus*, de Cícero, *Libelli Quinque*, de Cardano, *A ópera*, de Arnaldo de Vilanova, e muitos incunábulos — cerca de quatro mil volumes arcanos de grande relevância, organizados em um sistema peculiar que era compreendido apenas pelo curador: John Dee, filósofo ocultista e conselheiro da realeza britânica.

Em sua sexta década de vida, Dee ganhou fama como astrólogo, espião-chefe e cientista da corte da rainha Elizabeth, um influenciador da mais alta ordem. Haviam confiado a ele a tarefa de adivinhar e escolher a data da coroação da rainha, e durante vinte anos ele desfrutou de excelsa posição de consultoria nas mais altas esferas da vida londrina. Ultimamente, no entanto, sua relevância política andava abalada por conta de uma série de profecias falhas e sugestões rejeitadas pelo império. Seus estudos matemáticos ainda eram louvados e recebiam apoio, mas o mundo ao seu redor estava mudando. Todo avanço científico do século XVI era acompanhado por um enfraquecimento proporcional da magia elemental.

A cisão entre ciência e magia havia diminuído sua influência nos círculos da corte e afetava o favorecimento com o qual estava acostumado a contar — e que, a bem da verdade, financiara seu palacete em Mortlake e subsidiara as aquisições, tanto acadêmicas quanto esotéricas, que faziam de seu castelo da mente alvo de inveja de toda a Grã-Bretanha. Determinado, talvez até um pouco desesperado, Dee resolvera mergulhar de cabeça no estudo do sobrenatural.

Seu objetivo era remendar a cisão entre ciência e magia, construindo pontes por meio da prática da alquimia e da divinação. Para tanto, recorreu aos especialistas da área: buscou comunhão com ninguém mais, ninguém menos que os anjos.

Essa busca heterodoxa levou Dee a se aproximar de uma liga clandestina de ocultistas e médiuns. Depois de consultar diversos místicos que alegavam estar em contato com planos mais elevados, firmou uma parceria com Edward Talbot. O nome verdadeiro do sujeito era Edward Kelley, mas ele usava o pseudônimo desde que fora condenado por falsidade ideológica, alguns anos antes. Ambas as orelhas de Talbot haviam sido removidas por um magistrado como punição por seu crime e, por esse motivo, ele usava um solidéu de monge, mesmo em ambientes fechados. Dee, contudo, fez vista grossa para todas as indiscrições passadas de Talbot, de tão fascinado que estava pela qualidade de seus conselhos espirituais, pela abrangência de seu conhecimento sobre as artes sobrenaturais e especialmente por seu talento enquanto cristalomante.

— É hora de começar — disse Dee. — São tempos auspiciosos, Edward...

Talbot estava no meio da grande biblioteca, com sua atenção psíquica voltada para uma bola de cristal disposta na palma de uma escultura de bronze em forma de mão humana. A bola de cristal era impecável, uma esfera perfeitamente lisa, iluminada por baixo por três velas votivas, criando a ilusão de emanar luz própria. John Dee vestia sua habitual túnica branca e ostentava a sedosa barba branca em V que se afunilava sob o bigode, parecendo um feiticeiro imerso em magia. Talbot estava em transe profundo, lançando encantamentos em um idioma revelado somente a ele e John Dee por anjos enoquianos.

A sessão ritualística contava ainda com um terceiro participante — no entanto, se era um participante ativo ou mera testemunha, só as pessoas presentes seriam capazes de dizer.

Não se sabe muito sobre Hugo Blackwood. Ele falava pouco, mas parecia estar sempre junto a Dee, em privado e em eventos públicos. Referiam-se a ele como a Sombra de Dee, mas tomavam cuidado para só chamá-lo assim quando não estava por perto.

De início, acreditava-se que ele tinha encontrado John Dee pela primeira vez durante o julgamento do feiticeiro por lesa-pátria em 1555 — ele tinha sido acusado de "moldar" (isto é, adulterar) o horóscopo da então rainha Maria —, na Câmara das Estrelas, onde Blackwood era aprendiz de solicitante. Essa teoria foi descartada nos últimos vinte anos, no entanto, ao passo que informações biográficas contraditórias, ainda que exíguas, vieram à tona, estimando a idade de Blackwood na data da invocação em torno dos trinta anos. Ao que parece, Hugo Blackwood a princípio foi contratado como representante legal de Dee, embora documentos da época sejam escassos. Uma teoria que ainda não foi desmentida é que Blackwood representava John Dee em processos e negociações relacionadas a propriedade e aquisições.

O que se sabe é que, como muitos que vieram antes e depois dele, Hugo Blackwood foi atraído pela órbita do famoso filósofo. A razão de sua presença na invocação é incerta. Ninguém sabe se ele, assim como Dee e Talbot, tinha jejuado em preparação para a cerimônia, embora presuma-se que tenha compartilhado de um cálice de uma bebida de grãos fermentados, preparada com *Artemisia vulgaris* cultivada no próprio jardim de Dee. Talvez Hugo Blackwood fosse um observador interessado ou, menos provável, ainda que possível, tenha apenas calhado de estar na residência de Dee para tratar de outros assuntos na noite em questão.

Ou talvez, como já acontecera muitas vezes antes, John Dee tenha detectado algo no caráter de Hugo Blackwood que o interessava, algo favorável à sua busca por evidências de um plano alternativo, sublime, levando-o a incluir o advogado na cerimônia.

Não há quase nenhuma menção a ocorridos extraordinários nos cadernos preservados de Dee. Nada que Dee julgasse merecer atenção especial aconteceu naquela noite; ou talvez algo tenha acontecido, mas ele não percebeu. Dee ainda viveu muitos anos em busca do inefável, com a ambição de fundir matemática, divinação, astronomia e espiritualidade em uma única disciplina, sem nunca obter sucesso.

Porém, naquela noite, algo de fato aconteceu. Na tentativa de usar a cristalomancia para invocar um arcanjo que lhes revelasse seu conhecimento divino, um limite foi transgredido. Uma lei da natureza foi infringida. Uma fronteira obscura, cruzada.

Dois homens saíram ilesos.

Outro, não.

2019. NEWARK, NOVA JERSEY

A investigação da cena do assassinato em massa tomou a noite toda.

Odessa passou bastante tempo com os primeiros socorristas, descrevendo nos mínimos detalhes o que tinha acontecido, oferecendo a eles a identificação preliminar de Cary Peters como o agressor da mulher e das duas crianças mortas, e identificando Walt Leppo como oficial da lei. A menina estava muito abalada. Odessa não conseguiu fazê-la dizer nem seu próprio nome. Os socorristas a levaram.

Odessa encontrou os dois primeiros agentes do FBI enviados ao local no quarto da garota e relatou sua história a eles. Ela tinha experiência em lidar com testemunhas oculares, então tentou ser o mais direta e concisa possível. Mas, ao fim do relato, não conseguiu fazê-los entender que fora ela, e não Peters, quem atirou em Leppo. Primeiro, acharam que ela tinha se expressado mal; depois, que estava traumatizada e não falava coisa com coisa; então lhe disseram que um agente supervisor estava a caminho.

Odessa repetiu a história para o agente supervisor e, de novo, foi recebida com incredulidade. Dessa vez ela parou para ouvir as próprias palavras enquanto descrevia a parte no corredor, quando se deparou com os dois homens se debatendo, Peters desarmado e Leppo segurando a faca. E depois, quando atirou em Peters e Leppo entrou no quarto da menina com a faca, sem dizer uma palavra. Ela entendeu que seu relato não fazia muito sentido. Comentou que Walt devia ter enlouquecido. Porém, o agente supervisor estava olhando para Odessa como se a louca fosse ela.

Os agentes vigiavam o corpo de Leppo enquanto era fotografado. A arma dele estava no coldre. Fitavam o colega caído, morto durante o exercício da profissão. Então olhavam de volta para Odessa.

Odessa pegou a garrafa de água que alguém lhe oferecera mais cedo e bebeu tudo de uma vez. Ela não se sentia apenas insegura. Estava atordoada, questionando a própria sanidade.

Depois de confabular com os primeiros dois agentes, o supervisor retornou com algumas perguntas complementares para Odessa.

"Onde você estava quando Walt tentou esfaquear a menina?"

"Onde acha que ele arrumou a faca?"

"Walt estava agindo de forma estranha no restaurante, antes da troca de tiros?"

Odessa percebeu que achavam que ela estava inventando parte da história para acobertar algum erro que havia cometido. Que talvez ela tivesse atirado em Leppo por acidente, confundindo-o com um segundo agressor no quarto escuro. Odessa não comentou ou refutou a teoria, mas sabia o que estava acontecendo.

A menina confirmaria sua história. Era a única testemunha viva. O ferimento em seu ombro, causado pela facada de Leppo, era prova irrefutável do uso justificável da força.

Cobriram o corpo de Walt Leppo com um lençol, que aos poucos pousou em seus olhos abertos.

Walt, o que foi que aconteceu?

Odessa foi levada para fora do quarto.

Ela voltou para Claremont no carro dos agentes que atenderam ao chamado. Ninguém abriu a boca.

A sucursal de Newark estava entre as maiores sucursais do FBI, com mais de trezentos e cinquenta agentes alocados em cinco escritórios entre Atlantic City e Peterson. Tinham jurisdição sobre boa parte do estado de Nova Jersey, sendo o escritório da Filadélfia responsável por uma ponta do sul do estado.

No sexto andar de Claremont, em uma sala sem janelas que ainda tinha um leve cheiro de fumaça de cigarro de tempos idos, Odessa contou a história mais duas vezes. Exatamente do mesmo jeito, acrescentando um ou outro detalhe a cada relato. Os baques que ela entreouviu quando seguiu da cozinha para a escada, que pareciam indicar luta corporal, por exemplo. O bipe de um sinal de "porta aberta" quando entraram na casa de Peters. Leppo pedindo as sobras do almoço em vez de bolo de carne fresco.

Odessa desatou a chorar. Não conseguia parar. Ainda podia falar, mas escorriam lágrimas e coriza por seu rosto, que ela tratou de limpar com os lenços da caixa que segurava no colo. Em geral, aquela sala era reservada para o interrogatório de suspeitos.

Os agentes que a interrogaram tinham semblantes inexpressivos. Ela nunca estivera do outro lado da mesa. Algumas perguntas a deixaram alarmada.

"Algum de vocês dois bebeu álcool durante o jantar?"

"Você está sob o efeito de alguma medicação neste exato momento?"

Ela entregou sua pistola para testes de balística, um procedimento padrão. Aconselharam-na a fazer um exame de sangue, alegando ser para seu próprio bem. A forma como falaram não lhe caiu bem. Contudo, o exame de sangue nunca chegou a ser realizado.

O sol nasceu, o expediente da manhã começou, e agentes que nunca tinham prestado atenção na novata Odessa apareceram no sexto andar para dar uma espiada Foi naquele momento que a ficha caiu e ela entendeu que estava em apuros. Por mais que suas ações fossem justificáveis, ainda assim ela havia se envolvido num tiroteio. Um agente tinha morrido — e ela era a responsável.

Por volta das dez da manhã, Odessa foi comunicada de que deveria ir para casa. Quando passou em seu cubículo para pegar o carregador do celular, pensou em limpar as gavetas caso nunca mais permitissem sua entrada. *Ridículo*, pensou consigo mesma, mas será que era mesmo? Da janela podia ver a Center Street, onde furgões de canais de TV estavam a postos para fazer reportagens ao vivo.

Ninguém lhe dissera que Linus estava à sua espera. Ela o viu de longe no saguão, de terno sem gravata, como se tivesse se vestido às pressas para o trabalho, sem saber o que fazer. Linus tirou os olhos do celular e teve um sobressalto quando Odessa se aproximou. Ela o abraçou e chorou mais um pouco. Não imaginava que tinham entrado em contato com ele.

Odessa conhecera Linus Ayers na faculdade de direito em Boston, cidade natal dele. Namoraram até a formatura, terminaram e, menos de um ano depois, acabaram indo morar juntos. Era uma história de amor, mas financeiramente o arranjo também fazia sentido para os dois jovens advogados, ela com seu salário de concursada no FBI e ele com sua carreira promissora em um escritório tradicional do outro lado do rio, em Manhattan.

— *Obrigada* — sussurrou ela no ouvido dele.

Linus massageou as costas dela para tranquilizá-la, enquanto ainda a abraçava.

— Eles me telefonaram. Pensei que algo tivesse acontecido com você, que estivesse machucada.

Ela balançou a cabeça e enterrou o rosto no ombro dele mais uma vez.

— A coisa está feia para o meu lado — disse ela.

— Você precisa de um advogado — afirmou Linus.

Ela deu um passo para trás para enxugar as lágrimas e poder olhar para ele, que a encarava com preocupação.

— Eu tenho um advogado. Você.

Ele quase abriu um sorriso.

Saíram por uma porta sem numeração na River Street e passaram despercebidos por uma repórter que mexia no celular, com o fone de ouvido pendurado no decote da blusa, fazendo uma pausa entre transmissões. A chuva tinha amenizado a umidade, deixando o tempo mais fresco. Odessa recostou a cabeça no ombro de Linus na breve caminhada até a estação Newark Penn, onde pegaram o trem até a estação seguinte, em Harrison. Não falaram quase nada. Ela não viria a se lembrar de muita coisa daquele curto trajeto. A exaustão estava começando a bater.

Odessa imaginou que se sentiria melhor quando fechasse a porta do apartamento deles para o mundo lá fora, mas não foi bem assim. Linus perguntou se ela queria comer alguma coisa, mas Odessa não sentia a menor fome. Deitou-se na cama ainda vestida, coisa que só tinha feito uma vez na vida adulta, por conta de uma gripe.

Estava agoniada. Linus deixou um copo de água na mesinha de cabeceira. Ela o ouviu mexendo em algo na cômoda e percebeu que estava desconectando o cabo da televisão. Ele não queria que ela assistisse.

Porém, Odessa ainda estava com o celular e o carregador. Leu notícias e assistiu a vídeos, o máximo que conseguiu suportar. Havia câmeras do lado de fora da casa de Leppo, filmando a esposa dele em lágrimas enquanto colocava os filhos no carro e saía dirigindo.

Linus apareceu para ver se estava tudo bem com ela e a flagrou no celular. Fez com que ela prometesse que ia deixar o aparelho de lado e dormir. Odessa assentiu, mas o namorado continuou sentado na beira da cama. Queria conversar. Ou melhor: queria ouvir.

Ela contou uma versão abreviada do ocorrido. E compartilhou um detalhe que não mencionara para o FBI: o vulto que pensou ter visto sair do corpo de Leppo quando ele morreu. Odessa contou porque queria avaliar a reação de Linus, descobrir se tudo aquilo parecia bizarro demais. Ele se manteve calado, mas, depois de alguns instantes de ponderação silenciosa, comentou que achava que ela deveria conversar com alguém, além do advogado. Estava falando de terapia.

O coração dela ficou apertado. Odessa queria que aquilo fizesse sentido.

— Eu vi — disse. — Senti o cheiro.

— Mas viu o quê? — indagou ele. — Uma miragem?

— Não era bem isso. Mas algo do tipo. Uma ondulação. Uma coisa.

— Acho que você estava abalada e os seus sentidos pregaram uma peça em você. É compreensível.

— Eu sei que é bizarro! É muito difícil de explicar.

— O que falaram sobre isso lá na agência?

— Não contei para eles.

Linus arregalou um pouco os olhos e então assentiu.

— Talvez seja melhor assim.

Estava analisando a situação com seu olhar de advogado.

— Em tese, não há nada de errado em omitir isso.

— O que pode ter acontecido com o Walt? — perguntou ela.

Linus não tinha resposta.

— Meu Deus, nada faz sentido — murmurou a agente.

O celular de Odessa tocou. Ela se sentou, mas Linus viu quem era antes que ela atendesse a ligação.

— É a sua mãe — disse ele.

Odessa afundou de volta na cama.

— Não consigo.

— Então não atende — aconselhou ele, desconectando o carregador da parede e se levantando da cama. — Descanse.

Ela assentiu. Ele saiu do quarto.

Mais tarde, os noticiários recapitulavam obsessivamente o "último voo" de Cary Peters, remendando gravações de celulares, relatos de testemunhas oculares, furos de projéteis e relatórios oficiais. Odessa assistiu à cobertura em seu notebook, com uma xícara de chá frio sobre a mesa de cabeceira ao lado.

Peters matara cinco pessoas: dois homens em Teterboro e três membros de sua família em Montclair. Odessa não conseguia tirar da cabeça as palavras do homem cujo Jeep tinha sido roubado no estacionamento do campo de golfe. Sua descrição da expressão fria e do olhar distante de Peters — atribuídos ao ferimento na cabeça que ele sofreu durante a aterrissagem forçada no campo — correspondia exatamente à expressão que ela vira no rosto de Walt Leppo.

Os jornais diziam que Peters havia sido baleado e morto pelas autoridades, e que um agente do FBI morrera na troca de tiros. Por ora, ainda não tinham a história completa. Mas Odessa sabia que era só questão de tempo até que a verdade viesse à tona.

Todos tentavam compreender a carnificina cometida por Peters, assim como Odessa. Pressão financeira, instabilidade familiar, ruína profissional. A vida dele estava em frangalhos, sem dúvida. Porém, suas ações ultrapassavam essas questões. Não era um homem violento e não havia nada em seu passado que indicasse tamanha crueldade.

O mesmo valia para Leppo. Odessa recapitulou o jantar deles horas antes. Não podia ter sido mais banal. E o trajeto para Montclair: Leppo sendo Leppo, seguindo um palpite, em sua melhor forma. A chegada à casa naquela noite: o agente veterano tomando a frente. Odessa refreada pela descoberta do corpo da esposa de Peters. Ela queria ter uma memória mais nítida dos barulhos no andar de cima.

Houve uma briga? Por que Leppo não tinha atirado com sua pistola? Como ele acabou pegando a faca de trinchar que Peters arranjara na cozinha?

O celular de Odessa tocou. Era do escritório de Claremont. Estavam enviando um carro. Queriam-na de volta para outro interrogatório.

— Vou arrumar um advogado para você — disse Linus.

— Não tenho como bancar um advogado.

— Você não tem escolha.

Ela tomou banho, se vestiu e se apresentou para depor, acompanhada por um advogado do FBI. O depoimento foi filmado, e Odessa conseguiu responder tudo sem ceder à emoção e às lágrimas. Não fizeram perguntas sobre as condições do corpo de Walt Leppo depois de ser baleado. Ela assinou alguns formulários depois que o advogado os revisou, e informaram que seria chamada para um novo depoimento nos próximos dias, no Gabinete de Responsabilidade Profissional, unidade do FBI.

Odessa imaginou que lhe pediriam seu distintivo e suas credenciais. Já estavam com sua arma. Realocaram-na para um trabalho administrativo interino durante as investigações do Gabinete de Responsabilidade Profissional, um procedimento padrão. Ela perguntou quanto tempo isso levaria.

— Algumas semanas. Ou mais.

O tom com que o agente supervisor disse "talvez mais" a convenceu de que seria demitida. Claro, aconteceria depois de uma longa investigação em que pequenas e insignificantes violações dos procedimentos seriam citadas para comprovar justa causa. No entanto, o verdadeiro motivo era que ela tinha matado um agente a tiros, independente das circunstâncias. Nenhum outro agente iria querer trabalhar com ela em campo.

Em seguida, pediram que ela esperasse na garagem pelo carro que a levaria para casa. Ela estava sozinha, esperando, quando seu celular tocou. "Mãe", indicava a tela.

Ah, não. Um arrepio elétrico percorreu seu corpo. Talvez a mãe tivesse ficado sabendo da tragédia pelos jornais, mas Odessa não queria falar sobre o assunto. E, caso ela não tivesse escutado nada, caso fosse mera coincidência, um telefonema para botar a conversa em dia, o primeiro em mais de uma semana, deixar de falar sobre o ocorrido viraria uma grande questão numa próxima conversa. "Por que não me contou?" Lamúrias, acusações, e assim por diante. A culpa. Ah, a culpa... O mundo de Odessa tinha ruído, e, ainda assim, sua mãe daria um jeito de se fazer de vítima. "Você devia ter me contado antes."

Odessa colocou o celular no silencioso. Não estava em condições de falar com ela. Por ora, não. Mas ignorar a chamada e deixar cair na caixa postal não era o bastante.

Nunca seria o bastante.

Odessa saiu andando. Não ia conseguir entrar no carro naquele momento. Conforme se aproximava da saída, apertou o passo, com receio de ser vista e chamada de volta antes que pudesse escapar.

Na calçada, precisou caminhar dois quarteirões até se sentir livre. Mandou uma mensagem de texto para Linus — tinha insistido para ele ir trabalhar e queria que o namorado soubesse que o depoimento terminara e que estava tudo bem — e continuou andando. As nuvens no céu estavam densas, escuras, ameaçando uma chuva forte, mas caíram apenas alguns pingos incisivos.

Ela seguiu em frente, mantendo distância das áreas mais movimentadas às margens do rio, passando por lava-jatos, lojas de acessórios para celular, mercearias e fachadas comerciais vazias, estampadas com grafite. Justo quando estava começando a se sentir cansada das calçadas em ruínas e ruas desconhecidas, percebeu que estava na entrada do cemitério Mount Pleasant, um oásis em meio a uma cidade em agonia perpétua. Um monumento de pedra junto ao portão gótico vitoriano dizia "1844". Ela passeou pelas vielas sinuosas, entre esculturas fúnebres, criptas romanescas e mausoléus ricamente decorados. Uma atmosfera bastante particular.

Pensou em muitas coisas, mas suas ideias estavam dispersas, não conseguia refletir direito. Talvez fosse um bom sinal. Uma imagem que não saía de sua cabeça era a reação aflita de Linus à confissão dela sobre a essência... a presença... *O que quer que fosse* que vira emanar do corpo de Walt Leppo quando ele morreu. Odessa desejou ter o luxo de duvidar de si mesma, de descartar o que tinha visto. Queria poder deixar aquilo de lado.

De repente, sentiu fome. Encontrou um restaurante dominicano por perto, sentou-se sozinha em uma mesa e comeu frango assado e arroz temperado. A melhor parte era que o lugar não se parecia em nada com a lanchonete onde havia passado sua última hora com Leppo.

Walt, o que foi que aconteceu?

Ainda era dia quando ela atravessou o rio e voltou para Harrison. Suas pernas e seus pés doíam, não lhe restava mais um pingo de energia — até que viu, a uma rua de distância, a comoção do lado de fora de seu prédio. De início não entendeu o que era, então assimilou tudo de uma só vez e foi tomada por uma descarga nauseante de adrenalina.

Repórteres e seus furgões repletos de equipamentos esperavam do lado de fora de sua residência, de tocaia. Odessa estava recebendo o mesmo tratamento que Peters recebera quando o escândalo de corrupção veio à tona. Agora ela era o alvo.

Tal qual um ladrão de banco com um porta-malas cheio de dinheiro prestes a passar por uma blitz policial, ela deu meia-volta e caminhou na direção contrária, temendo, a cada passo, ouvir alguém gritando seu nome e correndo atrás dela. Todos já estavam sabendo: tinham noticiado o tiroteio, identificando-a. Ela não tirou o celular da bolsa. Devia estar com milhares de mensagens de voz e alertas de notícias. Ela se sentia como um animal prestes a ser devorado. Enxugou as lágrimas.

O mundo que ela conhecia tinha acabado. Ao ver as luzes e multidões à espreita na frente do prédio, entendeu que as coisas nunca mais voltariam a ser como antes.

Por sorte, Odessa logo notou que estava passando pela Biblioteca Pública de Harrison. Dentro das salas frias, silenciosas, entre as pilhas de livros, recordou-se de como as bibliotecas das cidadezinhas onde crescera, na região de Milwaukee, no Wisconsin, haviam sido santuários durante sua juventude. O cheiro de papel velho, o toque gélido das estantes de metal, a lisura do piso de azulejo. Bibliotecas eram um bom lugar onde se esconder e explorar, assim como os livros que elas ofereciam. Odessa achou uma cadeira em um canto e resolveu se sentar um pouco. Deixou o celular na bolsa, como se fosse uma pedra radioativa resguardada em um estojo de chumbo; quebrar o lacre a colocaria em contato com seus raios prejudiciais, envenenando-a. Atordoada, ruminou sobre o fim de sua carreira, a vida em ruínas, a morte de Leppo. Apareceram crianças na biblioteca, e ela precisou fechar os olhos, de tão abalada que estava com a lembrança dos filhos mortos da família Peters.

Os alto-falantes anunciaram que a biblioteca seria fechada em quinze minutos, e Odessa se sentiu zonza. Avistou um relógio e se perguntou se os repórteres — pelo menos os da televisão — já não teriam desistido de transmitir imagens dela em seus noticiários. Estava escuro lá fora, e ela seguiu direto para seu prédio, com a chave em mãos. Felizmente não havia furgões de TV ou repórteres à vista. Ela conseguiu entrar no saguão e chegar ao apartamento sem dificuldade.

* * *

Na manhã seguinte, viu-se incapaz de lidar com noventa por cento do que apitava em seu celular, mas foi impossível ignorar uma mensagem. Seu chefe pedia que ela não comparecesse ao escritório em Claremont e que, em vez disso, se reportasse à sucursal de Nova York. Odessa pegou o metrô para Tribeca e, durante os dois primeiros dias de sua realocação temporária, a chefia do vigésimo-terceiro andar bem que tentou arrumar algo para Odessa fazer. Ela se esforçou muito para parecer ocupada, mas, no final do segundo dia, já começara a se contentar em ficar olhando pela janela. Ninguém falava com ela.

No terceiro, todo mundo deixou o escritório para comparecer ao funeral de Walt Leppo. Odessa não teve coragem de ir. Tinha certeza de que ninguém queria que ela fosse. Ficar sentada diante de uma mesa vazia, sabendo que seu amigo e mentor estava sendo relembrado e enterrado do outro lado do rio: para ela, aquele foi o fundo do poço.

Sua mãe não parava de ligar. Odessa vinha se comunicando com os irmãos por mensagens de texto, dizendo que estava bem e prometendo telefonar no fim de semana. Tinha cinco irmãos, e o que morava mais próximo dela era o de Ohio, nos arredores de Cincinnati. Eram todos bem-intencionados, mas, só de pensar em falar com eles sobre o ocorrido Odessa, ficava exausta. Ela tirou um tempo para falar com a mãe, no entanto, em um momento raro de piedade, a chamada caiu na caixa postal.

"Mãe, sou eu. Desculpa, estou no meio de um furacão, como você pode imaginar. Tem sido uma semana horrível e não sei o que vai acontecer daqui pra frente. Mas estou bem, na medida do possível. Vou tentar te ligar de novo depois, mas estou com tanta coisa pra fazer que não sei quando vai ser. É isso. É a Odessa. Bom... Tchau."

Então permaneceu sentada em sua mesa vazia, sem nada para fazer até a hora de ir embora.

* * *

No dia seguinte, arrumaram uma função para Odessa. Ela foi enviada para o escritório da região do Brooklyn e do Queens, do outro lado do rio East, no bairro de Kew Gardens. Um agente aposentado tinha sofrido um derrame, e encarregaram-na de limpar a sala dele. Por que um agente aposentado ainda tinha uma sala ela não sabia dizer, mas tinha certeza de que, no papel de agente novata sob investigação, questionar o serviço não seria bem-visto.

Como esperado, a gerente administrativa de Kew Gardens não fazia ideia de que Odessa ia aparecer, tampouco sabia da sala em questão. Ela pegou um molho com trinta e tantas chaves de um gabinete na sala de fotocópias e entregou a Odessa, apontando para o corredor.

Odessa encontrou a sala nos fundos, em um canto, junto à saída de emergência. A porta não tinha identificação e estava trancada. Ela chacoalhou o molho de chaves e considerou quanto tempo levaria para testar todas, na certeza de que, seguindo a Lei de Odessa, a certa estaria entre as últimas. A porta da sala ficava escondida do restante da ala do escritório. Então, em vez de ficar testando as chaves, pegou um clipe de uma mesa vazia, apropriou-se de um ímã da geladeira da copa, um anúncio de pizzaria, e usou as duas ferramentas para destrancar a fechadura.

A porta se abriu para uma sala de ar parado. Não tinha janelas. Odessa mexeu no interruptor e, no teto, uma lâmpada solta se acendeu por um instante, depois começou a piscar e estourou. A sala não era usada havia um bom tempo.

A mesa estava vazia, exceto por alguns objetos de escritório de couro, uma estante com fichários vazios, alguns de pé em um canto, outros virados, e aquarelas em tons suaves que provavelmente já estavam na parede quando o ocupante anterior chegara.

Parecia mesmo a sala de um agente que contava os dias para a aposentadoria. Odessa deixou a porta aberta para entrar luz e se dirigiu à mesa, forrada por uma camada uniforme de poeira cinza e rala.

As gavetas estavam quase vazias: clipes, um rolo de fita adesiva, um abridor de cartas. Uma placa com um nome que talvez outrora tivesse enfeitado uma mesa similar ou uma porta de escritório: EARL SOLOMON.

Ela encontrou recibos antigos de gastos com viagens. Um almoço em Lawrence, Kansas, em 1994. Um jantar em Saskatchewan, 1988. Uma nota de uma loja de eletrônicos pelo "conserto de um gravador de fita", em 2009.

A gaveta de baixo, à direita, estava trancada. Só de ver, ela já sabia que nenhuma das chaves era do tamanho certo para abri-la.

Aproveitando a onda de confiança por ter destravado a porta, Odessa tentou usar a mesma técnica com o clipe no minúsculo buraco da fechadura, mas não teve sucesso. Alguns puxões em vão indicaram que a gaveta não ia ceder. Ela analisou a mesa mais uma vez. O abridor de cartas parecia fino o bastante para se encaixar entre as gavetas.

Ela refletiu, sabendo que deixaria um rastro visível de arrombamento. Deu uma olhada na porta que dava no corredor, para ver se alguém estava por perto, então esmurrou a lâmina do abridor na abertura de cima da gaveta e virou-a de lado.

O fecho interno se partiu. A gaveta estava aberta. Ela torceu para que guardasse ao menos uma bebida das boas.

O que seu interior revelou, no entanto, foi um gravador de rolo. Ela ergueu o aparelho e o colocou na mesa. Material pesado, com certeza não era só de plástico. Era bege, com a tipografia da marca, Sony, bastante espaçada — "S O N Y" —, uma letra antiga, comprimida. Ostentava um velho plugue de dois pinos. O estojo prometia "alta fidelidade". Os dois carretéis estavam vazios. Ela encontrou um punhado de rolos de sete polegadas no fundo da gaveta e os empilhou na mesa, junto ao gravador. Tinha uma vaga memória do avô enrolando fita no carretel de um gravador. Ficou curiosa o bastante para experimentar.

Colocou um rolo no carretel esquerdo e rebobinou, puxou a fita e encaixou-a no cabeçote. A fita marrom estava frágil; ela precisou tomar cuidado para não parti-la. Enrolou a ponta da fita no carretel receptor vazio e passou-a por uma fenda para que não desenrolasse e escapasse. Girou um pouco a fita à mão, depois plugou o gravador na tomada. Os pinos se conectaram à corrente elétrica com uma faísca azul bravia.

Ela ligou o aparelho e botou para tocar. Funcionou! Ou pelo menos parecia ter funcionado — não saiu som algum num primeiro momento. Ela apertou o botão mais uma vez, e a fita avançou a uma velocidade assustadora. Ela reduziu a velocidade.

O som de batidas em um microfone lhe deu um susto. "Testando, testando."

Ela baixou o volume, ouvindo uma voz grave que seria límpida não fossem os chiados da fita envelhecida.

Em seguida, uma gravação de rádio interrompeu uma música, também chiada e distante, e então ecoaram alguns baques, indicando que o microfone da gravação se aproximara do objeto de captação:

Here come the stars tumbling around me...
There's the sky where the sea should be...

Quase uma música de banda marcial. Ela pegou o celular e abriu o aplicativo Shazam, num improvável método de detecção de áudio — uma canção dos velhos tempos, emitida por um aparelho antigo e decodificada pela genialidade algorítmica de um dispositivo moderno. Funcionou. Era "What Now My Love", de Shirley Bassey, com a participação de Nelson Riddle e sua orquestra. Lançada em 1962, segundo o Shazam.

A orquestração e performance vocal foram ganhando força, até cessarem de repente. Um trechinho de falatório de um antigo locutor se fez ouvir, mas logo foi cortado.

E então... ruído branco.

E depois nada.

Odessa acelerou, mesmo com receio de partir a fita. Mas o restante estava em branco.

Era alguém testando o aparelho? Em 1962?

Ela examinou o gravador, erguendo-o. Na parte de baixo, talhadas no chassi de plástico com alguma ferramenta quente, estavam as iniciais ES.

Earl Solomon. Aquela revelação anticlimática — de que o gravador aparentemente pertencia ao agente do FBI que se sentava à messíssima mesa em que o aparelho estava guardado — pareceu concluir sua investigação.

Pelo jeito. Earl tinha enfiado o trambolho na gaveta de baixo e esquecido dele por completo.

Odessa retornou à gerente administrativa.

— O que devo fazer com os pertences do agente? — indagou.

A gerente deu de ombros.

— Todos os itens pessoais devem ser devolvidos, imagino. Precisamos da sala. Deixa eu ver se tenho o endereço...

Odessa encontrou uma caixa vazia na sala de impressão e colocou tudo dentro dela.

A agente pegou um táxi para Flushing e levou a caixa até o Hospital Presbiteriano do Queens. Foi de recepção em recepção tentando localizar Earl Solomon. Estava tentada a apelar para o distintivo, mas não parecia correto fazê-lo enquanto cuidava de uma tarefa administrativa. Por fim, descobriu que ele tinha saído da UTI e foi até o quarto onde o homem se encontrava.

A porta estava aberta. Não era um quarto privativo, mas o primeiro leito estava vazio. Ela contornou a cortina de separação, tomando cuidado para não fazer barulho. Um homem negro cujo rosto não disfarçava seus oitenta e seis anos estava deitado, dormindo. Sondas saíam de suas mãos e braços até bombas médicas e monitores que trabalhavam em uma sinfonia silenciosa. Sua respiração era rasa e seu cabelo, grisalho, encaracolado e curto.

Odessa pousou a caixa no braço de uma poltrona de madeira. Esperava encontrar membros da família fazendo vigília, o que lhe daria a oportunidade de se explicar, entregar as coisas que recolhera da mesa e sair educadamente em poucos minutos. Sentia-se uma intrusa. Não ousou acordar o homem. Ele podia estar sedado. Talvez Odessa precisasse recorrer ao distintivo de qualquer forma, para conseguir obter informações no balcão da enfermagem, ou só lhe restaria esperar que algum enfermeiro ou enfermeira passasse no quarto.

Uma pequena televisão de tela plana ligada pendia de um canto do teto. Assim que Odessa se deu conta do que estava sendo transmitido, sentiu o corpo gelar. Era uma reportagem sobre o enterro da esposa e dos filhos de Cary Peters. O do próprio Cary fora realizado separadamente. Ela viu imagens da fila de automóveis no cemitério, manifestações efusivas de solidariedade e homenagens às vítimas. O noticiário mostrava fotos obtidas nas redes sociais, nas quais a sra. Peters e as crianças apareciam em um parque aquático, um zoológico, um jogo de hóquei do New York Rangers. Em seguida, uma foto que Odessa achou familiar mostrava Peters sozinho, na época em que trabalhava para o governador. Uma foto da casa deles em Montclair, tirada naquela noite, iluminada pelas luzes vermelhas e azuis dos primeiros socorristas. E, então, a foto de uma mulher jovem com cabelo castanho na altura dos ombros, vestindo um blazer por cima de uma blusa branca, sorrindo com orgulho. Odessa chegou a engasgar quando reconheceu a própria imagem na televisão: era sua foto oficial dos registros no FBI.

E então de volta para o âncora. Não era nem uma emissora local, era a CNN. Cobertura nacional. Odessa não sabia o que estavam falando dela... mas, ao mesmo tempo, sabia.

— Você é funcionária?

A voz assustou Odessa. Ela se virou rapidamente, esperando ver alguém à porta.

Era Earl Solomon. Tinha acordado, se é que estivera mesmo dormindo. Ele estreitou os olhos, depois os arregalou. Eram olhos amigáveis, um pouco amarelados.

— Não — disse ela, sem fôlego.

Odessa deu uma olhada na televisão, mas o noticiário já tinha seguido para outra matéria. Voltou o rosto para o homem.

— Meu nome é... Odessa Hardwicke. Agente especial de Nova Jersey. E você é o agente... Sr. Solomon?

— Agente Solomon — confirmou ele. — Earl. Se importa de levantar um pouco o colchão para mim?

Ele apontou para o controle do leito, e Odessa fez o que o homem pediu, posicionando-o para que pudesse vê-la melhor. Os lábios dele estavam secos e a língua, pálida.

— Quer um pouco de água? — ofereceu ela.

Solomon balançou a cabeça, crispou os lábios e olhou ao redor, como se tentasse se lembrar de onde estava.

— Quarto novo — comentou.

Odessa respondeu com um meneio. Ainda estava se recuperando da sensação de ter se visto na TV.

— Ah... Você está confortável?

— Não muito.

— Você... Você teve um derrame, ouvi dizer.

— Uma placa se soltou nas minhas artérias, se acomodou em algum canto da cabeça e bloqueou a passagem de sangue para o cérebro. Me derrubou.

Ele alisou o lençol.

— Por sorte, eu estava com o meu celular quando caí.

— Você está com uma voz boa. Alguma sequela?

Ele fez cara feia de novo.

— Não consigo sentir cheiro nem sabor. Ouço um zunido constante. Mas, se for só isso mesmo, acho que saí no lucro. Fizeram mais alguns exames e encontraram outras placas em volta do meu coração. E um fungo crescendo. Isso não é nada bom.

— Não parece ser coisa boa mesmo.

— Você é de Nova Jersey, não é?

— Sou, sim. O pessoal do escritório... — Ela não quis entrar nos pormenores de sua situação. — Você ainda tem uma sala no escritório do Brooklyn e Queens.

Solomon assentiu. As rugas da testa se articulavam a cada expressão.

— Não costumo aparecer por lá.

— Percebi. — Ela tentou sorrir, mas pareceu forçado. — Só não entendo uma coisa. A idade obrigatória para aposentadoria no FBI é cinquenta e sete anos, não é?

Ele fez que sim.

— Acho que, oficialmente, estou aposentado.

— Então por que ainda tem uma sala?

— Bom, caso eu precise.

Odessa assentiu, embora aquilo não fizesse sentido para ela.

— Mas calma... Eles simplesmente esqueceram da sua sala?

— Esqueceram de mim. — Solomon sorriu. Tinha dentes grandes, que pareciam frágeis. — Você vai ficar com o meu escritório?

— Não. Só estou fazendo uma limpa. — Ela apontou para a caixa que estava na poltrona atrás dela. — Eu trouxe o que estava na sua mesa. Não tinha muita coisa.

Solomon não se deu ao trabalho de olhar para a caixa, estava interessado em Odessa.

— Como foi que sobrou para você essa missão de misericórdia?

Primeiro ela sorriu, achando graça naquela expressão, depois percebeu que precisava contar a verdade.

— Estou cuidando de funções administrativas no momento.

Solomon assentiu, como se já esperasse essa resposta.

— Invalidez ou ação disciplinar?

— Inquérito administrativo — falou, repetindo o termo que não parava de martelar em sua cabeça. — Por conta de alguns tiros.

— Tiros que acabaram mal?

— É... é um pouco difícil responder a essa pergunta.

— Entendi — disse Solomon, de olho na televisão em um suporte no canto.

Já devia ter visto alguma reportagem sobre a tragédia em Montclair. Odessa o observou enquanto ele juntava as peças do quebra-cabeça. Solomon se voltou para ela com curiosidade e uma expressão quase reveladora. Ela só viria a entender o que isso significava muito depois.

— O confronto com o auxiliar do governador — disse ele. — O homem que se virou contra a família. Matou quase todo mundo.

Odessa baixou o rosto.

— Esse mesmo, senhor.

— O agente que estava com você atacou a criança sobrevivente e você atirou nele.

Ela fechou os olhos e assentiu de novo.

— Agente Solomon, eu não quero...

— Você não quer falar sobre isso.

— Não, senhor. Não quero.

— Entendido. Só tenho umas perguntas pontuais para fazer.

Ela o encarou, confusa. Pensou que ele fosse deixar o assunto de lado.

— Primeiro, quanto ao outro agente... — prosseguiu Solomon. — Um agente do FBI. Presumo que não havia indícios de psicose antes do ocorrido...

Odessa balançou a cabeça.

— Não.

— E o assassino morreu primeiro.

— Eu atirei nele.

— Mas o agente... Ele andava agindo estranho antes?

Odessa não queria mesmo entrar nos pormenores.

— Podemos dizer que sim. Mas não quero...

— São perguntas difíceis, mas importantes. O agente, quando você atirou nele... Estou me referindo ao momento do óbito. Aconteceu alguma coisa... Alguma coisa digna de nota? Fora do comum?

Ela não sabia bem como responder. Estava relutante em dar qualquer informação. Inclusive, tinha sido aconselhada pelo advogado a não discutir o caso com ninguém. Mas aquela pergunta... tão específica...

— Vi uma espécie de ondulação, uns vapores estranhos, emanando dele.

— Algum odor? Parecido com o de uma substância oleosa?

Como ele sabia de tudo aquilo?

— Isso. Parecia solda queimada. — Ela se arrependeu das palavras assim que saíram da sua boca. — Foi um momento traumático, não tenho certeza de nada...

Solomon não estava julgando. Estava pensando.

— Você viu algum altar improvisado na casa?

Que tipo de pergunta era aquela?

— Não, nenhum...

— Um altar, um santuário. Talvez na garagem ou em uma edícula. Uma panela de ferro ou uma urna...

Ela o interrompeu.

— Não sei muito sobre a investigação porque também estou sendo investigada. Por causa dos tiros. E aquela casa não era mais dele, ou pelo menos ele não estava morando lá.

— Um caldeirão preto, talvez de ferro fundido — insistiu ele. — Pode parecer um vaso ou um cesto de lixo caso você não saiba o que é. E talvez encontre cabelo, cabelo humano, e ossos...

— Ossos? — perguntou Odessa.

— Isso, e sangue... Sangue não costuma passar batido.

— Agente Solomon... — A conversa estava tomando rumos estranhos. — Eu não deveria nem estar falando disso com o senhor. Vim aqui por sua causa.

— Por minha causa? Não se preocupe comigo. Não consigo sentir sabor nem cheiro e tenho um fungo crescendo no cérebro. Só Deus sabe o que vai ser de mim daqui para a frente. Olha, aceito aquela água agora.

Ele apontou para uma jarra lilás sobre uma bandeja com rodinhas. Odessa serviu um pouco de água em um copo plástico. Solomon tomou de golinho em golinho. As mãos tremiam por causa da idade.

— Você vai precisar de ajuda nessa investigação — disse ele.

— Tenho um advogado indicado pelo FBI — garantiu ela.

— Não estou falando de ajuda para se defender. Estou falando de ajuda para investigar.

Ela não entendeu de primeira.

— Investigar o que ocorreu na casa? Não posso chegar perto da cena do crime.

— Mas precisa. Se quiser saber o que aconteceu de verdade. Conheço uma pessoa que pode ajudar você.

— Obrigada, agente Solomon — disse ela, tentando encontrar um equilíbrio entre educação e firmeza —, mas vou deixar o FBI fazer o trabalho deles enquanto eu faço o meu. E por falar nisso...

Ela fez um gesto tímido em direção à porta, ansiosa para ir embora.

— O que você tem que fazer — explicou Solomon — é escrever uma carta, em poucas palavras, descrevendo o que aconteceu e requisitando assistência. Escreva à mão, em papel. Sem rodeios. Exponha o seu caso. De um jeito simples. Sincero. Peça ajuda. Dobre ao meio, apenas uma vez, bem ao meio, e depois sele a carta em um envelope de papel pardo. E como destinatário coloque... Trate de anotar agora... Ilmo. Sr. Hugo Blackwood. Stone Street, número 13 ½. Fica ali na região de Wall Street. Sabe onde?

Ela balançou a cabeça.

— O quê?

— Uma das ruas mais antigas de Manhattan. Preste atenção. Tem uma caixa de correio preta, de ferro, escondida em uma parede estreita de pedra entre dois prédios. Difícil de achar se você não estiver procurando, não tem número nem marcação. É quase invisível... Foi esquecida, para ser mais preciso. Coloque você mesma a carta. Em um ato de contrição, humildade. Deposite o envelope na abertura para correspondências e vá embora. Então, espere.

Odessa respondeu com um meneio cauteloso, tentando manter uma expressão contida e neutra. Sentiu pena, mas também uma compaixão muito forte por Solomon, ao perceber que sua mente fora afetada pelo derrame. A conversa toda de repente fez sentido... justamente por não fazer sentido.

— Qual é o endereço mesmo? — perguntou ela, com educação.

— Stone Street, número 13 ½.

— Certo — disse ela, como se estivesse guardando de cabeça. — Deixe comigo.

— Me promete que vai fazer isso? Exatamente como eu expliquei?

— Prometo — respondeu Odessa. — Obrigada. Como vou saber se...

— Se o que você está dizendo for verdade... Se for o que estou pensando... ele vai aparecer.

O homem a encarou, sério. Odessa achava que estava no controle, mas sentiu-se murchar um pouco. Depois de mais esse sutil escrutínio, Solomon virou o olhar para a janela, para a fuligem no alto do céu cinza da cidade.

— Sei que estão sendo dias difíceis para você — disse ele. — Levantar da cama de manhã cedo. Escovar os dentes. Sei muito bem, encarar a si mesma no espelho... Você só consegue pensar no que aconteceu e em como podia ter sido diferente.

Odessa o observava enquanto ele olhava para a cidade. O cérebro dele não parecia afetado. Solomon descrevera exatamente seu estado de espírito.

— As pessoas chamam de arrependimento, mas é consciência — continuou ele. — É a pura compreensão de que as medidas que você toma ou deixa de tomar impactam os outros diretamente. Você é cúmplice. Eu sou cúmplice. Somos todos cúmplices. Não falo de ter envolvimento em um crime, mas de ter a noção de que você prejudicou alguém, de certa forma. Acontece com todo mundo. Então, amanhã de manhã, quando estiver diante do espelho escovando esses dentes brancos, pense por que está fazendo isso. Não nos benefícios para a saúde bucal. Escovar os dentes, pentear o cabelo, passar manteiga na torrada, pensar no que o dia vai trazer. Tudo é uma invocação. É tudo um breve momento de invocação sagrada. Mas tem uma questão. Às vezes, não somos nós que fazemos a invocação. Às vezes, somos nós que somos invocados.

Solomon voltou a fitá-la com seus olhos amarelados.

— Eu estava esperando que alguém viesse — disse —, mas com certeza não você.

A atenção de Odessa havia se dispersado. Parecia que as coisas que ele falava ora eram coerentes, ora não. A única certeza que ela tinha era que queria muito ir embora. Mas sem parecer rude.

— Enfim, agente Solomon, os seus pertences estão nesta caixa — avisou. — Quer que eu abra um espaço no armário para eles?

— Pode levar de volta — retrucou ele.

— Não posso...

— Não tenho família, ninguém para quem doar essa tralha, que dirá alguém para me ajudar a levar tudo para casa. Se é que eu vou voltar para casa um dia... E, por falar nisso, sei que estou me intrometendo, mas, com a suspensão, você tem tempo de sobra...

— Não é uma suspensão oficial, sabe...

— Ah, entendi errado, então — disse ele, com um sorriso gentil.

— Mas, como eu já disse, não tenho mais ninguém na vida. Se eu passar meu endereço, poderia levar essas coisas de volta para a minha casa, por favor? E, já que vai estar lá, poderia dar uma olhada geral? Acender as luzes, dar comida para o Dennis? Caramba!

— Quem é Dennis?

— O peixe que eu adotei. Um peixe órfão. Muito triste... Ele deve estar com uma baita de uma fome.

— Ai, meu Deus...

— Pois é. Eu tinha esquecido. Talvez ele precise de um novo lar em breve. Se você conhecer alguém...

Solomon rabiscou seu endereço e fechou os olhos para descansar. Odessa guardou o papel no bolso, pegou a caixa e se despediu... mas Earl Solomon já estava dormindo.

1962. DELTA DO MISSISSIPPI

Earl Solomon, o agente novato, avançava pelo bosque com seus sapatos Oxford de couro. Caminhava com cuidado; ele só tinha um par. O solo estava seco na superfície, mas a terra e os detritos mostravam-se úmidos quando revirados. Sua camisa branca de algodão, sob o terno leve de verão, já estava ensopada de suor.

O xerife Ingalls estava de botas, alguns passos à frente. O agente Macklin tinha coberto os sapatos com galochas, que ele deixava no porta-malas para esse tipo de ocasião. Entregou algumas fotos do linchamento a Solomon. A vítima, um homem branco chamado Harold Cawsby, que atendia por "Hack", pendia de um laço de corda que mal parecia ser forte o bastante para aguentar o peso de um homem adulto. O galho era baixo e robusto. Os pés de Hack Cawsby — um calçado e o outro não — balançavam a cerca de trinta centímetros do chão.

— Pulsos para trás amarrados com arame — descreveu o xerife, liderando o caminho. — Ele estava com as calças arriadas, na altura do quadril, mas não usava cinto. Muito provavelmente, Hack tentou se soltar quando foi erguido, chutando e se debatendo, mas essa é uma luta que poucos vencem.

Outra foto mostrava as mãos do homem. O filme da câmera era preto e branco; o sangue que cobria suas mãos tinha tom e textura de melaço.

— Aqui em cima, à esquerda — disse o xerife, estapeando um pernilongo na nuca.

Solomon quase nunca era incomodado por mosquitos. Tinha a respiração rasa e atribuía a relativa imunidade aos insetos à baixa quantidade de dióxido de carbono que emitia, o que acabava não os atraindo. Earl Solomon era um homem que operava em baixa frequência, sob todos os aspectos.

O xerife Ingalls parou diante de uma árvore que parecia maior e mais velha que as demais ao redor e, com as mãos na cintura, estudou-a com atenção. Solomon ergueu as fotos da cena do crime. Sim, era a árvore da imagem.

— Amarraram uma ponta neste galho baixo aqui — explicou o xerife, apontando. — Passaram a corda por aquele galho grosso ali e o prenderam lá em cima.

Solomon assimilou a cena do crime e ergueu a cabeça, olhando para o céu. Virou-se para a mesma direção que o corpo encarava na fotografia. A última visão de uma vítima de assassinato lhe interessava mais do que suas últimas palavras. Ainda mais em um linchamento. Afinal, Solomon era um jovem negro no interior do Sul dos Estados Unidos, não importa se tinha distintivo ou não. Sem lembrar que estava sendo observado, virou a cabeça de lado, replicando a posição final do corpo. Pensando em quem ele teria visto ali, quem teria assistido a um homem morrer. Enforcadores só deixam o local quando o serviço está completo.

Solomon se virou de volta para a árvore e flagrou uma troca de olhares entre o xerife Ingalls e o agente Macklin. Os dois homens, sobretudo o xerife, provavelmente consideravam os homens negros simplórios. Solomon estava se esforçando para não cometer o mesmo erro ao julgá-los.

— Vocês estão com a corda? — perguntou ele.

— Estamos — disse o xerife, dando de ombros.

— É uma corda comum. E já estava velha — informou Macklin. — Pode ser de qualquer estábulo de qualquer propriedade a um raio de oitenta quilômetros daqui.

— E vocês estão com o sapato? — indagou Solomon.

— Que sapato? — retrucou o xerife.

Solomon apontou para o pé de Hack Cawsby com meia.

— O sapato.

— Ah, sim, estamos com o outro sapato. Estava por aqui.

Solomon assentiu.

— Ou ele chegou aqui sob coerção, ou foi ludibriado. Ou veio na garupa de um animal.

O xerife Ingalls não parecia muito disposto a discutir as suposições de Solomon.

— Fizemos uma busca pela região. Não encontramos nenhuma marca de ferradura.

Solomon viu resíduos chamuscados no sopé da árvore, debaixo de onde o corpo ficara pendurado.

— Mas queimaram uma parte do solo. Talvez para acobertar algo.

— Não acho que tenham feito uma fogueira — declarou o xerife, já entediado. — Escuta, você queria ver a cena do crime. Disse que as fotos não eram o bastante. Bom... Aqui estamos. E então?

Solomon afastou alguns dos gravetos e das folhas estorricados com o pé, numa parte intocada do solo, usando a ponta dos sapatos para preservar o lustre do couro preto. Conforme já tinha notado quando chegaram ao local, o solo era mais macio e úmido por baixo.

O xerife continuou, dirigindo seus comentários ao agente Macklin:

— Se os senhores, agentes federais, estão aqui para ajudar, sou todo ouvidos. Agora, se estiverem aqui para causar mais problemas, muito obrigado, mas já temos problemas suficientes para resolver. Preciso que os culpados sejam presos e, antes disso, preciso de suspeitos. Tem uma conspiração de silêncio entre os negros, e sei como fazer eles abrirem a boca, se for preciso.

Solomon se agachou. Preservadas no lodo firme do matagal, havia marcas que pareciam estranhas. No entanto, quando Solomon as observou de perto, de lado, reconheceu o que parecia ser a pegada de um pé descalço de criança.

Um menino, provavelmente.

Solomon se virou para chamar os outros dois homens, mas se interrompeu. Não estavam prestando atenção nele de qualquer forma. O xerife continuava reclamando.

— Se o governo federal quiser gastar o dinheiro dos meus impostos investigando esse assassinato, tudo bem, seria a primeira vez que eu ficaria satisfeito com Washington. Seria um dinheiro bem gasto. Mas, se vocês não forem tratar do assassinato e estiverem mais interessados em preservar e proteger os direitos civis de certo tipo de gente, pois saibam que tenho um crime para investigar, enquanto vocês ficam aí de bobeira.

Solomon se endireitou. Desejou ter trazido uma câmera.

— A vítima, Hack Cawsby, era gerente de banco?

— Era, sim — disse o xerife.

— E líder do Conselho de Cidadãos?

— Também. O que é que tem?

— O Conselho de Cidadãos é a favor da segregação.

— É um grupo que defende as leis estaduais. — Ele falava aqueles eufemismos sem pensar duas vezes.

— Exatamente o que eu disse.

O xerife retrucou a insolência de Solomon com um sorrisinho debochado.

— Muito que bem. Faça como quiser. Quero ver apontar os culpados.

— Talvez eu possa apontar a cor da pele deles — disse Solomon. — Ainda sobra um bocado de suspeitos.

— É por isso que precisamos agir rápido. Vou de porta em porta se for preciso. A justiça clama. A comunidade clama. Se eu não desvendar o caso, outros vão tentar usar seus próprios métodos. É uma questão de segurança pública.

Solomon tomou o envelope das mãos de Macklin, que estava quieto, e tirou de lá quatro fotografias de homens negros enforcados.

— Você saiu batendo de porta em porta para resolver esses casos?

O xerife Ingalls olhou para as fotografias como se Solomon estivesse tentando lhe passar dinheiro falso.

— Quatro linchamentos no ano passado — comentou Solomon. — Quatro vítimas negras, nenhum crime resolvido. Um homem branco, e agora você quer virar o condado do avesso.

O xerife Ingalls torceu o nariz com tanta aversão que, por um instante, Solomon achou que ele fosse cuspir nas fotos.

— Sabia que você não estava aqui para ajudar a solucionar o caso coisa nenhuma! — O xerife apontou um dedo manchado de nicotina para o agente Macklin também. — Vocês todos estão aqui para me impedir de fazer a droga do meu trabalho. Para importunar um homem da lei. Não fazem a menor ideia do que se passa por aqui.

Solomon olhou para Macklin, seu superior, em busca de ajuda. Macklin não tinha palavras.

Mas Solomon, sim. Ele tinha muito a dizer ao xerife. Porém, em vez disso, transformou sua animosidade em um sorriso desgostoso.

— Obrigado, xerife Ingalls, pela sua cooperação. Eu aviso se precisar de mais alguma coisa.

O xerife olhou para Macklin e então de volta para Solomon.

— É isso?

— Por ora, sim — decretou Solomon.

O homem se virou e foi embora, resmungando.

— Maldito governo federal...

Depois que o xerife se afastou, Solomon se dirigiu ao agente Macklin:

— Obrigado por me dar cobertura.

— Escuta, novato — disse Macklin. — Ele tem razão. Você não sabe de nada do que acontece aqui. Às vezes, se chega com o pé na porta, às vezes, tem que tomar cuidado. E se precisar da ajuda dele?

— Ele jamais me ajudaria.

Macklin pegou o envelope e as fotos de volta.

— Escuta o que estou dizendo, experimenta falar com mais jeito. Você pode até detestar o homem, mas ainda dá para fazer bom uso dele.

Os dois viram o agente Tyler se aproximar às pressas. Ele desacelerou um pouco ao passar pelo xerife, mas apertou o passo de novo até se juntar aos demais.

— Novidades? — perguntou Macklin.

— Sim, senhor — disse Tyler, olhando de soslaio para Solomon.

— Pode falar. Ele é um dos nossos — disse Macklin, referindo-se a Solomon. — Diga lá.

— Um repórter local mandou um boletim de ocorrência para a agência de notícias e se interessaram pelo caso. A história vai ganhar abrangência nacional amanhã.

Macklin bufou.

— Isso não ajuda muito.

— E pior... — prosseguiu Tyler. — Ficamos sabendo que homens da Klan estão vindo do Tennessee. E a história do linchamento de um homem branco vai atrair mais gente ainda.

— É uma bomba prestes a estourar — disse Macklin. — Você vai informar o escritório de Jackson?

— Eles já estão sabendo. Foram eles quem me falaram — explicou Tyler.

Macklin se virou para Solomon.

— Tem certeza de que não vai precisar da ajuda do xerife?

Solomon saiu do carro e pediu que o agente Tyler o esperasse no veículo. Ele bateu na porta dos Jamus, e Coleman atendeu de novo.

— Pois não, senhor?

— Coleman — disse Solomon —, sua mãe está em condições de conversar comigo uns minutinhos?

— Ela está com o pastor — disse o menino, dando um passo para o lado para deixar Solomon entrar.

A sra. Jamus estava afundada em uma poltrona macia e confortável. Tinha um lencinho em cada mão, um branco e o outro lavanda. O pastor, que se apresentou a Solomon como Theodore Eppert, abanava a mulher inconsolável com um jornal dobrado. Solomon ficou sabendo que o menino doente se chamava Vernon. Era o caçula de dezenove irmãos.

— Tinha uns garotos — contou a sra. Jamus a Solomon, enquanto ele se sentava na beira de um sofá descascado do outro lado da sala —, garotos brancos, da idade do meu Coleman. — Coleman estava parado na porta, atento à mãe. — Eles vieram falar de registro de voto, assinatura de petição, essas coisas. — Ela enxugou o suor da testa e do decote. — Disseram que iam falar com todo mundo aqui no Delta. Anotavam os nomes em um livro. Em um *livro*. — Ela olhou para o pastor, que confirmou o pior medo dela com um meneio. — Não deu nem três, quatro dias, e Vernon começou a apresentar os primeiros sintomas. Só três, quatro dias.

— Sintomas como...?

— Xingar — disse ela. — Responder. Vernon era o queridinho da escola dominical, não era do tipo malcriado. Não comigo. Ele começou a falar sozinho e a andar pela casa em círculos. Sem parar, murmurando. Tudo por causa daqueles garotos brancos. — Ela apertou a mão do pastor. — O diabo veio para o Delta, estou dizendo. Já rezei tudo que tinha pra rezar.

Ela começou a chorar de novo. Solomon se levantou e pediu licença. Já tinha escutado tudo que conseguiria arrancar daquela pobre mulher. O pastor Eppert sussurrou algumas palavras reconfortantes para a sra. Jamus, então soltou a mão dela com cuidado, levantou-se e foi atrás de Solomon, passando por Coleman.

— Eu estive com o menino — disse o pastor. — Tentei ver dentro do coração dele. Há um mal entre nós. O Senhor diz que, quando o diabo aparece, acomete o melhor entre nós. Vernon, que Deus o tenha, era o melhor entre nós.

— E os médicos não conseguiram fazer nada por ele? — indagou Solomon.

— O dr. Jeffries fez uma visita logo no início. O menino o recebeu com xingamentos, muitos impropérios e pontapés. Ele foi embora dizendo que não podia fazer nada a não ser indicar onde ficava o sanatório mais próximo.

Solomon assentiu. Estava pensando na pequena pegada que vira embaixo do galho do linchamento.

— Você sabe há quanto tempo ele está acorrentado? — perguntou Solomon.

O pastor Eppert se virou para Coleman e repetiu a pergunta do agente.

— Um dia, dois, três... — respondeu o garoto, e então passou a sussurrar. — Ficaram com medo dele mexer com os outros durante a noite.

Solomon, também aos sussurros, perguntou:

— Por que você acha que alguns dos seus paroquianos acreditam que a doença de Vernon tem ligação com o linchamento?

O pastor balançou a cabeça. De perto, o brilho prateado de seu cabelo ficava mais intenso. Os fios da mecha eram mais grossos e densos que os demais.

— Eu diria que eles veem que tem a mão do diabo nisso. Você já aceitou o Senhor como o seu Salvador, meu filho?

— Já — respondeu Solomon, e não se estendeu no assunto.

Ele se despediu do pastor com um aperto de mãos e estava a caminho do carro quando se virou e perguntou:

— Você conhece ou já ouviu falar de um homem chamado Hugo Blackwood?

O pastor Eppert olhou para o teto, em busca de uma resposta.

— Nunca ouvi falar, não. Por quê?

Solomon balançou a cabeça.

— Por nada.

E foi embora.

2019. NEWARK, NOVA JERSEY

Obediah mal podia conter a empolgação.

O fato de ser o último incorpóreo a ter nascido o tornava mais impulsivo, mais propenso a tomar decisões precipitadas. Tinha cometido erros. Muitos.

Dessa vez, porém, decidira fazer as coisas de forma diferente. Dessa vez tinha um plano.

Saltara do corpo do homem corpulento — Leppo — e por um momento chegou a contemplar a ideia de tomar o corpo da menininha que tinha acabado de ferir. Mas sentira o osso dela ceder e rachar, sentira a clavícula desencaixar.

Não. Não conseguiria fazer o que precisava naquele corpo.

Ainda assim, a tentação era grande. Havia saboreado a confusão e a dor da agente por atirar no próprio parceiro e ficou imaginando se ela precisasse atirar justamente na menina que estava ali para salvar.

Que delícia! Seria um prazer e tanto!

Obediah perdeu a chance. Hesitou demais e, quando deu por si, o quarto já estava cheio de socorristas e autoridades locais. A agente saiu do quarto e, em vez de segui-la, Obediah pairou sobre os corpos dos humanos, até que um jovem socorrista de mais ou menos trinta anos, em excelentes condições, apareceu.

Ele entrou no corpo bem rápido, sobrepondo com destreza sua vontade à alma do rapaz e reprogramando o corpo depressa, deixando o socorrista fraquejar apenas por um instante.

— Tudo bem, Reese? — perguntou um colega.

Obediah assentiu.

— *Me ajuda aqui com ela* — *pediu o colega.*

Obediah sabia o que o socorrista ia fazer, e como ia fazer. Com o passar dos séculos, tinha experimentado todas as profissões, todas as ciências, todas as artes. Não podia dizer que dominava muitas delas, mas sabia o bastante para passar despercebido por um tempo, caso julgasse conveniente. Era capaz de permanecer escondido na carne de seu hospedeiro, contanto que seu trabalho e sua família nuclear permitissem o isolamento seletivo. Recentemente, por volta dos últimos cinquenta anos, a maioria de seus atos de violência tinha atraído certo tipo de profissional — paramédicos, policiais ou bombeiros —, e, portanto, a maioria de seus saltos temporários eram socorristas bem-intencionados.

Obediah pretendia entrar na agente para continuar a matança, mas encontrou algo dentro do socorrista que o agradou. Era um homem casado e tinha um bebê que o esperava em casa. Seria divertido.

O casal morava em um apartamento modesto com paredes finas, então Obediah teve que esperar os vizinhos saírem para trabalhar.

Na cozinha, a mulher preparava uma refeição parca. Obediah escolheu um cutelo de um jogo de facas barato: aço inoxidável, quinze centímetros. Não era lá dos melhores, mas era forte o bastante.

E só pela diversão, decidiu fazer um duplo.

Um duplo era difícil de controlar, mas dava uma satisfação e tanto: Obediah deu duas facadas nas costelas mulher, entrou nela e forçou-a a esfaquear o marido. Não chegou a matá-lo, mas o feriu o suficiente para quebrar uma costela e perfurar um pulmão. Então saltou de novo e fez o marido atacá-la com um golpe no meio da testa. O cutelo ficou preso, a lâmina não saía do crânio de jeito nenhum.

Então ligou para a polícia, descreveu a cena em detalhes e se pôs a trabalhar no corpo caído da mulher.

Quando os policiais chegaram, o socorrista estava cortando a mulher em pedaços do tamanho de latas de cerveja.

O bebê estava chorando no berço. Obediah saltou para o bebê e foi resgatado por um policial hispânico.

Outro policial mandou o socorrista largar a faca. O homem não obedeceu, e o policial atirou algumas vezes nele.

O policial hispânico cobriu os olhos do bebê para protegê-lo. Foi um prazer para Obediah dominar o homem, passar pelo socorrista que ainda sangrava e pela mulher esquartejada, e então se dirigir à janela aberta.

Obediah jogou o bebê. Cinco andares. Observou o bebê se dilacerar na calçada. Ouviu os gritos dos transeuntes ficarem cada vez mais altos.

O outro policial gritou com ele. Obediah se virou e pegou outra faca de cozinha.

O outro policial atirou no parceiro, e Obediah entrou nele.

ODESSA ESTAVA SENTADA no sofá, ao lado de Linus, jantando comida indiana. Tinha custado quase o dobro do preço que pagariam se tivessem ido ao restaurante, mas Linus sabia que ela não queria sair depois do anoitecer, por medo de ser flagrada por algum blogueiro sedento por cliques, e também não queria ficar sozinha no apartamento.

O delivery não parecia um luxo. Àquela altura, nada mais era sagrado.

Em geral, assistiam a algum programa da Netflix no notebook de Linus ou a algum jogo de basquete (quando ela estava se sentindo generosa), mas Odessa queria se esquivar de tudo que pudesse acabar caindo num noticiário. Muralhas invisíveis haviam se erguido em torno de sua vida e, por extensão, da vida de Linus. Ela não gostava disso, mas sentia que era necessário. Seu humor nos últimos dias era como uma bolha de sabão, sensível a qualquer movimento e prestes a explodir a qualquer momento.

Linus era um doce. Tentava preencher as lacunas de silêncio com conversa fiada sobre seu dia, na esperança de que aquilo distraísse um pouco a namorada. Porém, na cabeça de Odessa, a única coisa que ouvia era a própria voz, que dizia: *Você tirou uma vida.*

Ela tinha matado um colega durante o exercício da profissão. Isso era indiscutível. Em seus momentos mais sãos, Odessa recapitulava todos os eventos que a fizeram atirar em Walt Leppo; em seus momentos mais obscuros, questionava todos os aspectos daquela noite, inclusive a própria sanidade.

Sua carreira acabou.

Outro fato que seria difícil contestar. Toda a dedicação, tudo que havia aturado para receber o título de agente especial do FBI, as longas horas de trabalho, seus ideais: tudo em vão. Ela tinha um diploma de direito, mas não queria ser advogada. Queria servir ao país e torná-lo um lugar melhor para todos.

Não tem volta.

Por que adiar o inevitável? Ela queria pedir demissão, embora soubesse que essa decisão passaria a mensagem errada. Estava presa em um limbo, suspensa em um submundo, enquanto as engrenagens da burocracia giravam em algum lugar acima dela, ávidas para pôr um ponto final naquela história, e Odessa já sabia qual seria o desfecho.

Enquanto Linus dava o seu melhor para contar um causo divertido de seu emprego, Odessa tornou a olhar para a caixa com os pertences de Earl Solomon ao pé da porta. A comida apimentada não estava fazendo efeito em suas papilas gustativas. O mundo perdera o sabor.

Após notificar o escritório de Nova York por e-mail sobre sua missão matutina, Odessa chamou um Uber e colocou o endereço da casa de Earl Solomon como destino. Enquanto entrava no carro, o motorista, um homem robusto com traços do Oriente Médio que falava ao celular por um fone via Bluetooth, saiu para abrir o porta-malas. Enquanto agradecia e colocava a caixa de pertences no carro, Odessa olhava de um lado para outro com receio de uma emboscada, e então notou a expressão do motorista. *Mais uma passageira doida.*

Seguiram caminho e chegaram a uma rua que ficava a poucas quadras do rio Delaware, que servia de fronteira entre Nova Jersey e Pensilvânia. O carro parou diante de uma casa antiga de tijolos, contornada por uma cerca de aramado tão baixa que não chegava a fazer sentido — não passava de um metro e meio de altura. Ela notou que as outras casas da rua tinham sido ampliadas, mas aquele imóvel teimava em permanecer modesto. O motorista tirou a caixa do porta-malas e a entregou a Odessa como se estivesse aliviado por ter se livrado da passageira.

— Boa sorte, moça — disse ele.

Talvez tivesse presumido que ela estava passando por um término de relação. E, de certa forma, estava mesmo — sua carreira tinha chegado ao fim, suas expectativas haviam se rompido. Ela agradeceu e deu cinco estrelas ao motorista antes de o carro se perder de vista.

Com dificuldade, esvaziou a caixa de correio e colocou as correspondências na caixa com os pertences, depois empurrou a portinhola da entrada e seguiu até a porta. Por questão de segurança, caso algum vizinho estivesse de olho, deixou cair algumas cartas no chão, colocou a caixa de lado para pegá-las e, na manobra, pegou uma chave debaixo de um vaso de porcelana azul.

Ainda levaria um bom tempo para esquecer seus instintos de policial.

Odessa destrancou a porta e entrou com a caixa. O ar estava com um cheiro denso, mas não desagradável. Ela fechou a porta e, por precaução, perguntou se tinha alguém lá dentro. Ninguém respondeu. Ela cruzou uma pequena sala de estar e se dirigiu à cozinha. Colocou a caixa e a correspondência na pequena ilha, aliviada por finalmente tê-la entregado.

A casa estava silenciosa, e tudo indicava que nos últimos dias ninguém estivera ali. Ela se voltou para a sala de estar, onde um sofá de dois lugares ficava de frente para um televisor antigo sobre um carrinho de madeira. Uma cadeira de balanço, virada para a televisão, parecia ser o móvel predileto do dono da casa. Anúncios de charutos cubanos emoldurados pendiam das paredes. A decoração era bem sóbria e masculina. Era organizada também, num triste contraste com o estado mental do agente Solomon. Odessa se lembrou de sua recomendação disparatada para que depositasse uma carta em uma caixa de correio sem sinalização nos arredores de Wall Street.

O peixe Dennis nadava em um pequeno aquário perto do televisor. Estava vivo. Odessa levou o aquário até a pia. A água estava turva e precisava ser trocada. O potinho de ração para peixe encontrava-se no parapeito de uma janela que dava para o quintal. Dennis mordiscou as migalhas assim que atingiram a superfície da água.

— Aqui está, Dennis — disse ela. — De nada.

Odessa abriu a geladeira, e a situação lá dentro não estava tão ruim. Alguns restos suspeitos dentro de travessas de vidro. Garrafas de shakes nutritivos e refrigerantes. Não tinha muita coisa para jogar fora.

Ela seguiu pelo corredor curto e estreito e parou diante da porta do quarto do agente Solomon. A decoração era simples, a cama estava cuidadosamente arrumada e havia um pequeno cesto de roupa suja em um canto. Ela decidiu não mexer em nada. Ateve-se a abrir a porta de correr espelhada do armário e dar uma olhada nos antigos ternos e na jaqueta corta-vento azul do FBI.

Traçou o perfil de um homem de idade solteiro, talvez viúvo, alguém que preferia manter a casa em ordem a ter que arrumar depois. Uma vida sem companhia, mas não necessariamente solitária. Por alguma razão, tentou se imaginar morando naquela casa no fim da vida. Uma rotina simples, um universo pequeno. Esses pensamentos começaram a jorrar em sua mente, pensamentos grandiosos, sobre a vida, sobre Linus e o futuro, coisas que ela ainda não queria resolver, e talvez nunca quisesse.

Ela retornou à cozinha para esfriar a cabeça. Dennis estava nadando rápido, revigorado. Odessa fuçou os armários em busca de um recipiente grande o bastante para servir de aquário provisório enquanto trocava a água. Procurou uma rede. Nada nos armários, nada nas gavetas. Na busca, percebeu que algo no entorno a incomodava. Levou mais um tempo para se dar conta de que as dimensões da casa não batiam.

Ela saiu pela porta principal e andou até a calçada, virando-se para ver a casa de frente. Havia uma janela à direita com a persiana fechada. Devia ter mais um ou dois cômodos daquele lado.

Entrou de volta, determinada. Localizou um pequeno vestíbulo próximo à porta de entrada, embutido na parede lateral. As prateleiras contavam com caixas de sacolas de lixo e havia um aspirador de pó no chão. Ali, pendurada num prego, havia uma redinha para peixe — mas o objeto já não lhe interessava mais.

Ela deu batidinhas em todas as paredes. A dos fundos, com as prateleiras, soava diferente das duas laterais. Era oca. Odessa examinou os cantos e pressionou a parede do lado direito.

Com um clique suave e um leve ricochete, a parede dos fundos se abriu, presa a dobradiças à esquerda. O espaço à frente estava escuro.

Odessa se deteve. Esperou um pouco antes de seguir adiante. E se fosse algum tipo de masmorra de um fetichista? Era assim que funcionava seu raciocínio de agente do FBI.

Ela se enfiou pela passagem estreita. O ar não estava parado, e sim fresco, com um toque — ou talvez uma lembrança — de fumaça de charuto. O carpete era macio. Odessa tateou a parede até achar um interruptor, e o cômodo misterioso ganhou vida.

Estantes de livros. Do chão ao teto, ocupando a maior parte das longas paredes, com um papel de parede velho, texturizado, marrom e bordô, cobrindo o restante do cômodo.

Diante dela encontravam-se uma pequena escrivaninha e uma poltrona de couro. Em cima da mesa havia fones de ouvido, conectados por um cabo a um enorme gravador de rolo.

À direita, instalado na parede, zunia um grande purificador de ar. Um pequeno umidor com alguns charutos de aspecto caro ficava ao lado de uma bituqueira. Encostado na parede, do outro lado da mesa, havia um bar de rodinhas com bebidas na prateleira de baixo e copos de cristal espesso em cima.

E então ela viu: as fitas.

— Meu Deus.

As prateleiras não continham livros, mas caixas de papelão. Rolos de fitas para gravação, cada um deles com etiqueta na lombada. Número, data e tópico. Havia centenas — talvez milhares — de rolos, e várias gravações numa mesma data, de quatro ou cinco rolos de duração.

Eram estantes de correr, e havia ainda mais uma camada de fitas atrás — era uma estrutura completa. Claramente, não se tratava de um acumulador, mas de alguém que criara um sistema organizado, metódico, cauteloso.

As datas paravam no ano de 2018. Odessa se aproximou da prateleira mais alta da primeira estante e localizou a gravação mais antiga.

#1001 / Mississippi 1962 / Vernon Jamus

Não sabia o que significava, mas obviamente pensou no gravador de rolo da mesa de Solomon no escritório, que parecia estar largado às traças. De repente, sentiu que estava invadindo a propriedade de alguém. Não em termos legais, mas espirituais. Aquela era uma câmara privativa e continha segredos — estantes e mais estantes cheias de segredos — que levavam a um mistério que, por instinto, sentiu que não queria solucionar.

Depois de dar uma última olhada nas centenas de fitas meticulosamente catalogadas, apagou a luz e se retirou.

Abalada, Odessa se recostou na ilha da cozinha como se tivesse voltado de outro mundo. Um agente aposentado que não estava de fato aposentado. Um cômodo secreto dentro de casa. Ela se lembrou das perguntas que Solomon lhe fizera e de como ele parecia saber das coisas que ela tinha visto — ou sentido — emanar do corpo de Walt Leppo depois de atirar nele.

Um caldeirão? Deixar uma carta em uma caixa de correio na Wall Street?

Era tudo muito estranho. Em vez de trocar a água de Dennis, Odessa enfiou o aquário debaixo do braço para levá-lo com ela, trancou a casa e foi embora.

ODESSA SE ENCONTROU com sua nova advogada em uma sala no centro de Manhattan. Tinham transferido seu caso para uma mulher, que pediu para a agente relatar sua versão dos fatos mais uma vez. Chamava-se Courtney e era apenas alguns anos mais velha que Odessa. Usava um terno preto e branco simples e fazia anotações em seu notebook conforme Odessa falava, digitando com movimentos suaves e encarando a cliente com um olhar compreensivo. Odessa imaginou as pontas dos dedos de Courtney levemente calejadas, como as almofadinhas das patas de um gato.

— Obrigada — disse a advogada quando Odessa suspirou, exaurida, ao fim do relato. — Acho que a única coisa, ou a melhor coisa, que você tem a seu favor é a filha sobrevivente. Os depoimentos indicam que ela tem certeza de que o agente Leppo ia matá-la e que você e seus tiros salvaram a vida dela. O depoimento da menina é muito persuasivo, mas não temos como saber, por ora, como ela se sairá no tribunal. Ainda está profundamente traumatizada, sendo o único membro sobrevivente da família, então vai ser difícil conseguir um testemunho. E enquanto sobrevivente de um trauma, sua memória pode ser refutada durante o inquérito.

Odessa quase chorou ao pensar na criança. Embora quisesse muito conhecê-la, imaginando que talvez isso ajudasse as duas a processar o que tinha acontecido, sentia medo de que, na verdade, o encontro não oferecesse alívio algum e deixasse tudo ainda mais doloroso para a menina.

Courtney revisava suas anotações, correndo os olhos pela tela.

— Tem alguma coisa que você deixou de fora do relato?

Odessa balançou a cabeça. Não mencionou o vulto que vira saindo do corpo de Leppo.

— Você já afirmou isso — prosseguiu Courtney —, mas preciso ouvir eu mesma que você não estava sob o efeito de drogas ou álcool naquela noite. E não faz uso de nenhum remédio controlado nem que está em tratamento com um psiquiatra atualmente.

— Ainda não — disse Odessa.

— E, perdoe a franqueza, mas você e o agente Leppo tinham algum envolvimento romântico?

Odessa olhou para o lado, para o nada. Estava tentando não explodir. Continuava sendo atacada por todos os lados, e esse golpe a atingiu bem no peito. Seria tudo aquilo obra do FBI? Ou apenas uma suspeita de Courtney?

— Não, nunca.

— Entendi.

Mais batidinhas no teclado com suas patinhas de gato.

— Foi ele quem teve um surto psicótico, não eu.

Courtney assentiu, talvez um pouco constrangida por ter feito a pergunta. E devia ficar constrangida mesmo. Ela mexeu no touchpad, salvando o relato de Odessa em um arquivo.

— O FBI quer que você entregue o seu distintivo e a sua pistola, mas vamos lutar para que isso não aconteça.

A vontade de Odessa era renunciar ao distintivo para sempre.

— Eles já estão com a minha pistola.

— Ah, é?

Courtney folheou algumas anotações em um fichário, meneando a cabeça, confiante, como se confirmasse o fato, mas Odessa sabia que ela estava apenas acobertando o próprio erro. Courtney provavelmente recebera o caso de Odessa no dia anterior.

A agente se identificava com a advogada desorientada mais do que gostaria de admitir.

— O FBI chamou a nossa atenção para alguns detalhes, e quero perguntar a você sobre um deles em particular. Tem a ver com o seu pai...

— Como assim?

— Imagino que seja coisa do passado...

— Isso já foi elucidado na investigação dos meus antecedentes.

Courtney ficou perplexa diante do tom firme da cliente.

— Sim, é a esse documento a que eu me referia.

A cabeça de Odessa estava zunindo.

— Resgataram os meus antecedentes no meio de tudo isso?

— Sim, uma carta de apresentação.

Odessa congelou.

— É comum fazerem isso em casos como este?

— Bom — disse Courtney, conferindo suas anotações mais uma vez, atrás de uma resposta que Odessa sabia não estar —, não sei. Costumamos lidar com troca de tiros entre policiais, como o que aconteceu ontem em Long Island, mas não entre agentes do FBI.

Odessa afastou o olhar. Pensar em seu pai a deixava taciturna, mas ela não queria que Courtney percebesse. Linus estava certo: ela precisava de um advogado de verdade.

Então algo pareceu efervescer em meio à escuridão, uma informação que não podia ser ignorada. Num tom ameno, Odessa perguntou:

— Espera... O que aconteceu em Long Island ontem?

Odessa passou a viagem de metrô atordoada. Quando saiu rumo às ruas de Kew Gardens, exibia uma nova postura. Retornou à agência do FBI, entrou no prédio com um sorriso contido, confiante, e se dirigiu à sala vazia de Earl Solomon.

Antes, pegou emprestado um notebook que ninguém estava usando e que ela vira no dia anterior na sala de fotocópias. Fechou a porta do escritório, sentou-se na poltrona que havia muito não era utilizada e abriu o computador sobre a mesa do agente Solomon. Fez uma busca sobre o caso e encontrou diversos artigos relacionados a um assassinato brutal em Little Brook, uma cidadezinha de Long Island, ao leste de Massapequa. Um vereador que havia sido líder de votos tinha "enlouquecido" meia hora antes do fim do expediente na Câmara Municipal de Little Brook e atacado pessoas com uma grande chave de fenda, matando três. O homem de cinquenta e três anos foi baleado e morto por uma agente de segurança da patrulha marinha que por acaso estava no local, verificando licenças.

Uma chacina. O agressor não tinha ficha criminal. Era considerado um pilar da comunidade. "Ele simplesmente perdeu a cabeça." Mencionavam preocupações com a saúde, pressões financeiras, condições que afligem muitos homens de meia-idade. Um artigo que Odessa leria por alto em outros tempos de repente tinha importância para ela.

Então acessou o diretório do FBI — nada que exigisse senha de segurança — em busca de informações sobre o agente Earl Solomon. Pensando nas centenas de gravações arquivadas na casa dele, Odessa procurou registros de casos. Nenhum resultado. Estava tentada a vasculhar mais a fundo, mas o notebook não era dela, e queria evitar qualquer mal-entendido ou envolver o nome de outra pessoa. No entanto, a impressão que teve foi de que uma mão invisível apagara qualquer traço da existência de Earl Solomon no banco de dados do FBI.

Sem contar o preço exorbitante, Odessa não suportava a ideia de pegar um Uber até Long Island, sentada no banco de trás de um carro feito criança. Ela baixou um aplicativo de empréstimo de carros, colocou seu e-mail e senha e, *voilà*, a conta que havia registrado quando morava em Boston ainda funcionava.

Pegou um Honda CR-V prata no Queens e deixou o celular de copiloto no banco do passageiro, seguindo pela rodovia Southern State Parkway até a saída 27 e passando por Amityville até chegar a Little Brook. Era impelida por um propósito e também por um intenso temor, ciente de que não devia estar fazendo aquilo, temendo ser pega... e ao mesmo tempo era incapaz de dar meia-volta.

O prédio da Câmara Municipal de Little Brook era um velho edifício de pedra que ficava em cima de algumas lojinhas e uma farmácia. Carros da polícia de Nova York rodeavam a entrada, mas as sirenes estavam desligadas, sem cordão de isolamento. Uma policial de colete refletivo conduzia o tráfego, acenando para os carros passarem. Odessa baixou o vidro e mostrou o distintivo. Parou o carro junto ao meio-fio, atrás do furgão branco que ela sabia pertencer à equipe de limpeza de cenas de crime.

Não havia policiais na porta. Odessa adentrou o saguão. Um detetive à paisana olhou para ela de relance, distraído com uma conversa ao celular. Com as credenciais em mãos, ela passou pela recepção e seguiu para o interior do prédio. A equipe de limpeza, de macacão branco e luvas de borracha, estava esfregando uma mancha de sangue na parede, que já se diluíra em uma flor úmida, cor-de-rosa. Mais adiante no corredor, especialistas do laboratório da polícia fotografavam outra mancha de sangue, que se estendia pela parede e pelo chão, onde um corpo provavelmente caíra.

Não havia muita coisa por ali, nenhuma novidade. Ela abordou os técnicos do laboratório, que a direcionaram a um escritório em um canto. Na sala, um policial local a fitou, desconfiado, até ela mostrar o distintivo.

— Agente especial Hardwicke? — disse ele, lendo as credenciais, muito interessado de repente. — Em que posso ajudá-la?

A residência do suspeito era uma casa colonial com garagem que ficava no fim de uma ladeira. Uma viatura da polícia estadual estava estacionada na entrada, Tropa L, condado de Suffolk. Um capitão ou major devia estar falando com a viúva. Odessa estacionou um pouco adiante — o carro que dirigia não tinha nenhum indício de ser do FBI — e caminhou até a casa, determinada a descobrir o que estava acontecendo.

Ela se apresentou para dois policiais no jardim, mostrou as credenciais e se sentiu observada até entrar na casa. Cachorros latiam lá dentro, melancólicos, provavelmente trancafiados em um banheiro ou no porão. A viúva estava sentada sozinha em um sofá enorme, ao lado de um antigo piano de cauda coberto de fotos de seus filhos crescidos. Chamava-se Louise Colina e aparentava ter por volta de sessenta anos. Era mais velha do que Odessa imaginara, embora fosse provável que a foto de seu marido — Edwardo, conhecido como Eddie — que Odessa vira no site da Câmara Municipal de Little Brook estivesse desatualizada.

O capitão da Tropa L se levantou quando Odessa entrou, segurando seu chapéu de abas largas. Era uns trinta centímetros mais alto que ela. Mas a agente não se intimidou. Seguiu abrindo caminho com o distintivo e apertou a mão do capitão com firmeza.

— Já nos conhecemos? — perguntou ele. — Você me parece familiar. Em que divisão trabalha?

— Newark — respondeu Odessa, de pronto. — Mas estou em uma missão especial em Kew Gardens.

Ela se virou para a sra. Colina antes que o capitão pudesse fazer mais alguma pergunta.

— Sra. Colina, meus pêsames. Imagino que seja um momento muito difícil para você.

A mulher parecia perdida no próprio corpo, como aparentam alguns residentes de uma casa de repouso. Ela ainda demoraria algumas semanas para se recuperar do choque.

— Obrigada — disse ela.

— Não consigo imaginar como deve ser ver alguém sair pela porta um dia e... isso acontecer.

A sra. Colina assentiu.

— Ele não deu nenhum sinal. Continuo achando que é tudo um grande equívoco.

— Nenhum sinal? Nada? — indagou Odessa.

— Ele tinha se envolvido em um acidente de carro no mesmo dia — contou o capitão. — Colidiu com um muro de pedra. Só ele, mais nenhum outro carro. Não reportou.

— Talvez tenha batido a cabeça — sugeriu a sra. Colina. — Eddie jamais faria algo assim.

— Sinto muito — disse Odessa, pegando na mão da viúva, e em seguida recuou. — Não quero interromper a conversa de vocês. Só vou dar uma olhada na casa. Capitão.

O policial respondeu com um meneio, curioso, mas voltou a se sentar, incapaz de deixar a sra. Colina sozinha.

Odessa retornou ao quintal e, evitando os dois policiais que estavam por lá, seguiu até a garagem. O portão estava aberto. Lá dentro, havia um monte de tralha em torno do velho Subaru. Ela vasculhou cestos de artigos esportivos, caixas, uma bancada de ferramentas, um cortador grama. Procurava um caldeirão de ferro, conforme o agente

Solomon descrevera. Achou um velho bengaleiro e alguns vasos de planta, mas continham apenas mariposas mortas.

Saindo da garagem, Odessa subiu quatro degraus de alvenaria até o quintal lateral. Diante de uma fileira de árvores que separava a propriedade da casa do vizinho, ficava um depósito de jardinagem: não era uma daquelas construções pré-fabricadas, tampouco era um armazém sofisticado, feito sob medida. Era um simples depósito feito de madeira, com um velho fecho de ferro, provavelmente construído pelos proprietários antigos.

A agente abriu a porta e sentiu cheiro de óleo e serragem. A luz da única janela — uma vidraça trincada — incidia sobre um velho cortador de grama, bicicletas, equipamentos de críquete e outros jogos ao ar livre e uma fonte para pássaros toda rachada. Ela tirou uma bomba de bicicleta do caminho e checou os fundos do local, repletos de teias de aranha.

Jamais teria percebido se não estivesse procurando. Em um canto, lá estava: um panelão de ferro com as bordas curvas. Estava cheio de lixo — galhos, um cordão de miçangas coloridas e barbante. Tufos de cabelo castanho que poderiam ter sido confundidos com grama morta. O cabo de plástico de uma faca comprida, virada de cabeça para baixo.

Ela ligou a lanterna do celular, desejando estar com um par de luvas. O que tinha tomado por galhos... eram ossos, escurecidos pela ação do tempo. Se eram humanos ou de animais, ela não sabia dizer.

— Agente?

A voz do policial assustou Odessa. Ela viu a aba do chapéu através do vidro rachado da janela.

— Pois não? — respondeu ela.

— O capitão gostaria de dar uma palavrinha com você... lá dentro.

— Mas é claro — disse Odessa fingindo um tom alegre. — Já vou.

Ela não se moveu até a aba do chapéu sumir. Rapidamente, tirou algumas fotos com o flash ligado, depois saiu, tentando não derrubar nenhuma bicicleta. Deu a volta pela casa até a rua, entrou no carro e foi embora.

* * *

— Desculpa... Achei que você fosse repórter.

Odessa sorriu e guardou as credenciais de volta no bolso esquerdo da camisa, entrando em um pequeno escritório. Fotografias coladas com fita adesiva na parede, em torno da bandeira de Portugal, mostravam que Mariella Parra, agente de segurança da patrulha marinha, já tinha sido capitã de um pesqueiro de peixe-espada.

Ela cumprimentou Odessa com um aperto de mão firme. Tinha mechas grisalhas no cabelo curto, estilo militar, e os cantos dos olhos enrugados pelos anos e pelo sol.

— Meu chefe me deu uns dias de folga — disse Mariella, enquanto enfiava coisas em uma mochila de lona. — Só quero sair daqui. Preciso contar o que aconteceu mais uma vez?

Odessa deu de ombros.

— Aceito uma versão resumida, se houver.

— O que o FBI quer com isso?

— Estamos investigando uma série de chacinas similares.

Mariella recuou um passo, surpresa.

— Você acha que tem mais coisa por trás?

— Não, mas parte do nosso trabalho é compilar estatísticas de crimes para tentar detectar padrões. — Ela mentia descaradamente, com um sorriso no rosto. — Sei que foi traumático para você.

— Não tem muito o que contar. — Mariella deu de ombros. — Eu estava verificando licenças e dei uma passada na subprefeitura uns vinte minutos antes de fechar. Ouvi gritos e primeiro imaginei que era aniversário de alguém ou algo parecido... enfim, alguma comemoração. Talvez os meus ouvidos quisessem que fossem barulhos felizes. Mas as vozes exaltadas viraram gritos... Acho que fiquei paralisada por uns dez, quinze segundos, tentando me convencer de que não era nada. Não é como na televisão, em que a coisa começa e vai aumentando, em que você sabe que algo está prestes a acontecer. De repente estava acontecendo e eu estava ali.

Odessa respondeu com um meneio. Compreendia a situação muito melhor do que Mariella podia imaginar.

— Quando comecei a me mexer, eu estava pálida e com a pistola na mão. Fiquei desesperada. Primeiro vi o corpo, a senhora no chão. Estava perdendo sangue. O homem que minutos antes pagava impostos no balcão estava se arrastando pelo corredor, ainda segurando o boleto, deixando um rastro de sangue. O vereador, o sr. Colina, quando eu me deparei com ele... Estava golpeando a terceira mulher. Aquela pobre mulher! Na lombar, sem parar, com uma chave de fenda enorme. Uma hora... — Sua voz falhou, mas ela conseguiu prosseguir. — Uma hora, a chave de fenda ficou presa na coluna da mulher e... ele acabou levantando o corpo todo dela por um instante, talvez uns cinco centímetros, depois arrancou a ferramenta e voltou a golpeá-la. Com um movimento mecânico, sem emoção nenhuma...

Odessa estava absorta, revivendo o próprio trauma enquanto ouvia.

— Como ele estava, a expressão dele?

Mariella estremeceu e balançou a cabeça.

— Curioso? Contente? Ausente, de certa forma? Os olhos dele brilhavam muito, pareciam prestes a explodir. Ele me viu e deixou a mulher cair, arrancando a chave de fenda das costas dela bem devagar. A polícia estadual perguntou se eu disse algo a ele. Mas tinha ficado quieta. Atirei, não sei quantas vezes. Derrubei aquele filho da puta.

Ela soltou um suspiro, aliviada por ter conseguido contar a história mais uma vez. Não esperava mais perguntas.

— E depois?

— Bom... Ele ficou no chão e eu saí correndo do prédio o mais rápido que pude. A polícia demorou séculos para chegar.

— Digo... — Odessa tentou abordar o assunto com delicadeza. — Depois que você atirou nele. Depois que ele caiu. Você saiu correndo antes de ele morrer ou...?

Mariella olhou para Odessa por uma fração de segundo a mais, cabisbaixa, e a agente ficou com a nuca arrepiada.

— Não sei se ele estava morto. Eu estava do outro lado do corredor. Mas esperei até ele não se mexer mais.

— E...?

A respiração de Mariella ficou mais pesada.

— Onde você quer chegar?

Ela sabia. Odessa podia ver que ela sabia. Então se aproximou, falando em voz baixa:

— Você viu alguma coisa... Alguma coisa saindo do corpo dele?

Mariella ficou assustada.

— Pensei ter visto algo, sim. Minha mente me pregou uma peça.

— Como assim?

Ela não queria responder.

— Sei lá.

— Isso não faz parte do meu relatório, se é o que preocupa você. Mas outros sobreviventes de chacinas como essa... relataram ter visto algo deixar o corpo do agressor no momento da morte dele.

Mariella parecia prestes a vomitar. Pegou uma garrafa de água e deu dois goles rápidos e sofridos. Encarou Odessa com uma expressão desconfiada, mas precisava compartilhar o que vira.

— Era como... uma presença.

Odessa se sentiu atordoada ao ouvir aquilo.

— Uma presença?

— Não era um fantasma, nada do tipo. Era uma essência.

— Você sentiu algum cheiro? Um cheiro de queimado?

Mariella balançou a cabeça, exasperada.

— Eu saí correndo. Não sei.

Ela ergueu a bolsa de lona.

— Desculpa, não posso... Preciso ir. — E então, como se lembrasse que estava falando com uma agente do FBI: — Posso?

Odessa fez que sim.

— Obrigada — disse ela.

Olhando para a agente de um jeito estranho, Mariella deixou o escritório. Odessa levou as mãos ao rosto, estupefata por ter sua experiência corroborada por outra pessoa e, de repente, assustada pela similaridade da história. Se era verdade... O que aquilo tudo significava?

Com a cabeça a mil, Odessa dirigiu de volta para casa. Por várias vezes, voltava a si e se dava conta de que mal prestava atenção na estrada.

Sua mente a puxava para várias direções ao mesmo tempo. Ela precisava se concentrar.

Mandou uma mensagem para sua amiga, a agente Laurena, pedindo que ligasse para ela. Não tinham se passado nem sessenta segundos quando seu celular tocou.

— Oi! Você nunca decepciona — disse Odessa.

Laurena estava em seu segundo ano de academia, mas era cinco anos mais velha que Odessa. Tinha sido escrivã em um circuito judicial antes de se candidatar para o FBI.

— Por onde você anda? Está tudo bem?

Odessa passou alguns instantes acalmando a amiga. A preocupação de Laurena a deixou com lágrimas nos olhos.

— Você pode me fazer um favor?

— O que você precisar, Odessa. Só não sei cozinhar muito bem.

— Eu não estaria te ligando se precisasse de uma refeição.

— Também não sou muito boa de faxina.

— Quero ver as fotos da cena do crime na casa dos Peters.

Um longo silêncio.

— Por que você quer ver uma coisa dessas?

— Não estou interessada nas imagens mais macabras. Mas... Quero tudo. Não é por causa dos corpos.

— É para quê, então? Agora estou preocupada.

— Não consigo parar de pensar nisso. Quero ver o que tinha lá, o que tinha na casa. No porão, na garagem... Tudo.

— Não sei, não. Não me parece saudável nem ético.

— Você pode jogar no Dropbox para mim. Copia tudo e me manda em um link separado. Dou uma olhada e prometo que não baixo. Nenhuma conexão entre nós.

— Já temos uma conexão, caso o FBI resolva investigar.

— Não vão fazer isso. Por favor, Lau.

A chamada ficou em silêncio, exceto por umas batidinhas. Era Laurena tamborilando na mesa com um lápis.

— Preferia cozinhar para você.

— Obrigada, Lau — respondeu Odessa, com pressa.

— Mas eu não aceitei...

— Você nunca decepciona!

E desligou.

OBEDIAH TINHA SIDO expulso do corpo do vereador cedo demais. Ainda tinha muito a fazer. Apesar do frenesi agradável da ejeção, a experiência não havia terminado de maneira satisfatória.

Deixou a Câmara Municipal de Little Brook ansioso para localizar outro veículo adequado. Era uma mulher de cinquenta e poucos anos com um tapete de ioga entrando em um SUV bege e se sentando no banco do motorista. Obediah decidiu passear com ela e o automóvel pela Rota 495. Levou a mulher e o carro ao limite, chegando a cento e cinquenta quilômetros por hora, usando suas mãos com unhas recém-pintadas para costurar o tráfego, cantando pneu.

Estava procurando o lugar certo, o momento certo. Como um falcão-peregrino calculando o momento exato para atacar uma pomba desavisada ou um pilrito distraído.

Deu uma guinada à direita, colidindo com a roda traseira esquerda de um pequeno carro esportivo, fazendo-o rodar por duas pistas até sair da estrada e se chocar nas árvores. Um caminhão foi atingido, girou e entrou na contramão, batendo de frente com uma van, e ambos acabaram sendo arrastados por uma carreta de mudança.

O SUV derrapou em um amplo arco da esquerda à direita, passando por três pistas, ainda a cento e trinta quilômetros por hora, até parar nas barreiras de segurança de concreto, costuradas com vigas. O veículo humano de Obediah morreu na hora, e a entidade foi forçada a se soltar, uma sensação tão intensa que era como se fogos de artifício espetaculares explodissem dentro de uma concha. Puro êxtase.

Depois que os demais veículos frearam, o silêncio reinou. Saía fumaça dos motores amassados. Obediah se sentiu realizado, comovido, como nos momentos finais de uma grande sinfonia. Só que, em vez de aplauso, tudo que ouvia eram portas de carros se abrindo e vozes angustiadas de testemunhas incapazes de aceitar a carnificina diante de seus olhos.

Obediah não perdeu tempo. Entrou no corpo de uma mulher jovem, de vinte e poucos anos, uma boa samaritana que tinha saído de seu Jeep. Retornou com ela ao veículo e deu a partida. Sabia que, se não fosse embora logo, ficaria um bom tempo preso em um congestionamento terrivelmente anticlimático.

O namorado da boa samaritana, pego de surpresa, mal conseguiu se ajeitar de volta no banco do passageiro antes de o Jeep arrancar. Obediah sentiu vontade de repetir o evento, vivenciar mais um acidente espetacular. Mas ficou distraído, depois irritado, com os protestos, os questionamentos e as preocupações do namorado.

— Por que você está correndo tanto? O que está acontecendo? Por que está olhando para lá?

Ele tentou encostar no braço da jovem, e isso deixou Obediah transtornado. Esmurrou-o no rosto, partindo seus óculos ao meio e abrindo um talho em sua sobrancelha esquerda. Enquanto o namorado tateava o machucado e urrava de dor, Obediah fez a boa samaritana se esticar e soltar o cinto de segurança dele. Então abriu a porta do passageiro e fez um zigue-zague de curvas fechadas.

O namorado irritante caiu do carro e foi rolando aos solavancos pelo asfalto, até que seu corpo, visto pelo retrovisor, parou entre duas pistas e foi atropelado pelos pneus esquerdos de uma van de entrega da Amazon.

A imagem foi curiosamente satisfatória, e, por um instante, Obediah cogitou agraciar a pobre mulher com o mesmo destino: sair rolando do veículo em alta velocidade.

No entanto, outro impulso norteou a entidade. Uma consciência, uma percepção repentina, como o momento em que animais reparam em mudanças na pressão atmosférica e preveem uma alteração climática.

O inimigo.

Estava por perto.

Obediah era incapaz de sentir medo. Sentia apenas ânsia, buscava somente o prazer. Mas aquela era uma fonte de dor em potencial. Aquele era o fim da farra voraz e destrutiva do incorpóreo.

Existiam quatro incorpóreos. Sempre existiram quatro incorpóreos. Mas Obediah era o único que ainda estava livre.

Pisou fundo no acelerador, conduzindo o Jeep rumo à cidade de Nova York.

Rumo a Hugo Blackwood.

ODESSA RETORNOU AO quarto de Earl Solomon no hospital e se deparou com ele sentado numa poltrona, olhando pela janela encardida. O céu estava azul-bebê, e ela se perguntou o que um homem de idade com um grave problema de saúde acharia da cena... se é que ele reparava no céu.

— Já está na hora? — perguntou Solomon, antes de se virar. Estava esperando uma enfermeira. — Ah! Agente Hardwicke.

— Olá — disse ela, parada junto ao leito vazio. A televisão do canto estava no mudo. — Como está se sentindo hoje?

— Já tive dias melhores. — Ele se voltou para a janela. — Mal dá para apreciar a vista com essa sujeira toda na vidraça. Sabe que precisei me passar por um limpador de janelas uma vez? Em Manhattan. No fim dos anos 1960, mas os prédios já eram bem altos. Subi numa plataforma. Na época não usavam essas argolinhas na corda... Como é o nome mesmo?

— Mosquetão?

— Isso. Agora a gente vê essas coisas por toda parte. Mas no ano passado eu me amarrei com uma espécie de nó de marinheiro e subi. Devo ter subido uns doze andares. Deixei minha marmita na beirada. E fui descendo aos poucos. Imagina, fui me enfiando em escritórios e apartamentos, andar por andar. Estava atrás de um ladrão que subia pelas paredes para traçar seus planos de roubo. Um sujeito italiano. Às vezes, me pergunto o que aconteceu com ele.

O humor de Solomon tinha mudado desde o encontro anterior. Odessa olhou para as sondas e os cabos e se perguntou se haviam ministrado um analgésico ou sedativo.

— Cheguei em uma hora ruim?

Ele se virou para ela.

— Não existe hora ruim quando se tem apenas um tiquinho de areia sobrando na ampulheta. — Ele coçou o pescoço por cima da gola da camisola hospitalar, com unhas que mais pareciam pontas de flecha amolecidas. — O que a traz aqui?

— Não sei se chegou a ver na televisão... Mas ocorreu uma nova chacina, dessa vez em Long Island.

— Um político local — disse Solomon.

Odessa fez que sim.

— Mais uma vez, um cara sem histórico de violência enlouqueceu. Matou três transeuntes antes de atirarem nele.

Solomon crispou os lábios secos.

— E você vê semelhanças com o seu caso. — concluiu ele.

— Você não?

Ele sorriu e fechou um dos olhos. Não era uma piscadela, só queria ter uma visão melhor da agente.

— Sempre acontecem em grupos de três, essas coisas. Todas as coisas ruins, na verdade.

— Sempre? — indagou Odessa. — Quantas vezes já viu algo do tipo?

— Você foi até lá, não foi? — perguntou Solomon.

Ela não sabia dizer se ele aprovava a ideia ou se estava apenas entretido.

— Fui... Quando estive aqui antes, você perguntou sobre caldeirões na cena do crime. Por quê?

— Fiquei curioso.

— É um detalhe bem específico, e estranho, para dizer o mínimo.

— Eu sei. E você olhou para mim como se quisesse me mandar para um hospício. Mas depois foi fazer uma visitinha à casa do assassino em Long Island...

— Não estava na garagem — comentou ela. — Estava num depósito velho, nos fundos da propriedade. Uma panela de ferro, exatamente como você descreveu. Achei impressionante.

Ele sorriu.

— Você só está me elogiando agora porque quer muito saber mais.

— Como você sabia?

Duas enfermeiras bateram na porta aberta, atrás de Odessa, e entraram no quarto.

— Está na hora, sr. Solomon.

O coração de Odessa apertou. Ela deu um passo para o lado e as deixou passar.

— O senhor está com visita? — perguntou uma delas.

— É a minha contadora. Cuida da minha vasta fortuna.

A enfermeira mais velha sorriu para Odessa.

— Que maravilha!

Odessa aguardou, aflita, enquanto elas tiravam Solomon da poltrona e o colocavam na maca com rodinhas.

— Você tem alguma dica de ações para a gente? — perguntou a enfermeira mais nova. — Se tivesse que investir em uma coisa só, qual tem mais chance de valorizar?

Assim que Solomon se ajeitou nos travesseiros, disse:

— Ah, a tolice humana.

As enfermeiras deram uma risadinha. Odessa suava frio. Tinha tantas perguntas para fazer a ele.

— Ele precisa fazer um exame agora — decretou a enfermeira mais velha. — Demora um pouco.

— Está tudo bem com ele? — perguntou Odessa.

As enfermeiras ficaram caladas. Sigilo médico. Apenas olharam para Solomon.

— Um dos exames apresentou resultado ruim — contou ele. — E essas moças arranjam qualquer desculpa para me deixar sem roupa. Como estava a minha casa?

— Tudo no lugar. — A sala com as fitas. Como ela tocaria no assunto com as enfermeiras ali? — Levei o Dennis comigo.

— Quem? Ah... O peixe, claro! Por acaso roubou mais alguma coisa? Achou algo interessante?

As enfermeiras o desconectaram dos monitores e soltaram os freios das rodinhas da maca.

E se acontecesse alguma coisa com ele? E se fosse agora ou nunca?

— Dei uma olhada nas fotos do meu incidente, da cena do crime — disse Odessa. — Tiraram fotos da casa toda, como você deve imaginar.

As enfermeiras fingiam não escutar, mas as palavras "cena do crime" as deixaram de orelha em pé.

— Onde arrumou essas fotos? — indagou Solomon.

— Em uma delas, dá para ver uma panela. Um caldeirão, no porão, atrás de um aquecedor a gás. Na casa dos Peters, onde a família morava. Escondido lá embaixo. Não dava para ver o que tinha dentro. O fotógrafo deve ter pensado que era uma lixeira ou algo assim.

— E no caldeirão que você encontrou em Long Island? Tinha alguma coisa?

Era estranho falar sobre isso com as enfermeiras no quarto.

— Ossos. Lixo. Miçangas, cabelo. É algum tipo de santuário?

— Ossos de quê? De que tamanho?

— Não sei. Não sou antropóloga forense.

— Ossos humanos são inconfundíveis. Eram ossos de crianças? Ou de adultos? O tamanho faz toda a diferença.

As enfermeiras já tinham aprontado Solomon, mas hesitavam em sair, totalmente fisgadas pela conversa.

— Sinto muito — disse a enfermeira mais jovem — mas precisamos ir.

Ela e a colega o conduziram para fora do quarto.

— Os dois, acho — respondeu Odessa. — Eram ossos humanos mesmo. Alguns grandes, outros pequenos.

— Agora pensa comigo... Onde alguém arranjaria ossos humanos? — perguntou Solomon, no corredor.

* * *

Em casa, naquela noite, a cumbuca de macarrão instantâneo pela metade esfriava junto ao notebook de Odessa.

Linus estava diante de sua mesa de trabalho, de fone de ouvido, redigindo um parecer jurídico. Vestia um suéter verde-menta, seu favorito para noites frias. Um trecho de uma música do Frank Ocean vazava do fone revestido. Odessa não entendia como ele conseguia escrever escutando música. Ela, ao contrário do namorado, sempre acabava cantando junto e perdia o foco.

Linus estava atento a ela. Vez ou outra dava uma rápida espiada e a observava pelo reflexo na janela escura. Odessa sentia o olhar dele. Era aconchegante, amoroso. Ficava comovida com tamanha preocupação, mas também achava estranho que alguém se importasse tanto com ela. Será que o namorado achava que a qualquer momento Odessa ia desmoronar? Ou será que se perguntava como ela se sentia por ter matado alguém? Ou pior, se não tinha atirado em Walt Leppo por engano? Afinal, era com ela que Linus compartilhava a cama.

Odessa não sabia que imagem estava passando, mas tentava controlar o próprio comportamento com frequência: *Eu pareço sã?* Ainda mais naquele momento, depois de tudo que tinha descoberto durante o dia.

— Você vai terminar isso? — perguntou ele.
— Ah, vou esquentar mais tarde. Está gostoso.
Linus sorriu para ela.
— Você estava olhando para o nada.
— Eu sei. Mas estou bem.
— E se a gente assistir a alguma coisa? Prefere?
— Estou bem — repetiu ela. — Só estou lendo as notícias.
Ele sorriu e colocou os fones de ouvido outra vez. Odessa retomou sua pesquisa no computador. Foi rolando os resultados da busca sobre roubos de túmulos em Nova Jersey e Long Island — tinha aberto uma janela anônima, preocupada com os registros em seu histórico de busca.

Clicou em diversos artigos sobre cemitérios vandalizados, sendo a maioria de jornais e portais locais. Túmulos profanados. Lápides reviradas. Vitrais roubados. Filtrou a busca por incidentes nos últimos cinco anos.

Uma matéria veio à tona. Na verdade, era uma série de matérias, um escândalo. Odessa tinha uma vaga lembrança de ter visto o caso em seu *feed* de notícias na época. "Restos mortais de bebê milagroso roubados do túmulo." E aquela era uma das manchetes menos sensacionalistas. A história datava de alguns anos antes, era uma reportagem soturna sobre uma menininha da região suburbana de Jersey que havia sido apelidada de "Bebê Mia". Nascera com uma doença neurodegenerativa, e não lhe deram mais do que algumas horas de vida. Contrariando todas as previsões, chegou a comemorar seu segundo aniversário e ainda viveu mais alguns meses. Além disso, os custos médicos para mantê-la viva eram exorbitantes, e uma reportagem anterior sobre o caso da menina "milagrosa" acabou viralizando na internet. A Bebê Mia virou *hashtag* nas redes sociais. Placas com uma foto da bebê usando uma bandana cor-de-rosa na cabeça enfaixada estampavam a entrada de milhares de estabelecimentos de Nova Jersey, de ponta a ponta, chegando a cruzar o rio e ocupar alguns lugares da Filadélfia. Um código especial de SMS foi criado, um atalho de seis dígitos para doações diretas de dez dólares para o fundo dedicado às suas despesas médicas. Parques de diversão sediaram eventos beneficentes para arrecadar fundos, e ela foi convidada para dar o apito inicial de uma partida eliminatória de hóquei dos New Jersey Devils. Mia era uma celebridade local. Quando a menina por fim sucumbiu à doença, os Devils fizeram um minuto de silêncio antes de entrar no rinque de gelo para um novo jogo.

Seis meses depois, descobriu-se que tinham escavado sua sepultura no cemitério de Allenhurst e que seu caixão havia sido roubado. Os programas matinais de televisão transmitiram a história chocante para todo o país, e os pais enlutados da bebê sofreram pela segunda vez. O crime nunca chegou a ser oficialmente solucionado, mas

Odessa encontrou uma reportagem subsequente, sobre o rompimento de uma rede de narcotráfico, que mencionava uma conexão com profanações de túmulos e citava a Bebê Mia e o roubo do cadáver de um homem falecido em 1977 de um cemitério em Long Island.

Odessa procurou outros relatos de cadáveres roubados e mausoléus invadidos. Havia um número surpreendente de casos. "Roubo de túmulos? Em Nova Jersey? Saiba mais no jornal das onze." Ela enfim conseguiu sair da espiral de notícias e tentou entender tudo que descobrira.

Por que alguém profanaria o túmulo de uma criança? A primeira coisa que passou por sua cabeça foi um culto religioso, algo relacionado ao vodu. Várias organizações criminosas veneravam santos obscuros ou deidades de superstições ocultistas em troca de "proteção" contra apreensões. A Santeria era a mais conhecida.

No entanto, o que aquilo tinha a ver com as chacinas? Ela fechou o navegador mais confusa do que nunca. Nada daquilo fazia sentido... No entanto, Odessa sentia um frio na espinha. Significava *alguma coisa*. Mas o quê?

Odessa tomou um gole da água tônica com limão. Dennis nadava de um lado para outro na água fresca do aquário limpo em cima da mesa. Suas delicadas barbatanas pareciam estar desbotadas, e o tom vinho de seu corpo, alaranjado. Ela se perguntou se o peixe chegara perto de morrer enquanto esperava o dono voltar para casa. Lembrou-se do agente Solomon sendo levado pelas enfermeiras, ele, sim, cada vez mais próximo da morte. Dennis parecia olhar para Odessa, nadando sem sair do lugar, até que logo retomou suas voltas pelo aquário.

Odessa tomou uma decisão e se levantou.

Tinha uma carta a escrever.

A/C Ilmo. Sr. Hugo Blackwood.

Meu nome é Odessa Hardwicke. Sou agente especial do FBI, trabalho na sucursal de Nova Jersey e atualmente estou em uma missão especial.

O agente Earl Solomon sugeriu que eu solicitasse sua ajuda para resolver um problema urgente de uma investigação. É um gesto incomum, nada ortodoxo para os padrões do FBI, mas o sr. Solomon insiste, e, no presente momento, a investigação está em um impasse.

O caso se refere a duas chacinas distintas e recém-noticiadas, aparentemente sem relação entre si: uma em Montclair, Nova Jersey, e outra em Little Brook, Long Island.

Qualquer assistência seria de grande valia.

ODESSA SENTOU-SE perto da porta central do vagão, com a carta escrita à mão virada para baixo no colo, selada em um envelope de papel pardo. Ela tinha dobrado a folha ao meio, uma só vez, conforme as instruções. Estava destinada a Hugo Blackwood.

Era manhã. O metrô passou por baixo do rio Hudson, conduzindo os trabalhadores atrasados de Nova Jersey ao sul de Manhattan.

Odessa não sabia se era bom senso ou tolice conduzir aquela estranha missão. Se era uma atitude desesperada de sua parte, pelo menos partia apenas dela e poderia ser desmentida caso fosse necessário, sem causar danos a ninguém.

Ela saiu do metrô sob um aguaceiro que o aplicativo de meteorologia tinha previsto. Abriu o guarda-chuva e enfiou o envelope dentro do casaco para mantê-lo seco. A chuva caía em um ângulo agudo, golpeando o escudo preto de nylon sobre sua cabeça, ricocheteando na calçada e encharcando seus tornozelos e as barras da calça. O caminho estava livre, a chuva tinha afugentado os pedestres das ruas, ou pelo menos prolongado o horário do café ou a pausa para o cigarro eletrônico. Quando o vento começou a carregar a chuva para seus joelhos e suas coxas, ela considerou esperar a tempestade passar, mas decidiu que precisava acabar logo com aquilo. Suas ações pareciam oníricas; ela não sairia daquele transe até cumprir sua meta. Correu pela chuva até a Stone Street.

Tinha pesquisado sobre a rua de manhã cedo, depois de Linus ter saído para trabalhar. A Stone Street era uma viela estreita de paralelepípedos que remontava a 1658. Era a rua pavimentada mais antiga de Manhattan, de quando a ilha ainda era uma colônia holandesa de agricultura e comércio, conhecida como Nova Amsterdã. (Na época, chamava-se High Street.) A Wall Street, então, era de fato uma murada de madeira, uma barreira que protegia o extremo norte do assentamento. Com o passar dos séculos, numa derrocada inexorável, a negligência e o abandono tomaram conta do lugar. Já nos anos 1970, a Stone Street se tornou um beco decadente; na década de 1980, deteriorou-se ainda mais e virou um antro de lixo, coberto de pichações.

As construções passaram a dividir a rua em duas seções. A metade a leste, de apenas dois quarteirões de extensão, contornada por armazéns e sobrados restaurados da metade do século XIX — o Grande Incêndio de Nova York, em 1835, destruíra o que restava de Nova Amsterdã —, fora revitalizada, renomeada como Distrito Histórico de Seaport, e servia de passagem apenas para pedestres. Com um pavimento de granito, calçadas de basalto e postes imitando candeeiros antigos, tornara-se um destino gastronômico, com mesas ao ar livre para jantares de verão. Bandeiras internacionais esvoaçavam de prédio a prédio sobre a rua, que parecia ser a mais europeia de toda a ilha.

A metade a oeste permaneceu em parte aberta ao trânsito. Era uma via de mão única, e os prédios forrados de andaimes e as zonas de construção tornavam a passagem ainda mais apertada. Não havia pedestres à vista, apenas um caminhão de entrega no fim da rua, com o pisca-alerta ligado. Odessa passou pelo número 11 da Stone Street e seguiu em frente. O prédio que veio depois era o de número 19. Ela deu meia-volta, esquadrinhando os portais de granito em busca das numerações, sem sucesso. Foi ficando frustrada, e estava prestes a desistir — irritada consigo mesma por aderir à ideia de um idoso obviamente confuso —, quando levantou o rosto e, em meio à chuva, avistou duas numerações no prédio, em ladrilhos sobressalentes encaixados no parapeito entre o térreo e o segundo andar.

Eram dois prédios conjugados, na verdade, mas mal dava para ver a divisória de pedra. As fachadas eram decoradas com padrões de flor-de-lis em cobre esverdeado.

Ali, diante de Odessa, estava a caixa de correio preta de ferro fundido. Tinha passado três vezes por ela sem perceber. Era lisa, mas por obra do tempo, e não polimento. A água da chuva a deixava escorregadia, e a fenda para inserir cartas mal se fazia ver, por conta de um jogo de luz e sombra.

Odessa olhou ao redor. A descoberta da abertura para cartas parecia um ato ilícito. Tirou o envelope de dentro do casaco e se deteve um instante para reler o nome do destinatário em sua própria caligrafia. *Sr. Hugo Blackwood.* Alguns pingos esparsos caíram no espesso papel pardo do envelope, borrando a tinta. Sem perder mais tempo, ela inseriu a carta na abertura. O envelope desapareceu sem fazer barulho.

Ela olhou ao redor mais uma vez, desconfiada, sentindo que era observada. Parecia uma entrega clandestina, uma cena saída de um romance de espionagem. A rua estreita estava escura como uma caverna. A chuva caía nas janelas dos imóveis que no passado haviam sido armazéns.

Ninguém apareceu, nada aconteceu.

Odessa foi embora, tensa e um pouco receosa. Encontrou uma cafeteria do outro lado da rua, um pouco adiante. Fechou o guarda-chuva e entrou correndo. Sentou-se a uma mesa alta à beira da janela e pediu um *latte*. Ficou observando o muro de ônix, ainda que estivesse encoberto daquele ângulo, distorcido em meio à chuva oblíqua. Algumas pessoas passaram correndo, sob guarda-chuvas ou jornais dobrados, mas ninguém parou diante da caixa. A cunha de pedra parecia fazer parte da fachada dos prédios conjugados, sem nada por trás. Não havia nenhuma portinhola visível para que a correspondência fosse recolhida.

Nada fazia sentido.

Ela esperou. O café estava saboroso. O calor do creme abrandava o frio da chuva e das circunstâncias, e a cafeína fez bem ao seu sistema nervoso. Sentada àquela mesa, Odessa de repente se deu conta de que estava mais tranquila. Ou melhor, percebeu que andava se sentindo *péssima* nos últimos dias. Entregar a carta — céus, só o fato de colocar os pensamentos no papel e selá-los em um envelope específico, para então depositá-los em uma caixa anônima em uma rua antiga, em uma ilha com um milhão e meio de habitantes — tinha surtido o efeito de meses ou até anos de terapia.

Talvez, pensou Odessa, fosse esse o intuito de Earl Solomon. Talvez fosse um experimento psicológico para ajudá-la a passar por aquela provação. Talvez "Hugo Blackwood" não passasse de um estado de espírito.

Quando chegou à estação de metrô, a chuva já tinha minguado. Logo Odessa estaria em Nova Jersey, em casa, pensando nas coisas em que costumava pensar. Fazer compras. Lavar a roupa acumulada. Tarefas do cotidiano, que davam certo conforto.

Ela deu uma passada rápida em um mercadinho para comprar alguns itens básicos — café, pasta de dente — e caminhou de volta até o apartamento. Seu humor ainda não chegava a estar bom, mas melhorara um pouco. Ela apoiou o guarda-chuva na parede do corredor, ao lado da porta, e entrou em casa. Pendurou o casaco quase seco no puxador do vestíbulo.

Um homem estava sentado no sofá.

— Você me chamou — disse Hugo Blackwood. — Aqui estou.

Ele tinha o cabelo e os olhos mais escuros que ela já tinha visto, e a pele branca feito porcelana. Era magro, quase esquelético, dono de uma elegância misteriosa. Odessa pensou na imagem que fazia dos personagens masculinos da literatura dos séculos XVIII e XIX.

Vestia um terno preto feito sob medida, impecável — simples, mas de corte e caimento perfeitos —, uma camisa e um colete também pretos, sem gravata. Tinha cerca de quarenta anos, talvez cinquenta. Difícil dizer, era um homem muito conservado. Estava com uma das xícaras de chá de Odessa nas mãos e a fitava com um olhar inquisitivo.

— Eu li a carta — disse Hugo Blackwood, com sotaque britânico. Parecia ronronar. — Para falar a verdade, esperava que me escrevesse antes...

O primeiro pensamento que passou pela cabeça de Odessa foi: *Preciso de uma arma!* Pela primeira vez desde que lhe haviam tirado a Glock, desejou tê-la consigo. Deixado as chaves de casa no bolso do casaco. A porta que levava ao corredor estava atrás dela. Seria capaz de deixar o apartamento em três segundos, caso fosse necessário.

— Sou agente do FBI.

Aquelas foram as primeiras palavras que saíram de sua boca. Era tanto um aviso quanto uma ameaça, postura que ela nunca tinha sonhado em assumir em sua própria casa.

— Eu sei — disse ele, curto e grosso.

— Quem é você? — perguntou ela, ofegante.

— Você sabe quem eu sou.

Ela o encarou.

— Não sei.

— Você me escreveu. Então me dei ao luxo de entrar no seu apartamento.

Ela estava sem palavras e apenas balançou a cabeça.

— Estou fazendo um chá para nós — disse o homem. — Espero que não se importe...

Odessa deu um passo para trás, o corpo pressionado à parede.

— Impossível você ter chegado aqui antes de mim!

Ele arqueou as sobrancelhas. Apontou para o sofá em que estava sentado, prova de que tinha mesmo entrado no apartamento antes dela.

— Como conseguiu chegar aqui tão rápido?

— Você vai mesmo fazer tantas perguntas?

— Como me encontrou?

— Bom, o seu nome constava na carta.

— O que é aquela... caixa de correio? O que significa tudo isso? Quem enviou você?

— Você mesma, ora. De fato, é uma caixa de correio bem singela. E continua eficaz, mesmo nos tempos atuais.

Tempos atuais? A cada palavra trocada com o homem, Odessa chegava mais perto da cozinha. Era onde ficavam as facas.

— Podemos conversar sobre as questões expostas na sua invocação? — perguntou ele.

— Invocação?

— Você me chamou. Imagino que seja uma questão de suma importância.

— Não — disse ela, indignada. — Não, não podemos...

A chaleira. Estava quente, soltando um fiapo de vapor. Ele tinha conseguido entrar no apartamento dela e ainda água... Isso no curto intervalo de tempo em que ela bebeu um café, pegou o metrô e deu uma passada no mercado?

O homem percebeu o desconcerto de Odessa diante da água fervida.

— Eu trouxe o meu próprio sachê de chá, que fique claro. Uma mistura da Mariage Frères, um chá oolong com aroma de leite — descreveu ele, tomando um gole de sua infusão. — Por que não serve uma xícara para você e se senta um pouco, acalma os nervos?

Odessa se recompôs. Ela *não precisava* se acalmar. Precisava de respostas para suas perguntas.

— Estou bem desse jeito, muito obrigada — retrucou.

— Os elementos dos casos que você descreveu me parecem mais sintomas — comentou ele. — E essas coisas acontecem em grupos de três.

— Foi o que Solomon disse.

— Ah, sim! Earl. Imagino que tenha dito mesmo. — Ele sorriu. — Os fatos em evidência são triviais por si só. Mas a incidência dos acontecimentos é curiosa, em teoria. Especialmente porque foram casos independentes, em um intervalo de tempo muito curto.

— De onde você conhece Earl Solomon? — indagou Odessa.

Blackwood respirou fundo, evidentemente incomodado com a pergunta.

— De onde conheço o Earl?

— Há quanto tempo vocês se conhecem? O que estão tramando juntos? O que diabos está acontecendo aqui?

— Quer mesmo insistir nisso? Foi você quem me mandou uma...

— Uma carta, eu sei. Depositei uma carta em uma caixa de correio perto de Wall Street, em Manhattan, e de repente meu apartamento foi invadido por um inglês que não se presta a responder às minhas perguntas.

— Earl Solomon devia ter preparado você melhor. Como vai meu estimado Earl?

— Ele está morrendo. Teve um derrame. Já está com oitenta e tantos anos, devia ter se aposentado há décadas. Fui até ele, que me enviou até você e agora preciso saber que tipo de golpe os dois estão tramando.

Blackwood tomou mais um gole de chá.

— Pelo jeito, ele não falou muito de mim.

— Não, senhor. Não falou. Deixou essa parte de fora.

— Entendi. Presumi que você teria alguma ideia do que esperar.

— Pois é. Como eu já disse, ele simplesmente deixou essa parte de fora.

— Ele só passou o endereço, então?

— Bom, ele não está bem. Já mencionei isso, não? Que ele está morrendo?

Blackwood assentiu. Ela esperou.

— É isso, então? — perguntou Odessa. — Você não quer saber como ele está? Não sente a menor compaixão ou preocupação, sr. Blackwood? Esse é o seu nome verdadeiro? Hugo Blackwood?

— Sim, srta. Hardwicke. Esse é meu nome verdadeiro.

E isso foi tudo que o homem falou.

Odessa já estava furiosa, mas a frieza gratuita daquele homem estranho a irritou ainda mais.

— Ele está no hospital.

— É uma pena — disse o homem. — Para nós dois.

Odessa sorriu, apesar do choque.

— Quer dizer que são próximos, então.

— Ele já me ajudou muitas vezes. Tenho um imenso respeito por sua ética de trabalho e por seu desempenho profissional.

— Ele ajudou *você* muitas vezes? — indagou Odessa. — Para quem você trabalha?

— Para quem eu trabalho? Ninguém.

— Inteligência britânica? Serviço secreto?

— Ah, não! Nada disso.

Odessa tentou recomeçar do zero. Ela sacou as credenciais do FBI, aproximou-se de Blackwood e se debruçou sobre a mesa de centro entre eles.

— Aqui está o meu documento de identificação. Está vendo? — Ela fechou o porta-documentos e guardou. — Agora me mostre o seu.

— Não tenho.

— Nenhum documento?

Ele deu uma risadinha, talvez por conta da teimosia dela.

— Que tal conversarmos sobre os caldeirões?

Algo na forma como ele disse "caldeirões", algo naquela voz que parecia pertencer a outro tempo, deixou Odessa arrepiada.

— Tudo bem — disse ela, e sentou-se numa cadeira virada para ele. — Me conte dos caldeirões.

— O que você sabe sobre palo? — perguntou Blackwood.

— Palo?

— Certo. Caldeirões são um elemento fundamental do palo mayombe, uma religião obscura que surgiu em meio ao tráfico negreiro espanhol, no século XVI. O caldeirão é preparado com certos artigos religiosos e itens pessoais totêmicos, sejam do emissor ou do objeto do feitiço a ser invocado.

— Feitiço?

— Feitiço. Desejo. Maldição. São muitos os nomes para as invocações. E para a invocação ser bem-sucedida e atingir potência máxima, muitas vezes o praticante, que costuma ser uma sacerdotisa, incorpora ao ritual pássaros ou outros animais mortos. Ossos humanos.

A cada palavra, Odessa tentava decifrá-lo. Seria um teólogo? Um especialista em seitas?

— Entendi — disse ela. — Já testemunhei coisas do tipo. O que não consigo compreender é... Quer dizer que esses assassinos eram praticantes do palo? Ou foram vítimas de algum tipo de maldição?

— Não é tão simples assim. O que estou descrevendo é uma religião, uma prática desconhecida para você e incomum por estas partes do mundo. Mas é uma religião com milhares de adeptos e praticantes, que não são assassinos nem vítimas de assassinato. O palo mayombe, por si só, é um sistema de fé e devoção, e, como tal, é inofensivo.

— Do que estamos falando, então? — perguntou Odessa, confusa.

— Talvez haja forças obscuras por trás disso tudo. O palo é uma fé dinâmica, uma fé conectada a correntes profundas da natureza, que são pouco exploradas. Qualquer sistema, qualquer igreja, pode ser corrompido. Alguma outra entidade pode ter se aproveitado da cerimônia de invocação.

O raciocínio dele começava a parecer duvidoso.

— Entidade?

Hugo Blackwood soltou um suspiro e bebeu um gole do chá.

— Não existem muitas. Cada religião dá um nome a elas, mas existe uma taxonomia básica. Não passam de trinta ou trinta e cinco tipos, na verdade.

Ele conseguia manter uma expressão séria. Já ela, não. Odessa só não riu porque aquela ladainha a intrigava. O homem a intrigava. A relação dele, ou falta de relação, com Earl Solomon a intrigava.

— Acho que vou fazer mais um pouco de chá — disse ela, e se dirigiu à cozinha.

Tirou do armário uma caneca da Starbucks que homenageava a cidade de Newark (tinha sido uma compra irônica), colocou um sachê de uma infusão herbal e encheu de água.

— A maioria dessas entidades remonta à Antiga Mesopotâmia — explicou Blackwood. — E sua única razão de ser é danificar, corroer ou destruir o que há de bom no mundo...

Ela colocou a xícara no micro-ondas e apertou o botão para adicionar trinta segundos.

— Por favor, não faça isso — pediu ele.

Ela se voltou para o homem.

— O quê?

— Isso que você está fazendo.

Odessa se deu conta de que ele se referia ao micro-ondas, alternativa a ferver a água na chaleira, no fogão, como ele fizera.

— É rápido — disse.

Ele bufou, descontente. Não foi exatamente um suspiro, tampouco um grunhido, mas um meio-termo.

— Decapitações são rápidas.

O micro-ondas apitou. Ela tirou a água quente e mexeu a infusão.

— Tem que deixar descansar — instruiu ele.

— Impossível — respondeu ela, sentando-se de volta na cadeira. — Ninguém tem tempo para isso.

A agente percebeu que o homem ainda a observava como se ela tivesse cometido uma atrocidade.

— Vai dizer que você come o sachê do chá quando termina?

— O próprio sachê de chá é uma conveniência moderna. Um atalho. Despejar água sobre as folhas soltas, deixar descansar e coar... Até mesmo esse processo vocês contornam, sacrificando o prazer do sabor em prol do imediatismo.

Ela fez que sim enquanto bebia o chá devagar, com ares de perversidade, saboreando o desdém dele.

— Ficou gostoso.

Ela se recostou.

— Essas entidades... — retomou Blackwood. — Elas atendem por muitos nomes e preferem certos rituais.

— Como assim, preferem?

— A mesma entidade pode aparecer em um ritual de palo ou em um exorcismo católico, com nomes diferentes. Elas gostam de interpretar papéis, fazer joguinhos. Mentiras. Dissimulação. Emoção.

Como quem sintoniza e desliga uma estação de rádio, elas entram em sintonia com o que bem entendem a cada momento...

— Por acaso você é teólogo ou algo assim?

— Algo assim — respondeu ele.

— Parece que já lidou com situações do tipo antes.

— Muitas vezes, até demais, em vários lugares. Nunca acabam de verdade, entende? Elas são o Yin e... pode-se dizer que eu sou o Yang.

— Isso parece uma frase saída de um biscoito da sorte... Onde aprendeu essas coisas?

— Experiência. Você parece ser uma agente novata.

— Não é bem assim. — disse ela, ofendida. — Sou *relativamente* nova na agência.

— Solomon já foi novato um dia. — Blackwood esquadrinhou o apartamento como se estivesse lendo o currículo dela. — É preciso começar de algum lugar, imagino, para angariar clientes.

— Angariar... *clientes*? — indagou ela, sem entender.

— No FBI, onde você trabalha como agente.

— Sou uma agente especial, é minha designação. Não sou... uma representante.

— Uma agente é uma ligação, até onde sei. Um emissário, um instrumento. Uma representante, portanto, do FBI.

Seu modo de falar e suas escolhas de palavras eram quase cômicas.

— O agente Solomon nunca explicou isso para você? — questionou Odessa. — Não somos facilitadores. Não temos clientes. Nossos clientes são o povo americano, enquanto nação.

— Você é agente de um corpo investigativo. Acredito que estamos falando da mesma coisa.

— Não, não estamos. Sou uma oficial da lei, agente do governo federal. Fiz um juramento. E você é... Ainda não sei o que faz.

— Sou Hugo Blackwood. Advogado por formação, se é isso que quer saber. Mas já faz muito tempo que me formei.

— Quer dizer que é advogado? — disse ela. — Eu também sou. E como entrou aqui, diga-se de passagem?

Odessa estava voltando a ficar tensa.

— Ah, pela porta.

— A porta tem duas travas.

— Sim. Abri as duas.

Odessa respirou fundo antes de responder.

— Um ladrão com boas maneiras não deixa de ser um ladrão.

— Garanto a você que não estou aqui para furtar nada. Talvez devêssemos retomar o assunto em questão. Acredito que você possa me ajudar.

— Pois é, também acho que devemos retomar o assunto, mas não sou eu que estou oferecendo assistência a ninguém. Mandei a carta para você por sugestão do agente Solomon. Ele pensou que você talvez pudesse me ajudar a entender o que está acontecendo.

— Você acha muito importante não demonstrar submissão ou subserviência, não é?

Odessa cruzou os braços e fitou o homem com um olhar curioso, ainda incapaz de compreendê-lo. Mil respostas perspicazes lhe passaram pela cabeça, mas Hugo Blackwood parecia estar apenas fazendo um comentário, sem querer ofender.

Ela se pôs de pé outra vez.

— Quero mostrar uma coisa para você.

Odessa pegou o notebook e abriu os artigos sobre roubos de túmulos que tinha salvado. Quando colocou o computador em cima da mesa de centro, Blackwood se afastou e balançou a cabeça. Recusava-se a encostar no aparelho.

— Você opera a máquina — disse ele.

— Que foi? Você não gosta da Apple? — brincou ela.

Ele apertou os olhos como se fosse a primeira vez que se deparava com um texto em uma tela de LCD. Leu rapidamente as reportagens sobre a Bebê Mia e o artigo sobre o homem morto em 1977.

— Será que você poderia... Onde foi parar o primeiro documento? — perguntou ele, frustrado.

— Peraí...

Odessa virou o computador para si, reabriu o artigo e devolveu o computador a ele.

— Quer dizer que você é ludita?

— Ludita? — Ele a encarou. — Se você está se referindo ao movimento do início do século XIX, liderado por operários da indústria têxtil, que destruíram os teares com receio de serem substituídos por trabalhadores mais baratos e menos capacitados, não, não sou. Eu aceitaria a obsolescência de bom grado. Agora, se está se referindo à atual concepção errônea desse protesto, implicando uma aversão a avanços tecnológicos em geral, então sim, sou um ludita.

— Por isso a carta em papel, selada em um envelope específico, postada em uma abertura num pedaço de pedra em Manhattan. Você sabe que pode receber mensagens de texto no seu celular, não sabe?

Ele ignorou o comentário, preferindo reler o artigo. Ela sorriu.

— As informações contidas nesta matéria até que são bem promissoras. Essa tal de "Bebê Mia", com a doença neurodegenerativa... Alguns podem pensar que os restos mortais dessa criança são elementos mágicos, ou enfeitiçados, pelo tanto que ela ultrapassou a expectativa de vida que lhe deram. O artigo não informa a data de nascimento, mas a fotografia da lápide diz. Subtraindo da data da morte, são exatamente 777 dias de vida. Um numerologista diria que é um número que traz muita sorte.

— Sete, sete, sete? — disse Odessa, impressionada com a velocidade do cálculo aritmético de Blackwood.

Ele se levantou, deixando o chá pela metade, pronto para ir embora. A altura dele a surpreendeu, e era mais esbelto do que muitos homens que seguiam dietas modernas. *Vegetariano*, pensou.

— Precisamos conversar com os ressurreicionistas.

— Com quem?

— Os homens que exumaram os restos mortais da criança, mediante pagamento, provavelmente. O artigo menciona algumas apreensões. Preciso que me arranje um interrogatório com eles, seja com os dois ou um só.

— Arranjar? — indagou ela. — Espera um minuto! Eu não "arranjo" nada. Quando muito, se tiver alguma pergunta sobre a investigação criminal, é melhor falar com os detetives que trabalharam no caso. Sobretudo se tivermos informações que podem incriminar ainda mais os suspeitos.

— Sei. Foi isso que você fez quando me enviou a carta?

Odessa também se levantou. Estava cansada de ser colocada contra a parede por aquele homem peculiar que invadira seu apartamento.

— O agente Solomon sugeriu que eu o contatasse.

— E você aceitou a sugestão por duas razões. Queria respostas para as suas perguntas. E é um caso pessoal para você. Então, tomou uma atitude incomum e resolveu se corresponder comigo. Como posso fazê-la entender? Se fosse uma simples investigação criminal, você não teria solicitado os meus serviços. Isso vai além de uma investigação criminal. E você sabe muito bem disso.

Ele era persuasivo, mas suas palavras ainda assim causavam incômodo.

— Quer dizer que, em termos legais, o ideal para mim seria dar um passo para trás e fazer vista grossa para os seus serviços... Foi isso que o agente Solomon fez por você? — Ela o pressionou mais. — Para que você o ajudasse com as investigações dele?

— Não foi nada disso, sinto dizer. Foi ele quem me ajudou.

— Não consigo nem imaginar você e Solomon trabalhando juntos, no que quer que seja.

— Justo. De fato, ele passou um bom tempo me caçando. — Blackwood sorriu, contido. — Sem muito sucesso, diga-se de passagem. Para você ver... Algumas das minhas parcerias mais gratificantes começaram com pessoas tentando me matar. Vamos em frente, então?

Ela hesitou. Queria deixar tudo às claras.

— Tem uma coisa que você precisa saber. Estou passando por um período probatório no FBI. Uma suspensão. Depende do resultado da investigação da primeira chacina, sobre a qual comentei na carta. Estou em maus lençóis com o FBI, por ora. Provavelmente não serei agente por muito mais tempo.

Blackwood não se abalou.

— Você me mostrou as suas credenciais.

— Sim.

— Tenho certeza de que será o bastante.

As portas do elevador se abriram para um segundo par de portas, que, por sua vez, davam passagem para um andar de serviços no subsolo do hotel Lexington Regal, em Murray Hill. Odessa se embrenhou pelo corredor estreito e apertado, repleto de carrinhos de carga enfileirados à direita. Caminhava à frente de Hugo Blackwood, seguindo na direção de um ruído industrial e uma voz aguda que cantava rap em espanhol.

Uma curva à esquerda desembocou em uma lavanderia com aquecimento artificial. Os tambores de quatro grandes máquinas de lavar giravam lado a lado, de frente para quatro secadoras de abertura frontal, formando uma sinfonia de zunidos cíclicos. Uma mulher de ascendência sul-americana, vestida com o colete marrom do Lexington Regal, supervisionava uma máquina dobradeira agitada, que expelia as toalhas brancas e finas do hotel. Empilhava tudo em um carrinho. Um homem de costas para eles ostentava um fone de ouvido e dançava diante de uma plateia de máquinas de lavar industriais.

Provavelmente ele sentiu a presença dos dois, pois se virou e tirou o fone, deixando-o em torno do pescoço.

— Pois não? — disse.

— Mauro Esquivel? — perguntou Odessa.

— Sou eu.

Ela mostrou as credenciais do FBI.

— Gostaríamos de fazer algumas perguntas.

A mulher de colete não pensou duas vezes.

— Vou deixar vocês a sós. Tchau, tchau — disse.

Então desligou a dobradeira e se retirou.

Mauro olhava para Odessa e Blackwood, apreensivo.

— Que tipo de perguntas?

— Pode ficar tranquilo, não é nada de mais — assegurou Odessa. — Só queremos tirar umas dúvidas sobre uma história antiga.

As luzes piscaram. Mauro se aproximou de um interruptor com timer e o reconfigurou para três minutos, olhando para os dois de relance, sem fazer contato visual.

— Como me encontraram?

— A policial responsável pela sua condicional passou o endereço para a gente. Ela está muito contente com o seu progresso.

— É bom que esteja mesmo. Tô dando duro.

Ele observava Blackwood de um jeito estranho, como se sentisse uma vibração ruim vindo daquele homem esguio, elegante e cheio de pompa. Odessa entendia aquele sentimento.

— Vou poupar o tempo de vocês — disse Mauro. — Devem estar querendo me obrigar a entregar uns caras para a polícia. Mas não vou dedurar ninguém. Podem me prender, podem cancelar a minha condicional! Não vale a minha vida, a vida do meu filho, da minha família na Argentina. Podem esquecer!

Odessa balançou a cabeça.

— Não estamos aqui para tratar dos seus antecedentes com o tráfico. Não é nada disso.

— Se for questão de documentação, sou cidadão, nasci aqui.

— É sério, Mauro — insistiu Odessa. — Não estamos aqui para incomodá-lo.

O homem deu uma risadinha.

— Até parece! Querem o que comigo, então? E quem é o conde Drácula aí?

— Na verdade, nem eu sei — respondeu Odessa.

— Queremos saber do túmulo que você violou — disse Blackwood.

Mauro ficou pálido. Começou a gaguejar.

— Olha, aquilo foi um erro. Eu me envolvi com coisa ruim, mas já faz tempo.

— Então não foi ideia sua desenterrar o caixão da menina? — indagou Blackwood.

O rapaz recuou como se tivesse sido obrigado a encostar em algo nojento.

— Não vou falar disso. Foi um erro, tá bom? Isso ficou para trás. Não faço mais essas coisas.

— Você disse que tem um filho — comentou Odessa.

Mauro assentiu, visivelmente desconcertado.

— Eu sei que foi errado. Sei separar o certo do errado.

Blackwood se aproximou dele.

— Mas isso foi mais profundo

Mauro não negou. Olhou para Blackwood com temor, preferindo dirigir as palavras a Odessa.

— Desculpa, cara! Já cumpri a minha pena... Por que vieram me encher o saco no meu trabalho?

Odessa percebeu que não era apenas medo do FBI que provocara uma reação tão desesperada em Mauro. Ele estava genuinamente assustado por terem trazido o caso à tona.

— Precisamos saber por que você fez aquilo — explicou ela. — Para quem fez aquilo. Fica entre nós. Não sai daqui.

Mauro balançou a cabeça e estendeu as mãos, pronto para ser algemado.

— Pode me levar! Vamos! Me prende!

— Você prefere voltar para a cadeia a falar com a gente?

— Pode me levar! — repetiu ele, muito agitado.

Odessa se virou para Blackwood. Não podia prender Mauro, é claro. A ideia era fazê-lo falar. Mas pelo visto tinham tocado em um assunto sensível. Ao que tudo indicava, estavam em um beco sem saída.

Blackwood a ignorou. Estava com os olhos fixos em Mauro, que, por sua vez, se esforçava para não encará-lo.

De repente, ela escutou um alvoroço. Imaginou que a mulher tivesse voltado para pegar alguma coisa. O ruído vinha de um grande cesto de lençóis que esperavam para serem lavados. O cesto tinha rodinhas e era maior que os carrinhos de serviço do hotel. Comportava dezenas e dezenas de jogos de lençol e edredons. E ainda comportaria uma pessoa de qualquer tamanho, sob a roupa de cama.

Pelo barulho, parecia que havia mesmo um ser humano lá dentro. Alguém — alguma coisa — se mexia embaixo dos lençóis. Odessa pensou ter detectado movimento.

Mauro também ouviu. Fitava o cesto, atento ao que quer que estivesse enterrado ali. Deu alguns passos para trás, parando quase ao lado de Odessa. Hugo Blackwood, no entanto, fez pouco-caso do cesto de roupa suja. Não tirava os olhos do rosto de Mauro. Agia como se estivesse completamente alheio ao barulho.

— Que merda, cara... — Mauro engoliu em seco e limpou a boca. Estava surtando. — Tá bom, escuta! Vou falar, mas vocês têm que me proteger.

Odessa olhou para Blackwood. A expressão dele permanecia impassível.

Ela se virou de volta para Mauro, procurando manter distância do cesto.

— Desembucha — mandou, deixando-se levar pelo momento.

— Eu fiz o que fiz, não tem desculpa. Foi tudo por dinheiro. Coisa pequena, não era para machucar ninguém. Até que... fui obrigado a machucar as pessoas. E eu já estava envolvido demais para pular fora. Não tinha saída. Eu fui amaldiçoado, cara. Amaldiçoado.

Odessa percebeu que, a julgar pela profundidade da autoanálise, Mauro ainda pensava muito no ocorrido, apesar da relutância em tocar no assunto.

— E quando a gente não vê saída, é só ladeira abaixo... — continuou ele. — Vira uma bomba-relógio. Uns caras que eu conhecia, eles curtiam palo. Fazia sentido. Era como uma aura protetora. Funcionou para mim também. Eu me livrei de uns apertos complicados. Me ajudou a seguir em frente. E depois... conheci uma pessoa que disse que dava para ir além. Veio com um papo de poderes sobrenaturais. Os caras queriam desenterrar um túmulo. Disseram que era o corpo de uma santa. Uma garotinha com poderes mágicos de cura. Aí fiz o que fiz. Eu e outro cara. A gente fumou um e foi lá. E foi isso... Só que não parou por aí. Rolou uma cerimônia com os ossos e as paradas todas. Foi intenso demais para mim, sacou? Foi... Como é que se diz? Quando você mexe com religião, mas passa dos limites?

— Sacrilégio? — sugeriu Odessa. — Blasfêmia?

Ele fez que sim.

— Eu dei no pé. Fugi. E deu muito ruim para mim. Desde aquela noite, parece que alguém me amaldiçoou, me marcou. Minha maré de sorte acabou. Mexi com coisa errada.

— Quem era essa pessoa? — indagou Odessa. — Quem foi que deu a ideia de desenterrar o túmulo da Bebê Mia?

— Não, chega. Não posso fazer isso, cara. Eu saí dessa. E quero continuar fora. Não tenho escolha. Vocês chegam aqui falando "Só queremos saber disso e daquilo", mas não, não é só isso que querem. Vocês querem que eu bote o meu na reta...

— Vamos proteger você — garantiu Odessa. — Prometo.

— Ninguém tem como prometer isso. Se eu falar, morro.

Ele balançou a cabeça, firme em sua decisão. As luzes da sala se apagaram. Mauro se dirigiu ao timer.

Então ele ouviu o ruído de novo.

No cesto de roupa suja, mais intenso dessa vez. Como se algo estivesse prestes a sair de lá.

Odessa também ouviu. Mauro ficou bastante agitado, mais uma vez.

Blackwood continuou parado, imperturbável.

Mauro queria ir embora, mas não conseguia.

Os lençóis se mexeram de novo.

— Vocês não são da polícia coisa nenhuma — acusou Mauro. Ele fitou Blackwood com um misto de ódio e terror, e, em seguida, se virou para Odessa. — O que querem comigo?

— Diga aonde devemos ir, que deixamos você em paz — pressionou Blackwood.

— *Demônio* — sussurrou Mauro, balançando a cabeça enquanto olhava para Blackwood. Então sibilou mais algumas palavras em espanhol, que Odessa não conseguiu entender.

— Uma menina de dois anos, Mauro — disse Blackwood, em uma voz grave e monótona. — Descansando em paz. Até você perturbá-la.

Mauro olhou para o cesto de roupa uma última vez e, com a voz trêmula, contou tudo o que eles queriam saber.

Do lado de fora do hotel, longe dos porteiros, Odessa deteve Blackwood.

— O que foi aquilo? — perguntou, sem conseguir mais se segurar. — O que aconteceu lá dentro?

— Você poderia usar o seu telefone móvel de novo para convocar o nosso transporte? — pediu Blackwood.

Odessa bateu o pé.

— Como você fez aquele barulho no cesto de roupa suja? Foi um truque de voz? Ventriloquismo ou algo do tipo? Você aprontou alguma coisa lá...

— O sr. Esquivel também achou.

— Ele pensou que o fantasma de uma menina de dois anos ia pular do cesto de roupa suja.

Blackwood olhou para ela com uma sobrancelha erguida.

— Você poderia ativar o seu telefone? Precisamos chegar a Newark antes que fique muito tarde.

A LOJA DE artigos religiosos ficava a poucas ruas da estação de Newark, uma vitrine espremida entre uma loja de colchões fechada, que pertencera a uma rede e que na época ficava aberta vinte e quatro horas, e uma taqueria que só fazia entregas e ostentava uma placa de NO BAÑO.

Odessa deteve Blackwood do lado de fora, junto a um telefone público detonado, antes que adentrassem o estabelecimento.

— Precisamos de um plano — declarou ela. — Uma história.

— Como assim?

— Para entrar aqui. Dá para ver que não somos o público da loja. Eles vendem itens para religiões latinas. Nós parecemos turistas do interior impressionados. Precisamos de uma história. Precisamos nos misturar...

— Não — disse Blackwood. — Não precisamos.

Ele abriu a porta sem a menor preocupação. Uma mulher de idade com um rosto profundamente envelhecido e cabelo grisalho, preso em um coque, estava sentada em uma cadeira dobrável na entrada, rezando. Ela levantou o rosto e, com seus grandes olhos castanhos, acompanhou os dois clientes. Odessa sorriu, mas a senhora não retribuiu a gentileza.

A loja era estreita e comprida. Atrás de um balcão à esquerda, uma atendente os cumprimentou com um sorriso largo, simpática.

— Olá! Bem-vindos. Como vão?

Era uma mulher negra, alta. Vestia um avental por cima de um vestido, uma combinação curiosa, e um turbante branco de algodão. Estava trabalhando em um bordado de contas.

— Bem, obrigada — respondeu Odessa, uma vez que Blackwood não abriu a boca.

— Sintam-se à vontade. Qualquer dúvida, é só me chamar.

Odessa agradeceu e reparou que a mulher tinha pequenos piercings que pareciam pérolas em todas as falanges dos dedos. Pelo jeito, estava acostumada a ganhar dinheiro de turistas curiosos e leigos quando o assunto era religião. Odessa nunca tinha entrado em uma loja daquelas e se afastou de Blackwood para dar uma olhada nos produtos.

A parede à direita exibia prateleiras cheias de mercadorias etiquetadas, inclusive velas das mais diversas cores para práticas religiosas, dispostas em longos frascos de vidro decorados. Potes de plástico continham diferentes temperos, ervas, grãos, raízes, tudo devidamente rotulado. Em outras prateleiras havia livros, panfletos, cartões com frases motivacionais, orações, cristais. No canto mais aromático da loja ficavam os óleos, sabonetes, resinas e incensos mágicos e espirituais.

Uma prateleira menor era reservada a óleos da paixão e feitiços de amor. Tinha também velas chamativas em forma de vagina e pênis. Na altura dos olhos, velas e soluções para banho prometiam cura, quebra de maldições, remoção de pragas, aplicação de mau-olhado, poções de amor e de atração sexual e chamariz de dinheiro. Junto às velas que ofereciam sorte e fortuna, encontravam-se ainda outras, destinadas à resolução de questões jurídicas e problemas na justiça. Velas vermelhas em forma de figuras em pose de oração simbolizavam oferendas para espíritos ancestrais.

Odessa seguiu até a vitrine, fascinada pelo lugar, uma fonte única para todas as necessidades místicas. Na entrada, ao lado de um arranjo de calêndulas, ficava a mesa de altar de "La Madama", que aparentemente se tratava do espírito das escravas, representado como uma mulher negra retinta segurando uma vassoura, com um turbante em cujo topo se equilibrava uma cumbuca para oferendas. Não estava à venda, era uma estação para devoção. Em cima da mesa havia dois pratos forrados de seda, com pedaços de pão, balinhas de hortelã, moedas, pétalas murchas de rosas e notas de dólar cuidadosamente amarradas com um nó. Um aviso escrito à mão advertia os clientes:

> Deixe a sua oferenda.
> Receba uma bênção.
> Não toque em nada.

Odessa ouviu vozes e percebeu que Blackwood tinha puxado conversa com a mulher do balcão. Foi até lá na mesma hora.

— Queremos conversar com a proprietária da loja — anunciou Blackwood.

— Já falei, ela não se encontra — explicou a atendente. — Mas posso ajudá-los com o que precisarem.

— O que tem na salinha dos fundos? — perguntou ele.

A mulher continuou sorrindo.

— É o nosso escritório e onde fazemos as leituras.

— Gostaríamos de uma leitura, então — declarou Blackwood. — A minha amiga, a srta. Hardwicke, gostaria de uma consulta espiritual.

— Só fazemos consultas e divinações com hora marcada.

— Tem alguém na nossa frente?

— Não...

— Estou vendo os preços na parede atrás do balcão.

Blackwood sacou um maço de dinheiro do bolso da calça e, delicadamente, tirou duas notas de cinquenta do bolo.

— Aqui está.

— Sr. Blackwood, posso falar com você um minuto? — interveio Odessa.

A mulher pegou as notas e olhou para a fachada da loja, para além de Odessa, falando no que parecia uma derivação de uma língua crioula. A senhora de idade se levantou da cadeira dobrável, sem pressa, fechou e trancou a porta de entrada e virou uma placa que dizia: "Consulta particular em curso, volte em quinze minutos."

— Não quero uma leitura — disse Odessa para Blackwood.

— Vamos logo — rebateu ele, ansioso para conhecer a sala dos fundos.

A senhora dava passos arrastados. Cheirava a cinzas. Com a mão tomada pela artrite, acenou para a agente acompanhá-la. Sua túnica esvoaçava aos seus pés.

Odessa não sabia muito bem o que Blackwood estava tramando, mas não gostava nem um pouco da ideia de ser cobaia involuntária. Passou por uma porta ao lado de uma seleção de amuletos e talismãs.

A sala parecia servir de depósito e copa ao mesmo tempo. A atendente tirou um copo de refrigerante e uma sacola de fast-food de cima da mesa de leituras. Se o objetivo de Blackwood era encontrar a proprietária da loja ali nos fundos, não teve sucesso.

— Por favor, sente-se — pediu a atendente, apontando para uma cadeira específica.

Odessa olhou para Blackwood. *Será que agora podemos ir embora?*, perguntou-se.

Ele puxou a cadeira para ela e, em vez de questioná-lo, a agente optou por acreditar que o homem tinha um plano.

Com um olhar severo, querendo indicar que confiava no que ele estava fazendo, Odessa sentou-se.

A senhora se acomodou do outro lado da mesa. Blackwood e a atendente permaneceram de pé, como os padrinhos de um duelo. A senhora tirou um baralho de tarô de uma caixa e o embaralhou delicadamente com as mãos rijas e os dedos desajeitados. Ela falava e a mulher do balcão traduzia para Odessa.

— Por favor, relaxe e esvazie a mente.

Ah, claro, pensou Odessa. Ela relaxou os ombros e expirou, tentando convencer a mulher de que tinha seguido suas orientações.

Então sorriu para a senhora, aguardando a performance.

A senhora dispôs quatro cartas grandes na mesa, voltadas para baixo. Virou-as em ordem, uma de cada vez, sem falar nada até revelar a quarta carta.

— Você está em um relacionamento tranquilo e sadio com um homem — traduziu a atendente. — Um homem bom e dedicado. Os sentimentos dele por você são genuínos. Você é o amor da vida dele.

Odessa assentiu. Pelo visto, ela começava as leituras com questões do coração.

— Mas ele não é o seu.

Linus não era o amor da vida dela? Odessa abriu um sorrisinho.

— Que declaração ousada — disse ela.

A atendente não traduziu o comentário de Odessa para a senhora, cujos dedos tortos e enrugados afagavam as cartas.

— Ele vai ter estabilidade financeira. Vai ter uma carreira bem-sucedida. Vai fazer uma viagem em breve. Um novo homem vai aparecer na sua vida.

Odessa concluiu que a mulher estava apelando para uma previsão intimidante, para desestabilizar suas emoções e deixá-la absorta, vulnerável. Mas a agente não se deixaria levar. Odessa olhou de soslaio para Blackwood para ver se ele estava curtindo o show... e, ao mesmo tempo, para comunicar que ela definitivamente não estava.

Mais quatro cartas foram viradas. A senhora passou um tempo refletindo sobre elas. Seu olhar ficou sombrio.

— É um momento de grande transição para você. E de grande perigo. Algo maligno cruzou o seu caminho.

Odessa fez o que pôde para esconder sua reação. Tinha certeza de que aquelas charlatãs estudavam as feições dos clientes, moldando as profecias conforme suas reações. Não queria dar a elas a satisfação de saber que ela estava reagindo àquelas declarações genéricas.

— Não é a primeira vez que você se torna foco de uma grande escuridão, embora não a atraia. — A senhora tentava decifrar o que as cartas diziam. — Você é mais como... uma condutora. Uma intermediária. — A atendente parecia estar com dificuldade para traduzir o termo. — Uma agente.

Ela lançou outro olhar rápido a Blackwood e se lembrou do que ele dissera sobre seu cargo no FBI. Perguntou-se o que estava acontecendo ali.

— Você é a sétima filha de uma sétima filha — traduziu a atendente.

— Eu sou o quê? — Odessa fez as contas rápido. — Somos seis. Tenho cinco irmãos.

Odessa queria falar mais, porém imaginou que talvez o truque daquela mulher fosse induzi-la a divulgar informações pessoais. Ela se fechou como uma concha.

— Você é a sétima — insistiu a senhora.

— Tá bom, então — disse Odessa, irritada. — Algo mais?

Queria acabar logo com aquilo.

A senhora baixou mais uma carta na mesa, dessa vez virada para cima.

— Você está com o intestino um pouco preso.

Odessa podia ter saído sem essa.

— Ótimo! Já é o bastante. Obrigada.

Ela fez menção de se levantar, mas a senhora disse algo em tom brusco à atendente, e as duas iniciaram uma conversa.

— Ela está perguntando se você quer saber do seu pai — contou a atendente.

Odessa sentiu um frio na espinha e ficou com raiva de si mesma por isso. A última coisa que ela queria era deixar aquela velha vigarista desestabilizá-la.

— Meu pai já morreu.

— Ele amava você — traduziu a atendente.

— Olha, isso é... — Odessa não terminou a frase. *É bobagem.* — É extremamente inapropriado. Ofensivo.

— Ele deixou um recado para você — continuou a atendente. — Em seu nome. Uma despedida. Mas destruíram. Ficaram com medo de ter problemas.

Muitos sentimentos começaram a brotar, e Odessa ficou furiosa com aquelas declarações. Seu pai tinha morrido na prisão.

— E como você saberia disso? — perguntou ela.

A senhora virou mais uma carta. Mostrava quatro facas.

— Chega! — gritou Odessa, levantando-se da cadeira de uma vez por todas.

Estava mal. Sentia que tinham tirado vantagem dela. Pegou sua bolsa.

— É a vez dele agora — anunciou, apontando para Blackwood. — O meu amigo, o sr. Blackwood, gostaria de uma consulta.

Blackwood olhou para Odessa e percebeu o desconforto em seu rosto. Não pôde deixar de notar também a fúria dela, embora não soubesse o motivo. Talvez intuísse que, mesmo sem querer, tinha magoado Odessa.

Ele se sentou de frente para a senhora, sem pressa.

Odessa notou uma expressão estranha no semblante da velha, que não tirava os olhos de Blackwood. Ela trocou mais algumas palavras com a atendente, que, por sua vez, anunciou:

— Ela não quer fazer mais consultas hoje.

Os bons modos de Odessa, transmitidos pelo pai, entre outros, evaporaram diante daquela coerção espiritual. Ela colocou o dinheiro na mesa.

— Você vai fazer com ele o mesmo que fez comigo.

Percebia a voz trêmula, mas não se importou.

— Minha mãe está cansada, ela precisa descansar — interveio a mulher.

— Faça a consulta — ordenou Odessa.

A atendente olhou para a senhora, que se virou para Blackwood. Embora continuasse relutante, embaralhou as cartas de tarô com mais propriedade dessa vez.

Blackwood permaneceu sentado com as mãos no colo, imóvel. A raiva de Odessa se dissipou apenas o suficiente para que ela começasse a sentir uma energia esquisita na sala, como uma cúpula invisível por cima da mesa. Por um instante, arrependeu-se da forma como agiu, temendo ter forçado um encontro que não devia ter acontecido.

A senhora hesitou ao olhar para Blackwood, como se o visse de um lugar muito profundo dentro de si mesma. O baralho estava pronto sobre a mesa, mas ela relutava em virar a carta do topo. Balançou a cabeça, olhando para a filha. Recusava-se a prosseguir.

A atendente parecia preocupada.

— Mãe? — disse ela, parecendo estar confusa com a atitude.

Depois de um longo momento de tensão, Blackwood esticou o braço e tirou a carta do topo do baralho. Sem olhar qual era, ele a mostrou à senhora.

Ela tentou falar. Abriu a boca, mas não saiu nenhuma palavra. Então simplesmente cobriu os olhos e se virou de costas, enfraquecida, curvada.

Blackwood se levantou da mesa.

— Peço desculpas — disse, mas nenhuma das três mulheres ouviu.

A atendente levou uma das mãos ao turbante, também assustada com a presença do cavalheiro inglês. Ele acenou para elas com um meneio e deixou a sala.

Odessa ainda recuperava o fôlego. A senhora agora estava com a postura ereta, olhando ao redor da sala como se tivesse acordado de um sono profundo. Odessa se sentia responsável — ler a sorte de Blackwood tinha sido sua ideia brilhante —, então ficou aliviada ao ver a mulher recobrar os sentidos. Tudo que queria era sair dali, mas, antes, pegou a carta do topo do baralho. Precisava ver o que mostrava.

Era a imagem do Mágico, empunhando uma varinha ou talvez um cajado, com a aba do chapéu curvada no formato do símbolo do infinito.

Do lado de fora da loja, junto ao telefone público deteriorado, Odessa segurou Blackwood pelo braço. Chocada com a magreza dele, tirou a mão depressa.

— Quem é você? Algum tipo de hipnotizador?

— Tudo que fiz foi virar a carta que ela mesma tirou.

— Que carta era aquela? — perguntou Odessa. — O Mágico. O que significa?

— O Mágico simboliza imanência, acredito.

— Não vou fingir que sei o que significa "imanência".

— É a qualidade de ser imanente, ou inerente.

— Mas o que significa para *ela*?

— Difícil dizer. — Blackwood não movia um músculo, sequer piscava. — Alguns credos religiosos e teorias metafísicas sustentam que o mundo espiritual permeia o mundano. Ao passo que a transcendência implica a existência de uma presença divina em um plano exterior, além do mundo cotidiano, a imanência manifesta uma qualidade sobrenatural, de outro mundo, no mundo à nossa volta.

— E ela viu isso em você? — perguntou Odessa.

— Ela viu isso numa carta selecionada aleatoriamente. "Assim na Terra como no Inferno."

Odessa estava cansada da soberba de Blackwood.

— É horrível fazer jogos com as pessoas. É sádico. Aquela senhora ficou apavorada com você, por alguma razão.

— Se me lembro bem, foi você quem insistiu para que eu me consultasse com ela.

— Em primeiro lugar, eu nem queria fazer uma leitura. Aliás, você nem me conhece. E eu não conheço você. Como você se atreve a me obrigar a fazer uma leitura daquelas sem me consultar primeiro?

— Achei que não faria diferença para uma pessoa obviamente cética.

— É falta de educação. E de que adiantou? Tudo que conseguimos foi fazer uma cartomante velha ter um treco. Para quê? Pedi para você me ajudar a descobrir o que aconteceu com Walt Leppo e os dois outros assassinos.

— A dona da loja talvez possa responder a algumas dessas perguntas. Agora ela já recebeu o recado de que alguém está atrás dela.

Odessa respirou fundo. Tinha sido um dia inquietante, e ela estava arrependida de ter colocado a carta na caixa de correio.

— Pelo visto, você é uma espécie de vigarista ou hipnotizador. Você deu um jeito de fazer a cabeça de um velho agente do FBI, e tudo bem. Mas eu não vou entrar na sua.

Odessa deu as costas e saiu andando rumo à Market Street, a caminho de casa. Esperava que Blackwood fosse chamá-la ou correr atrás dela, e estava preparada para responder de forma grosseira. Mas dobrou a esquina sem escutar uma palavra sequer, e, quando enfim olhou para trás, duas ruas adiante, não viu nenhum sinal dele.

A única coisa que a agente lamentou foi não obter respostas para as suas perguntas sobre ele. Tudo bem, era a vida. Por ora, acreditava ter se livrado de Hugo Blackwood.

1962. DELTA DO MISSISSIPPI

O AGENTE EARL Solomon estava sentado sozinho no balcão de um restaurante de beira de estrada chamado Pigmeat's, cujo proprietário era um homem negro. Tinha deixado o chapéu apoiado no balcão, à sua esquerda, junto ao primeiro rascunho do relatório que estava escrevendo a lápis, em um bloco de papel amarelo pautado, com poucas folhas restantes. Ele descansou o lápis no balcão e partiu mais um pedaço de pão. Mergulhou-o na sopa quente e espessa, amolecendo a casca, deixando-o com sabor de carne de porco e cenoura.

Era o meio da tarde, entre o horário de almoço e jantar. Toda a atenção da cozinha estava voltada para Solomon. O restaurante estava sem funcionários naquele horário, exceto pelo cozinheiro, com seu chapeuzinho de papel, e o proprietário, que folheava o jornal. O balcão era de metal, frio ao toque. As banquetas não giravam. Havia uma jukebox e uma máquina de cigarros perto da entrada.

— Chegaram os homens da Klan — anunciou o proprietário, lendo o jornal com seus óculos de armação grossa, sentado à mesa mais perto da porta.

Solomon se virou para ele.

— É o que o jornal está dizendo?

— Veja bem, é um jornal de gente branca. — O proprietário dobrou o caderno. — Com essa confusão de registro de voto aqui na região, os brancos ficaram com medo e chamaram esse povo para proteger eles!

Do outro lado do balcão, o cozinheiro balançou a cabeça.

— Bando de imbecis.

Solomon olhou para ele.

— Quem? O pessoal da campanha pelo direito ao voto?

— São apenas crianças. Com a cabeça cheia de ideias. Não sabem ou não se importam com os problemas que estão causando. Eles vêm para cá e armam a maior confusão. Não podemos ficar dando sopa.

Solomon pegou a colher.

— Pode deixar, que a minha sopa eu estou pagando.

O cozinheiro soltou uma gargalhada que mais parecia um grito.

— Não dá para confiar nada a vocês da cidade grande. Não são vocês que têm que morar aqui, não é mesmo?

— Vocês servem pastel doce à gente da cidade grande?

— Contanto que paguem com dinheiro da cidade grande...

Solomon sorriu e retomou a escrita. Então se lembrou que a Ku Klux Klan estava na região, e seu sorriso se dissipou.

A porta do restaurante se abriu. Solomon ignorou o movimento até perceber que já tinham se passado alguns segundos sem ninguém abrir a boca. Virou-se para a porta, esperando ver um general da Klan vestido em lençóis brancos. Deparou-se com um homem branco, asseado e muito pálido, de terno escuro, que mais parecia um agente funerário. Talvez fosse europeu. O terno era de seda. O restaurante não era estritamente segregado, mas Solomon percebeu a desconfiança do dono e do cozinheiro. O homem, no entanto, parecia alheio ao receio dos outros.

Solomon tornou a escrever. Notou uma movimentação, ouvindo o farfalhar da seda, ainda que houvesse muitas banquetas e mesas livres no recinto. Portanto, quando o homem sentou-se na banqueta ao seu lado, à direita, quase ombro a ombro, Solomon se virou, baixou o lápis e montou guarda, pronto para brigar.

— Posso ajudá-lo, meu chapa? — disse Solomon.

— Talvez possa... — respondeu o homem, em um sotaque britânico instruído que soaria deslocado em qualquer lugar dos Estados

Unidos, quanto mais no Delta. Ele tinha olhos penetrantes. — Você é o agente Earl Solomon?

Ele fez que sim, surpreso por ouvir seu nome sair da boca daquele sujeito.

— Eu mesmo. E você é...?

— Prazer em conhecê-lo. Nunca estive por estas bandas do continente antes. Está um tanto úmido por aqui. Mas não é de todo ruim.

— Pois é — disse Solomon. — Por acaso você é jornalista?

— Não, definitivamente não. Sou advogado por formação, embora não exerça a profissão há um bom tempo. Não estou aqui em minha capacidade profissional. Ouvi dizer que você é o encarregado da investigação do assassinato.

— Encarregado, não. Só vim ajudar.

— Você me entendeu mal. Quis dizer que é uma autoridade de alta patente. Do FBI. Você causou o maior rebuliço neste lugar, a julgar pelo que tenho escutado. Achei interessante a situação, trazerem você para investigar o linchamento de um homem branco.

— "Interessante" é uma forma de dizer...

Antes que Solomon pudesse perguntar o nome do estranho, o cozinheiro colocou um prato diante dele. Era um pastel frito, recheado com frutas e polvilhado com açúcar de confeiteiro. O funcionário olhou de soslaio para o homem branco e perguntou para Solomon:

— Tudo bem por aqui?

Solomon deu de ombros e se virou para o colega europeu.

— Aceita um pedaço?

— Do que é? — perguntou o britânico.

— Ambrosia! — respondeu o cozinheiro. — Não o doce com ovo. Maçã ambrosia.

— Você poderia preparar um com recheio de carne?

— Especial da casa? — retrucou o cozinheiro.

O estranho ficou em silêncio.

— É com carne de porco — explicou Solomon.

— Pensando bem, vou ficar só com uma xícara de água fervida.

Ele tirou um pequeno envelope de papel do bolso do paletó, um sachê de chá.

O funcionário se dirigiu à cozinha, que ficava nos fundos. Solomon sorriu para o homem na banqueta ao lado dele, pronto para ignorá-lo.

— Com licença. Tenho um relatório para escrever, como pode ver.

— Vim aqui porque me disseram que você andou perguntando por mim — disse o estrangeiro. — Meu nome é Hugo Blackwood.

Solomon se virou e, dessa vez, avaliou o homem de cima a baixo, intrigado.

— *Você* é Hugo Blackwood?

— O que esperava?

— Não sei — disse Solomon. — Não fui eu quem chamou você. Foi um menino... Ele está muito doente. De um jeito estranho. Mora perto daqui, chama-se Vernon Jamus. Conhece?

— Não.

— Bom, aparentemente, ele conhece você. Ou sabe de você. Tem algum motivo em particular para um menino de seis anos de idade chamar por você?

— Um menino? Não. Não tem motivo nenhum. Mas acredito estar familiarizado com a coisa que o fez invocar meu nome.

Solomon tinha perdido todo o interesse em sua sobremesa.

— Bom, tem um jeito de descobrirmos. — Ele guardou o bloco de notas e o lápis em uma pasta de couro. — Podemos fazer uma visita a ele, para tentar entender o que está acontecendo. Só acho melhor avisar... O menino tem problemas psicológicos. Nunca vi nada igual.

— Bom, então é melhor fazermos uma visita mesmo — concordou Hugo Blackwood. — Mas, antes, eu gostaria de ver o corpo do homem enforcado.

— O quê? — O agente balançou a cabeça. — Por que quer ver isso?

— Talvez eu possa ajudá-lo com a sua investigação.

Solomon estava confuso.

— Você comentou que não veio aqui em sua capacidade profissional...

— Correto.

— Mas então... o que está fazendo aqui?

— Minha sina é ir aonde precisam de mim. E agora, ao que parece, precisam muito de mim aqui em Gibbston, no Mississippi.

O hospital do condado, a meia hora de carro ao sul do restaurante, era segregado. Em um carro emprestado do FBI, Solomon passou pela entrada lateral, destinada a "pessoas de cor", e estacionou em uma vaga encoberta, em frente à entrada principal. Na porta, uma placa de sinalização dizia: Sala de espera reservada a brancos — por ordem do departamento de polícia.

Um senhor branco estava sentado na recepção, diante de uma mesa com telefone. Ele só tinha um braço, e o punho direito da camisa social estava para dentro da calça, junto ao prendedor do suspensório. Ele olhou para Hugo Blackwood.

— Em que posso ajudar?

Solomon mostrou ao homem o distintivo do FBI.

— Você poderia nos mostrar onde fica o necrotério?

— Os negros ficam do outro lado do hospital.

— Queremos saber onde fica o necrotério dos brancos — disse Solomon.

— Por quê?

— Precisamos ver um cadáver. O homem que foi enforcado em Gibbston. Hack Cawsby.

O senhor ora olhava para Hugo Blackwood, ora para Solomon. A companhia de um homem branco parecia indicar que estava tudo bem.

— É só descer pela escadaria lateral até o último subsolo.

— Muito obrigado — disse Solomon, forçando o tom de simpatia.

Antes de descer, Solomon olhou para trás e notou que o homem discava um número. Sem dúvida estava telefonando para o xerife Ingalls, em Gibbston.

Solomon precisou mostrar o distintivo mais uma vez para que permitissem sua entrada no necrotério. O atendente de avental sabia exatamente que gaveta abrir. O cheiro era nauseante.

— Vocês vieram liberar o corpo para a funerária?

Solomon balançou a cabeça, tapou o nariz e prendeu a respiração.

O atendente abriu um sorriso tão largo que cobriu as narinas com o bigode.

— Então me façam o favor de agilizar o processo.

Ele descobriu o corpo e saiu da sala.

Solomon protegeu o nariz e a boca com o cotovelo. Blackwood seguiu agindo naturalmente.

O pescoço do homem estava aberto, e a carne, escurecida pela decomposição. Seus olhos estavam fechados, e o semblante, repuxado de agonia, resquício de seus últimos momentos com vida. Os pulsos estavam esfolados, assim como o pescoço, por conta da corda.

Mas Blackwood não parecia estar interessado nos ferimentos do homem.

— Você pode me ajudar a virá-lo?

Solomon encontrou luvas de látex e colocou um par, oferecendo outro a Blackwood.

— É mesmo necessário? — perguntou o agente.

— Sim.

Solomon estremeceu só de pensar em mover o corpo frio e fétido.

— O que está procurando?

Blackwood não respondeu de primeira. Não era tarefa fácil virar um cadáver. Solomon segurou o corpo pelos ombros e Blackwood, pelos pés. Conforme viravam-no, o odor ficava mais forte.

Solomon ficou com ânsia de vômito e deu um passo para trás. Com os dedos cobertos pela luva amarela, Blackwood afastou o cabelo loiro e volumoso do homem e examinou seu couro cabeludo. Alguns fios e pedaços de pele se soltaram em suas mãos.

— O que você está fazendo? — indagou Solomon, entre respirações contidas.

Blackwood se endireitou, inexpressivo.

— Nada. Preciso ajeitá-lo de volta. Você me ajuda?

Solomon o ajudou, depois fechou a gaveta. O fedor pairava no ar.

— Como aguenta esse cheiro? — perguntou Solomon.

— Existe coisa pior — disse Blackwood, distraído. — Agora preciso examinar o local do enforcamento.

Eles fizeram o trajeto com as quatro janelas do carro abertas. Solomon contou que tinha encontrado a pequena pegada no solo macio da floresta, sob as folhas queimadas. Perguntou do menino de novo.

— É uma situação bastante peculiar — disse Blackwood e nada mais.

Apostaram corrida com o pôr do sol e perderam. O céu estava azulado, cintilante, mas isso não os ajudaria em nada quando estivessem entre as árvores. Solomon encontrou uma lanterna no porta-luvas e foi na frente. Não estava certo de que conseguiria encontrar o local, até que adentrou uma pequena clareira.

Ele mostrou o galho baixo a Blackwood e descreveu a cena do crime sem ajuda das fotografias. Afastou os detritos da mata com os pés para mostrar a pegada quase apagada, mas Blackwood não se interessou muito por ela.

— Posso? — perguntou, tomando a lanterna.

Ele examinou o tronco da árvore do enforcamento, a casca preta, sulcada. De costas para o tronco, apontou a lanterna para os galhos altos das árvores no entorno, então começou a inspecionar seus troncos.

Em um deles, descobriu um entalhe que, à luz do dia, não estaria visível. Era pequeno, superficial, um desenho rudimentar e curioso: um círculo maior em intersecção com um círculo menor e uma linha traçada a partir do ponto de intersecção, apontando para o nordeste.

Blackwood virou a lanterna na direção que a linha apontava.

— O que é isso? — perguntou Solomon. — Uma marca de andarilho ou algo assim?

— Algo assim — respondeu Blackwood, andando mais uns dez metros até outro tronco espesso. — As sinalizações a que você se refere indicam, advertem ou sugerem caminhos para os famintos e desolados. Pensando por esse lado, é parecido...

Havia ainda outro símbolo no tronco da árvore, mais elaborado, com linhas curvas e conectadas, algo que parecia metade de uma estrela. Talvez fosse um caractere de alguma língua estranha e primitiva, um hieróglifo ou um pictograma. Aos olhos de Solomon, era uma espécie de assinatura firmada por um espírito do bosque e indicava qualquer caminho ou direção, mas Blackwood virou a lanterna e iluminou uma trilha até a árvore seguinte, e então a seguinte, assim por diante, cada uma delas com um talho quase imperceptível... conduzindo-os cada vez mais para dentro da mata.

— Aonde estamos indo? — indagou Solomon.

Blackwood se deteve por um instante, parado, como se estivesse escutando alguma coisa.

— Chegamos.

Ele virou a lanterna para o chão, revelando uma pequena clareira. Dois postes de madeira cravados na terra serviam de suporte para uma placa decrépita. Blackwood espanou algumas folhas de cima das pedras, que revelaram marcações desgastadas, palavras e datas entalhadas. Eram restos mortais. Nomes e datas pela metade, que iam até meados do século XIX.

Solomon logo entendeu.

— Um cemitério de escravos.

Iluminado pela lanterna que Blackwood levava, Solomon desviava de pedras a cada três ou cinco metros. No passado aquele terreno devia ter sido parte remota da propriedade de algum senhor de escravos ou então um cemitério clandestino.

— Meu Deus — lamentou Solomon, imaginando toda a dor contida naquele lugar, apenas um século atrás. — Que descoberta. — Então se lembrou de como o haviam encontrado. — O que significa isso?

Blackwood examinou a terra.

— Os túmulos estão intocados.

— Mas é claro que... O quê? — Solomon se aproximou dele. — Por que não estariam?

— Não sei.

— O que são aquelas marcas nas árvores, afinal?

— São sigilos. Marcações ocultistas.

— Como assim, "ocultistas"?

Solomon começou a ficar com medo, afinal, estava em um cemitério abandonado no meio de um bosque, falando de forças sobrenaturais.

— Não sei exatamente o que elas significam — responder Blackwood. — Mas é estranho que existam por estas bandas.

— Estranho mesmo — concordou Solomon, aflito e cansado daquela aventura pela mata. — É hora de voltar.

Eles refizeram seus passos até a árvore do enforcamento. Solomon ainda tentava ligar os pontos.

— Você acha que o enforcamento tem algo a ver com os... os...

— Sigilos — completou Blackwood.

— Sigilos — repetiu Solomon. — Ou será que tem a ver com o cemitério? Ou com... o menino?

— Todas as alternativas — respondeu Blackwood, esquadrinhando o local do enforcamento com a lanterna.

Solomon interveio e tomou o objeto dele. Não queria que o homem encontrasse mais nada ali.

— Já que você não é muito dado a explicações, acho melhor pôr as cartas na mesa. Não gosto da palavra "ocultista", para começo de conversa... E não gosto muito de vagar por cemitérios depois do anoitecer. Não acredito nessas coisas, mas com esse assunto não se brinca. Preciso saber o que significa tudo isso e preciso saber quem é você.

— Eu sei — disse Blackwood, fitando a mata atrás de Solomon. — Mas, primeiro, precisamos saber quem está vindo.

Solomon se virou depressa e viu chamas entre as árvores. Eram tochas. Meia dúzia delas — ou mais — se aproximavam deles.

O agente tateou o coldre por cima do paletó, assegurando-se de que o revólver Colt Detective Special ainda estava preso a seu quadril.

— Era só o que me faltava.

As tochas desaceleraram, os forasteiros trocavam palavras. Tinham visto o feixe da lanterna.

— Você é bom de briga? — indagou Solomon.

— Briga? — retrucou Blackwood.

— Socos, pontapés. Você é bom nisso?

— Nunca tomei parte em uma briga.

— Ah, ótimo — disse Solomon.

Só lhe restava manter-se um passo à frente. Ele mirou a lanterna nas tochas que se aproximavam, acendendo e apagando a luz em sinal.

— Aqui é o FBI! — gritou. — Vocês estão entrando na cena de um crime!

Solomon desligou a lanterna.

Os homens com tochas passaram pela última fileira de troncos, revelando-se. Vestiam máscaras brancas pontudas e túnicas brancas amassadas, com a insígnia da cruz com gota de sangue no peito. Dez membros da Klan. Dez caipiras brancos, terroristas nacionalistas, que chegaram à cena do enforcamento de um homem branco e se depararam com um homem negro e um homem muito, muito branco.

— FBI! — repetiu Solomon, iluminando seu distintivo com a lanterna.

Apontou o feixe de luz para Blackwood, para que os homens da Klan vissem que ele não estava sozinho.

À luz das tochas, por trás dos buracos recortados nos capuzes, mal dava para ver os olhos daqueles homens.

— É melhor tomarem cuidado com essas tochas — disse Solomon. — Ninguém aqui quer incendiar a mata.

Ou talvez fosse esse o objetivo deles. Talvez estivessem ali para queimar a árvore do enforcamento.

— Que tipo de distintivo é esse, garoto? — perguntou um dos membros da Klan.

Solomon sorriu, apesar da raiva.

— É do tipo que vem junto com uma arma carregada.

— Um homem branco foi enforcado aqui — disse ele.

— Estou na cidade justamente para descobrir quem fez isso — informou Solomon.

— Nós também — retrucou outro membro, balançando a tocha.

— Esse não é o trabalho de vocês — disse Solomon. — E já cansei de conversar com homens mascarados. — Ele passou o feixe da lanterna pelos capuzes, fazendo com que alguns membros da Klan erguessem as mãos para bloquear a luz. — Mostrem o rosto! Sejam homens!

Os membros da Klan se entreolharam. Estava claro que não fariam isso.

Uma rajada de vento noturno balançou os galhos das copas das árvores e abrandou as labaredas das tochas.

— Que tal você nos mostrar a sua arma?

Solomon sabia que, se sacasse a arma, sem dúvida acabaria precisando usá-la. O revólver Colt tinha um tambor de seis balas. Não daria conta de dez homens.

— E se conversarmos com o xerife Ingalls sobre isso? — sugeriu Solomon.

O líder da Klan olhou de um lado a outro, como se estivesse procurando pelo xerife.

— Ele está escondido atrás de alguma árvore?

Os demais membros deram risada. Estavam ficando atiçados. Solomon sabia que um único disparo de sua pistola traria calhamaços de burocracia e a possibilidade de o incidente — um agente negro do FBI atirando em homens encapuzados da Klan — virar notícia no país todo.

— Tem que ser muito corajoso mesmo para andar por aí sem mostrar o rosto — provocou Solomon.

Uma nova rajada de vento assoviou por entre as árvores. Não sairiam dali sem arranjar problemas, isso estava claro. A única preocupação de Solomon era não acabar pendurado em uma árvore com uma corda no pescoço.

Blackwood, de quem Solomon quase se esquecera, aproximou-se por trás.

— Agente Solomon, você confia em mim? — sussurrou.

— Não, não confio — murmurou Solomon. Mas ele não tinha outra opção. — Por quê?

— Permita-me segurar a tocha elétrica para você.

Solomon não queria renunciar à sua única fonte de luz.

— O nome é lanterna. O que pretende fazer com ela?

— Acho que uma ajuda lhe cairia bem.

— Está bem — concordou Solomon, depois de pensar um pouco. Precisaria das duas mãos livres para o que quer que estivesse por vir. Entregou a lanterna a Blackwood.

— Que conversinha é essa? — perguntou o líder da Klan, aproximando-se um pouco.

— Assim que eu desligar a tocha elétrica, prepare-se para correr — avisou Blackwood para Solomon.

— Assim que... O quê? — retrucou o agente.

Os demais membros da Klan deram um passo à frente, seguindo o líder.

— O que vocês estão tramando aí? — indagou ele.

— Agora! — exclamou Blackwood.

Clique. A lanterna se apagou. Por um instante, as tochas iluminaram as árvores com uma luz laranja dançante.

— *Elil* — enunciou Blackwood, num murmúrio severo.

Uma súbita rajada de vento arrebatou a clareira. As chamas das tochas tremularam e se apagaram. Vertiginosa como a lâmina de uma guilhotina e em meio ao vento desconcertante, caiu a escuridão.

Os homens da Klan gritaram, alarmados.

Solomon sentiu a mão de alguém puxá-lo pelo braço. Blackwood e ele saíram correndo em zigue-zague pelo breu da mata, passando por troncos e galhos baixos, mas sem encostar em nada.

AS SOMBRAS DO MAL

Seus passos pareciam silenciados, abafados, como se mal tocassem o solo. Blackwood o conduziu por entre todos os obstáculos, firme e forte, deslizando pela densa cobertura arbórea com uma fluidez impressionante.

Dava para ouvir os berros frenéticos atrás deles. Ou os homens da Klan estavam em seu encalço, ou tinham batido em retirada. De repente, Solomon viu o pálido luar. Ele emergiu da mata em um campo de relva, que mais parecia feita de prata e cascalho.

Os dois pararam um pouco.

— Como você fez aquilo? — perguntou Solomon, ofegante.

Ele sentiu Blackwood colocar algo em sua mão. A lanterna.

Então ouviu as vozes atormentadas dos homens da Klan, gritando um para o outro: "Por aqui...", "É por esse lado...", "Não consigo ver droga nenhuma...", conforme se esgueiravam para fora da mata. O medo em suas vozes era palpável, e agradável.

Solomon mirou a luz na cara dos homens, que urraram de medo e cobriram os olhos. Alguns estavam de joelhos, esbaforidos. A correria entre as árvores tinha dilacerado os capuzes, e as túnicas estavam desfiadas, rasgadas e manchadas de sangue, devido aos arranhões provocados pelos galhos.

Solomon afastou o feixe de luz, deixando-os imersos na escuridão de novo.

— Boa noite, senhores! — despediu-se Solomon.

Sem perder tempo, ele tirou a chave do carro do bolso e partiu em disparada.

Ao volante, começou a gargalhar. Era a alegria de ter humilhado os homens da Klan, mas também uma manifestação de alívio por ter aplacado o próprio medo. Detestava aqueles caipiras desajeitados pelo terror que instauravam no coração de pessoas bondosas.

— Não sei como fez aquilo, mas foi incrível! — Solomon deu um tapa no volante e buzinou duas vezes em comemoração. — Como enxerga tão bem no escuro?

— Acho que é um talento — disse Blackwood, dando de ombros e fitando a estrada adiante.

Sua postura sóbria trouxe Solomon de volta à realidade. O triunfo final não ofuscava todas as estranhezas que Blackwood tinha mostrado a ele.

— O que significa tudo isso?

— Não sei bem — confessou Blackwood. — Algo está acontecendo aqui. Aqueles homens mascarados pareciam ter sido invocados, feito espíritos malignos. É um estopim em pleno Delta. E você, agente Solomon, é o elo.

— Como assim?

Blackwood olhou pela janela, a expressão apreensiva refletida no vidro. Demorou um pouco para responder e, quando enfim o fez, falou num sussurro:

— Você vai decidir o resultado. — Esta virou-se para encarar Solomon. — Estou pronto para ver o menino agora.

2019. NEWARK, NOVA JERSEY

— Você vai fazer o quê? — perguntou Odessa.

Linus colocou duas camisas sociais meticulosamente dobradas na mala, junto ao kit de barbear.

— Vou passar uns dias em Omaha. Um pessoal da seguradora ainda precisa depor, e os sócios pediram para eu cuidar do caso.

— Você vai viajar... — disse ela, parada na porta do quarto, ecoando as palavras da estranha senhora da loja de artigos religiosos.

Ele espanou a poeira de um par de mocassins com a manga da camisa.

— Não sei por que resolveram passar o caso para mim, mas estou preparado. O RH já me mandou por e-mail as passagens e a reserva do hotel. Classe executiva.

— Que ótimo — disse a agente, ainda processando tudo aquilo.

— Não é?

Odessa ficou em silêncio. Linus provavelmente percebeu que ela estava um pouco desconcertada.

— Como você está?

— Ah... bem.

Ela não lhe contara nada sobre Hugo Blackwood. Ou sobre a leitura de tarô na loja. Ou sobre a história dos lençóis do hotel em que Mauro Esquivel trabalhava. Não saberia nem por onde começar.

Linus massageou os ombros da namorada, na tentativa de chamar sua atenção.

— Vem comigo.

Ela arqueou as sobrancelhas.

— Para Omaha? Para o Nebraska?

— Ouvi dizer que é uma cidade incrível. Vou ficar às voltas com os depoimentos, mas você pode passear um pouco e depois podemos sair para jantar. Talvez ficar um dia a mais.

— Ah...

— É a oportunidade perfeita para darmos uma escapada de todo esse caos. Vai fazer bem para você. É exatamente o que você está precisando.

Odessa assentiu. Ele estava certo. Mas não era tão simples.

— Eu sei.

— Que tal um café da manhã de hotel, servido no quarto? — apelou ele. — Um spa? Podemos malhar na academia...

Odessa achou a insistência dele adorável. Ela devia ir junto, sabia disso. Mas as palavras da senhora...

— Você vai viajar — repetiu Odessa, tentando assimilar aquela ideia.

Coincidência?

Linus pegou no queixo dela, tentando fazê-la olhar para ele.

— Vem comigo — pediu novamente.

Odessa sorriu, deixando-se levar pelo afeto que sentia, pelo carinho dele. Mas sabia que, se fosse, ficaria colada à janela do hotel, de roupão, pensando em Newark, Walt Leppo, ladrões de túmulos e em um inglês muito peculiar.

Ela desistiu.

— Eu adoraria...

— Mas?

— Acho que não seria uma boa ideia me esquivar do trabalho agora. Se vierem atrás de mim para me interrogar sobre o caso... e descobrirem que estou de férias no Nebraska...

— É uma viagem a trabalho com o seu companheiro, ora!

Companheiro. Odessa gostava daquela palavra, mas, naquele momento, só fez com que pensasse nas outras coisas que a senhora tinha dito.

Você é o amor da vida dele. Mas ele não é o seu.

Não, aquilo era conversa fiada, só podia ser. Uma ofensa. Ela não podia deixar aquela velha caquética fazer sua cabeça.

Ele vai fazer uma viagem em breve. Um novo homem vai aparecer na sua vida.

É assim que mexem com a gente, concluiu ela. Com paradoxos e declarações genéricas. A carapuça serve para qualquer pessoa. "Você é bem reservada...", "Ninguém conhece você de verdade...", "Mas quando você confia em alguém é para sempre!". Plantam uma semente de insegurança, adubam com questionamentos ou elogios e deixam o sentimento se espraiar feito erva daninha.

Ela se aproximou de Linus e o beijou com intensidade.

— Queria muito ir — disse, porque queria mesmo.

Linus a agarrou, retribuindo com outro beijo.

— Não tem nada melhor do que transar fora de casa — insistiu ele.

Odessa assentiu, ainda com os lábios nos dele.

— Mas em casa é divertido também, vai...

Linus empurrou para longe a mala por fazer, e os dois se jogaram na cama.

Ela tinha acabado de sair do banho e ainda estava enrolada na toalha quando seu celular começou a tocar. Era sua mãe. Talvez por resignação ou por um mero momento de fraqueza, ela atendeu.

— Oi, mãe.

— Ah, finalmente! Onde você estava? Está tudo bem...?

A chamada continuou assim por alguns minutos. Odessa a atualizava e a acalmava ao mesmo tempo. Depois a mãe começou a narrar o evento de almoço do dia anterior, descrevendo tim-tim por tim-tim o que tinha comido, o que sua amiga Miriam — de quem Odessa nunca ouvira falar — tinha comido e o que as duas haviam conversado.

— E como vai o Linus?

Linus despertava a curiosidade da mãe de Odessa. Ela não era racista, de maneira alguma, mas via namoros inter-raciais como um território exclusivo dos jovens, assim como ouvir música via *streaming* e usar aplicativos de entrega. Odessa cometeu o erro de mencionar que ele ia viajar para Omaha.

— Ele vai deixar você *sozinha*?

Odessa garantiu que estava tudo bem.

— O que vai ser de você? — falou a mãe. — O FBI, a sua carreira?

Odessa soltou um suspiro.

— Acho que já era.

— Ah, não! Mas você... Você não...

A preocupação da mãe sempre a deixava furiosa. Fazia Odessa se sentir uma criança fracassada. Sua mãe conhecia todas as suas inseguranças. Afinal, eram obra dela.

— Olha, não é questão de certo ou errado — disse Odessa. — É que não tenho como seguir carreira com essa história nas minhas costas, piscando como um letreiro de neon. Não sei o que vai acontecer. Mas vai ficar tudo bem.

— Você é formada em direito — lembrou a mãe, esperançosa.

— Pois é. Sou formada em direito.

— Você sempre tem essa opção. Que nem o seu pai.

Odessa fechou a cara ao ouvir a menção ao pai. A veneração da mãe ainda deixava Odessa fascinada... e também com pena.

— Mãe, você é a caçula de sete irmãos, não é?

— Sou, sim. — Ela listou o nome dos seis irmãos por ordem de nascença. — Por quê?

— Nada, é que...

— Eu sempre quis ter sete filhos — interrompeu a mãe. — Acho que porque cresci com seis irmãos. E eu era a caçula, assim como você, então quis seguir o mesmo caminho. Curioso, não?

— Você teve seis filhos, mãe. É bastante.

— Eu sei. Seis filhos deram conta do recado — concordou a mãe, e deu uma risadinha.

Odessa sentiu uma pontada de alívio, provando que a cartomante estava errada nesse ponto.

— Mas tive um bebê que... que morreu — contou a mãe.

Odessa balançou a cabeça, perplexa.

— *O quê?*

— Foi... Foi a minha primeira gravidez. Morte neonatal.

— Espera... esse bebê... nasceu vivo ou morto?

Silêncio do outro lado da linha.

— Ela morreu nos meus braços, Odessa. Não viveu nem uma hora.

Odessa se apoiou com a mão na parede, zonza. Estupefata.

— Então quer dizer que, na verdade, eu sou... a sétima filha... de uma sétima filha?

— Bom... Tecnicamente, podemos dizer que sim. Mas por que você veio com essas coisas agora?

— Por que nunca falamos sobre isso antes? — perguntou Odessa. *Como eu não sabia disso?*

— Porque, para mim, não é lá muito agradável ficar falando desse assunto, Odessa — retrucou a mãe, em um tom seco atípico.

— Sinto muito.

Odessa percebeu que estava desenterrando memórias dolorosas sem levar em conta os sentimentos da mãe.

A sétima filha de uma sétima filha. Que diabos aquilo significava?

— Mãe, eu nunca... Não consigo imaginar como deve ter sido passar por isso. Eu não sabia, mesmo. Desculpa.

Ela sentiu admiração pela força da mãe. Aquilo quase redimia — pelo menos explicava em parte — as décadas de erros que se seguiram.

— Odessa, de onde você tirou essas perguntas?

De uma leitura de tarô com uma cartomante velha.

— Não é nada, mãe. É só que... ando refletindo.

— Odessa... Você está pensando em ter filhos?

— *O quê?* Meu Deus, não!

— Você está grávida?

Jesus amado.

— Não, mãe! Não é nada disso.

— Você sabe que sua irmã está grávida do terceiro filho...

Odessa conseguiu aguentar mais dois minutos, desmentindo a mãe e tentando desligar, até que finalmente a linha ficou muda. Ela ficou encarando a tela do celular, imersa em pensamentos.

Recapitulou a leitura de tarô. Todas as coisas que a senhora dissera. Odessa ainda encontrava maneiras de refutar suas declarações, suas previsões, completamente em negação.

Lembrou-se da atendente, traduzindo as palavras da mãe: *Ela está perguntando se você quer saber do seu pai.*

E então a senhora revirando os olhos quando foi confrontada por Hugo Blackwood, à beira de um desmaio.

Odessa foi até a cozinha. A xícara de chá estava na bancada, ainda suja.

A xícara que Hugo Blackwood usara. Que ele tinha segurado.

Odessa lidou bem com os olhares, os rostos que a seguiam pelos corredores, conforme andava pela sucursal de Nova Jersey, na Claremont Tower. Só mesmo algo com tamanha importância poderia fazê-la retornar ao escritório. Sua amiga Laurena a aguardava em uma sala de reuniões vazia.

As duas se abraçaram, e depois a amiga a fitou com atenção. Odessa sabia que ela estava tentando fazer uma avaliação rápida de seu estado físico e mental.

— Você está com uma cara ótima.

— Obrigada.

Na sala, havia uma jarra de água sofisticada e dois copos. Ela se serviu. Sua mão tremia.

— No seu lugar, eu estaria péssima, acabada — declarou Laurena. — Estava com saudade. O que os seus advogados disseram?

Odessa deu de ombros.

— O que eles têm a dizer? O que qualquer pessoa tem a dizer?

Ela tomou um gole de água.

— Olha, ouso dizer que essa história toda é uma palhaçada — disse Laureana. Você é uma boa agente, Odessa. Não sei o que aconteceu naquela noite, mas sei que você não perdeu a cabeça.

— Obrigada.

— Correm boatos... Não acredito neles, só estou contando para você porque eu ia querer saber... Boatos sobre você e Leppo.

Odessa sentiu uma onda de náusea e raiva.

— Merda.

— Foi o que eu falei. Eu disse: "Vão à merda com essa história!" As pessoas ficam procurando explicações, motivos... para uma agente atirar em um colega. Os caras não conseguem entender que o coleguinha deles, o Leppo, talvez tenha entrado em parafuso. Que talvez tenha sido o homem que passou dos limites. Não seria nenhuma novidade, não é?

— Ele estava prestes a matar a menina. Soa terrível porque *é* terrível. Não tenho explicações. Talvez ninguém tenha. Mas ele estava com a faca, prestes a cortar a garganta dela. E as pessoas acham que a gente estava tendo um caso?

— É uma ideia muito primitiva, isso de homem contra mulher. É assim que essas pessoas pensam. Esquece isso.

— Coitada da esposa dele — comentou Odessa, pensando na viúva de Leppo, não pela primeira vez.

— Ela está devastada. Como é de se esperar, claro.

Odessa não conseguia tirar a esposa de Walt Leppo da cabeça, imaginando sua reação aos boatos sobre o marido, um homem honesto, que supostamente tinha sido baleado por conta de um caso sórdido. Aquilo não fazia o menor sentido, mas ela torcia para que, pelo menos, tivessem poupado a esposa de Leppo dessas suposições.

Então se lembrou do saco de papel que trazia consigo.

— Você pode me fazer mais um favor?

— O que você quiser! — disse Laurena. Mas em seguida ela se recordou do que tinha feito pela amiga antes, quando conseguiu as fotos da cena do crime na casa dos Peters, e voltou atrás. — Calma. Qual é o favor dessa vez?

Odessa lhe entregou o saco de papel. Laurena o pegou, mas não abriu.

— Ai, merda, lá vem. O que é isso?

— Uma xícara de chá. Quero que faça uma análise biométrica completa, incluindo DNA e impressões digitais latentes.

Laurena encarou Odessa e, aos poucos, abriu um sorriso nervoso.

— Você tem noção do que está me pedindo?

— Tenho.

— Isso quebra praticamente todos os protocolos da agência.

— Eu sei.

— Já teve gente que foi demitida por usar o laboratório do FBI por motivos pessoais.

— Vou ser a única demitida aqui — assegurou Odessa. — Assumo toda a responsabilidade.

— Tem certeza de que não tem a ver com você e o Linus? Algum incidente doméstico? Talvez ele tenha recebido alguma mulher em casa ou algo assim? Tem alguma marca de batom na borda da xícara?

Odessa balançou a cabeça.

— Nada de batom. Não tem nada a ver com o Linus.

— Tá... Mas do que se trata, então?

— Tem a ver com a morte de Leppo. Mas não exatamente.

— Explica.

— Bem que eu gostaria.

— Ai, merda. — Laurena se remexeu, inquieta. — Odessa, olha...

— Você acha que eu estaria aqui fazendo esse pedido se não fosse *muito* importante?

— Isso é uma loucura! Essa história toda já saiu de controle. Estou preocupada com você.

— Eu sei. Nem me fale...

Laurena estava esperando que Odessa revelasse mais.

— É só isso que você tem a dizer?

— Não, tem mais uma coisa... A xícara precisa ser processada aqui. Não pode ser em Quantico. Os resultados não podem sair deste escritório.

Laurena soltou um suspiro exasperado.

— Algo mais?

— Você só deve passar os resultados para mim. Se bater com a base de dados, quero saber. Mas fica entre nós. Entendido?

— Odessa... Tem certeza de que está tudo bem? Você não parece bem.

Odessa massageou as têmporas.

— Vou ficar bem — disse ela, desejando que fosse verdade. — Vou ficar.

Odessa voltou ao Hospital Presbiteriano do Queens, em Flushing, e pegou o elevador até o quarto de Earl Solomon. O agente aposentado ainda estava em seu leito, recostado em uma pilha de quatro travesseiros e coberto com lençol e manta, embora fizesse calor.

A imagem das roupas de cama fez com que ela se lembrasse do interrogatório com Mauro Esquivel no porão do hotel Lexington Regal, com Hugo Blackwood. Ela tentou afastar aquela memória e voltar à realidade.

Havia outra pessoa no quarto, mas não parecia um parente. Era um homem robusto e careca, com uma papada que lhe conferia uma pelanca na nuca e um ar simpático. Vestia um terno elegante, feito sob medida.

— Olá — disse Odessa. — Posso entrar?

— Entre, agente Hardwicke — pediu Solomon, com a voz um pouco mais áspera do que da última vez em que tinham se falado.

Ele a recebeu de braços estendidos, as mãos pálidas.

— Já é quase uma festa.

Ela sorriu, aliviada por vê-lo de bom humor, ainda que fisicamente mais frágil. Um tubo estreito administrava oxigênio pelo nariz dele.

— Olá — disse ela, cumprimentando o outro homem com um aperto de mão.

— Esse é o sr. Lusk — apresentou Solomon. — É advogado.

— Prazer em conhecê-la, agente Hardwicke.

Odessa soltou a mão do advogado e se virou para Solomon. Os olhos dele ainda estavam amarelados, e a pele do pescoço parecia mais flácida, como se ele estivesse perdendo peso depressa.

— Como foram os exames?

— Ah... Acho que um dia desses vão resolver me contar.

Ela não sabia dizer se aquela aparente serenidade era fingimento ou se era uma característica de sua personalidade.

— Mas e você? Como está? — perguntou ela.

— Vou indo.

Odessa assentiu, sem saber o que dizer. "Indo." Mas para onde?

— Que bom — respondeu, embora detestasse amenidades e conversa fiada em momentos como aquele.

— O que te traz aqui mais uma vez? — quis saber Solomon.

— Queria ver como você estava e... Então... Sem querer ser inconveniente, mas podemos falar a sós por um instante?

Ela abriu um sorriso desajeitado para o sr. Lusk, que estava ali ouvindo, com as mãos no bolso. Ele olhou para Solomon como quem diz: "Não tem problema."

— Você pode falar abertamente na frente de Lusk — garantiu Solomon. — Ele é advogado.

— Ah, sim...

Ela sorriu mais uma vez para o visitante, na esperança de que ele se tocasse e saísse do quarto, mas o homem corpulento apenas sorriu de volta.

Tudo bem, então. Odessa não se deixaria intimidar. Se o sr. Lusk queria ficar no quarto, ia ouvir uma história e tanto.

— Postei, se é que essa é a palavra certa, a carta no endereço que você indicou — contou ela. — Hugo Blackwood apareceu logo em seguida, muito rápido, na verdade. Na minha casa.

— Sei — disse Solomon, como se já soubesse mesmo, embora não fosse possível. — Prossiga.

— Ah... Então, ele topou me ajudar, ou tentar me ajudar. Seguimos algumas pistas, uma em particular e... Hã... — Ela queria dar mais detalhes, mas, embora tentasse, achou difícil se manter inabalada e ser franca na presença do advogado. Sabia que soaria ridícula.

— Aí foi cada um para o seu lado. De onde exatamente vocês se conhecem? Blackwood disse que vocês têm uma longa história.

— Temos mesmo. Quando foi? Em 1962? Verão de 1962.

Por alguma razão, Solomon fitou o sr. Lusk para confirmar a data.

— Nossa — comentou Odessa. — Ele era uma criança, então?

— Não — disse Solomon.

— E ele é... O que ele faz mesmo? Com o que trabalha?

— O trabalho dele é ser quem ele diz ser, creio eu. — Solomon balançou a cabeça como se aquilo não fosse nada, como se estivesse falando do tempo lá fora. — Não dá para explicar a figura.

— Nem me fale — retrucou Odessa, incapaz de expressar o que estava pensando. — Ele tem uma perspectiva interessante sobre o FBI.

— Ele tem, não tem? Não sei se entende muito bem a agência. Ele acha que somos como agentes imobiliários ou agentes de atletas. Representantes. Pelo menos, foi esse o termo que ele cunhou.

— Cunhou?

— Não sei se tudo o que ele diz é sério ou se está de gozação. Fica mais fácil conviver com ele se você não levar tudo ao pé da letra.

— É mesmo? — disse ela, ainda chateada pela forma como Blackwood a tratara.

— No começo, você não dá nada pelo Blackwood, mas ele surpreende, por assim dizer. Vale a pena deixá-lo dar uma de Hobson, vai por mim.

— Dar uma de Hobson? — perguntou Odessa, confusa. Achou que Solomon estivesse se referindo a alguma história policial obscura.

— Hobson, sabe? Daquele filme *Arthur, o milionário sedutor*...

— Nunca vi... Ah, aquele com o Russell Brand?

— Não. É um com um tampinha, maior figura. O bebum mais engraçado desde W.C. Fields.

— Não faço a menor ideia...

O sr. Lusk então completou, prestativo:

— Dudley Moore.

Solomon apontou para o sr. Lusk.

— Isso! O próprio! Mas não estou falando dele. Estou falando do personagem. Era um garoto riquinho que cresceu e virou um homem abastado, e manteve o mesmo mordomo desde pequeno. O típico mordomo britânico das comédias, um homem de idade, sempre sério, que dá lição de moral. Blackwood é meio assim, só que mais velho por dentro. É difícil gostar dele às vezes, mas vale a pena conhecê-lo. Isso resume bem o sujeito.

Odessa assentiu. Precisava colocar a conversa de volta nos trilhos, então desviou o assunto para a casa de Solomon.

— Tem alguma outra coisa que você quer que eu faça na sua casa, enquanto estiver por aqui?

— Não consigo pensar em nada, só na porcaria do peixe.

— Está tudo bem com o peixe.

— Eu não estava tão preocupado assim, para falar a verdade — admitiu Solomon.

Ela deu uma boa risada.

— Ah, por falar nisso, quando dei uma passada lá, fui procurar uma redinha para o Dennis, para tirá-lo do aquário com a água suja e... Achei uma na despensa perto da entrada.

— Ótimo!

— Pois é — assentiu ela, querendo trazer o assento à tona. — Nisso, notei que a parede dos fundos...

Solomon baixou a cabeça e alisou a manta.

— Você chegou a ouvir alguma?

— Alguma... fita?

— É. Parece que você encontrou minha sala secreta.

— Eu não queria... Não costumo ser enxerida. Mas aquela sala deve ser mais ou menos um terço da casa...

— Escutou ou não escutou?

Odessa balançou a cabeça, surpresa por ele não ter se incomodado nem um pouco com a invasão.

— Não.

— Pois deveria. Quando estiver preparada, ouça.

— Quando eu estiver... preparada? Para quê?

Solomon assentiu, então tossiu de repente e se virou para beber água de um copo de isopor com um canudinho.

O sr. Lusk sorriu para ela, então apontou para o cotovelo e, com um meneio de cabeça, indicou Solomon. Odessa, confusa, olhou para o braço de Solomon, por onde eram administrados fluidos venosos direto para sua corrente sanguínea. Então a agente entendeu: o advogado dava a entender que Solomon estava sedado, o que talvez explicasse suas perguntas e respostas oblíquas.

Solomon se virou de volta para eles antes que Odessa pudesse obter mais informações silenciosas de Lusk.

— Eu comecei a receber as fitas em 1962 — relatou Solomon. — Depois de cada caso, chegavam à minha casa, às vezes uma semana depois, às vezes mais. Um pacote de fitas entregue pelo correio. Blackwood transcreve todos os casos, alguns dão até quatro ou cinco rolos. Não sei por que ele faz isso. Acho que o homem gosta da tecnologia, para falar a verdade... Na cabeça dele, o gravador de rolo é tecnologia de ponta. Perguntei sobre esse método logo no início, mas ele deu uma de Hobson. Enfim... Tive a brilhante ideia de enviar uma fita para um laboratório de áudio uma vez. Um laboratório independente, não o do FBI, que eu não estava disposto a cutucar o vespeiro, só para ver o que poderiam me dizer. Análise de voz, o que fosse. Fiquei curioso. O técnico relatou que a fita foi gravada em altíssima frequência, mas depois foi transferida para uma frequência mais baixa. Até hoje, não sei o que isso significa. O técnico mesmo nunca tinha visto nada do tipo. Resumindo, ele não soube me dizer lhufas sobre a fita. Era como se tivessem lixado o número de série de uma arma... Talvez hoje em dia seja tudo digital, mas... Bom, acho que estou tentando poupar os seus esforços.

— Todas aquelas fitas... — comentou Odessa. — São muitos casos. De que tipo são?

— Escute primeiro. Depois a gente conversa — disse Solomon, esquivando-se.

Ela balançou a cabeça, porque o que estava prestes a dizer pareceria loucura.

— São casos relacionados a ocultismo ou algo do tipo?

— Pode ficar tranquila — garantiu o agente aposentado, abrindo um sorriso. — Eu era parecido com você, muito tempo atrás.

— Parecido comigo?

— Foi por isso que guardei aquele monte de fitas. Blackwood não me pediu nem nada. Eu queria manter um registro. Queria um respaldo, caso um dia as coisas saíssem dos trilhos e eu precisasse me defender.

Odessa massageou as têmporas de novo, desconcertada. Será que estava sob efeito de algum tipo de hipnose? Será que aquela insanidade era contagiosa?

— Podemos voltar para os "casos relacionados a ocultismo"? Porque isso não é algo que o FBI costuma investigar.

— É verdade, agente... Não é trabalho nosso. Não é trabalho de ninguém. Não é sequer um trabalho. Exceto para *ele*. — Solomon ergueu a mão, cortando Odessa antes que ela pudesse fazer sua próxima pergunta. — E por falar nele... Agora que você o encontrou...

Solomon se ajeitou na cama e a fitou bem nos olhos. A expressão dele mudou, ficou mais solene.

— Já faz mais de um ano que não vejo o sr. Blackwood. Imaginei que ele fosse dar uma passada aqui, fazer uma visita, sabe? Uma última vez.

Odessa engoliu em seco. *Uma última vez?* Isso significava que a doença de Solomon era terminal? Ela não teve coragem de perguntar.

— Não quero desapontá-lo, mas as coisas não deram muito certo entre a gente. Acho que não vamos nos encontrar de novo tão cedo — disse ela.

Solomon ergueu um pouco as sobrancelhas, com um ar cansado. Ele alisou a coberta de novo.

— Vão se encontrar, sim. E, quando se virem, comente isso com ele. É irônico, acho. Chegar ao fim, tendo vivido uma vida digna de orgulho, independente, e perceber... que você não tem ninguém. É o que estou enfrentando agora.

O coração de Odessa afundou no peito. Ela se aproximou de Solomon, apoiando a mão em seu ombro.

— Você não está sozinho.

— É culpa minha — disse ele, tentando abrir um sorriso. — Quem mandou viver mais que todo mundo?

— O senhor não tem família?

— Ninguém. Nenhum amigo confiável também. E o hospital, ou o seguro de saúde, não sei bem, exige que eu indique um procurador. — Ele olhou para o sr. Lusk, que assentiu com um meneio. — É mera formalidade. Você não vai precisar tomar nenhuma decisão difícil. Já deixei registrado como quero que tudo seja feito.

— Calma aí! — exclamou Odessa. — Eu?

— Sei que é pedir muito. Não nos conhecemos muito bem.

Ela sentiu um pânico aflorar no peito e não sabia exatamente por quê. Tentou lutar contra a sensação.

— Pode ler o formulário... Você é advogada. Está tudo bem mastigado.

O sr. Lusk apresentou um contrato de três páginas e explicou:

— São cuidados paliativos para que ele possa ter dignidade e qualidade de vida, mas sem estender o tratamento. Em momento algum você vai precisar tomar uma decisão de vida ou morte, por assim dizer.

O sr. Lusk também tinha em mãos uma caneta tinteiro. Odessa não teve escolha senão concordar.

— Claro.

Ela deu uma lida no formulário, depressa. Era tudo jargão médico padrão. Assinou.

— E se não se importar — acrescentou o sr. Lusk, apresentando um novo documento —, também tem a tutela legal. Outra formalidade.

Ela leu o texto por alto e assinou.

O sr. Lusk sorriu e guardou os contratos de volta em sua pasta de couro, depois a enfiou debaixo do braço.

— Odessa... — disse Solomon. — Você fez algo muito especial por mim. Obrigado.

Ele estendeu a mão, e ela a segurou: fria e áspera.

Havia emoção na voz de Solomon. Sentia-se grato, e talvez houvesse algo mais.

— Fico contente em ajudar — disse Odessa, apertando a mão dele de leve. — Fico feliz por termos nos conhecido.

— Você é muito gentil. Faça-me um favor e parabenize os seus pais por mim. Eles criaram uma pessoa especial.

Odessa soltou uma risadinha.

— Pode deixar.

Ela fez menção de puxar a mão de volta, mas Solomon a segurou por mais um instante.

— Nós do FBI respondemos a uma causa maior. A algo sagrado.

— Sei bem — disse ela, abrindo um sorriso e dando uma batidinha na mão dele. — E você fez isso por mais tempo do que qualquer outra pessoa, pelo que parece.

Solomon fechou os olhos, sorriu e assentiu.

— Não trabalhei melhor, mas com certeza trabalhei por mais tempo.

Com uma risadinha, ele soltou a mão dela e se recostou de volta no travesseiro.

— Preciso fechar um pouco os olhos agora.

— Descansa — disse ela.

Sentia respeito por ele.

E, cumprimentando o sr. Lusk com um meneio amigável, Odessa deixou o quarto.

* * *

Odessa esperou o elevador, tomada por um sentimento profundo e caloroso de conexão com o agente Earl Solomon e, ao mesmo tempo, um pesar pela aparente solidão do fim de seus dias. Ela observou os números dos andares se acenderem em sequência, conforme o elevador subia para recebê-la. A única coisa boa dos hospitais era ir embora.

Outra pessoa surgiu ao seu lado. Ela se virou com um sorriso cortês e viu que era o sr. Lusk, tamborilando com os dedos rechonchudos em sua pasta de couro.

— Vai descer? — perguntou ele, sorridente.

— Vou, sim.

O advogado aparentava ser um homem razoavelmente agradável, mas também parecia estar tramando algo.

— Difícil... — comentou ele, balançando a cabeça para dar ênfase à palavra.

— É mesmo. Ele é um bom homem — respondeu Odessa.

As portas se abriram. O sr. Lusk fez um gesto teatral para Odessa entrar primeiro, unindo-se aos outros dois passageiros que já estavam no elevador. Ambos se viraram para a porta.

— Há quanto tempo o senhor representa o agente Solomon?

— Ah, não sou o advogado do agente Solomon. É trabalho voluntário, cortesia. — Ele tamborilou na pasta de novo, ainda sorrindo. — Na verdade, eu represento Hugo Blackwood.

Odessa se virou para o homem. Ele continuou parado de frente para a porta, sorrindo, enquanto desciam.

— Você trabalha para Hugo Blackwood?

Ele fez que sim.

— Então por que não traz seu cliente para visitar Solomon?

— Eu? Ah, não tem jeito. O sr. Blackwood faz o que bem entende. Não consigo convencê-lo a fazer nada. Sou apenas seu representante.

As portas se abriram, e os dois caminharam juntos até a saída.

— Imagino que não vá me contar quem o sr. Blackwood realmente é ou como ele consegue bancar um representante... — disse Odessa.

O sr. Lusk sorriu e balançou a cabeça.

— O sr. Blackwood me pediu para levá-la até ele. Ele tem algo que quer mostrar a você.

— O que ele quer me mostrar?

— Não sei.

— Ele quer que você me leve? Como assim?

Os dois saíram do hospital.

— Estou de carro — disse o sr. Lusk.

Na calçada, parado em uma área de marcação amarela, onde era proibido estacionar, carregar e descarregar, estava um Rolls-Royce vintage, mas não velho; preto, com detalhes estilizados em cinza.

Odessa se deteve.

— Este é o seu carro?

— É o carro do sr. Blackwood. Um Rolls-Royce Phantom.

— Sabe o que mais me incomoda? — disse ela, como se o sr. Lusk se importasse. — A presunção de que eu agiria como ele bem entendesse. Achar que eu ia sair entrando no carro assim, sem mais nem menos, para ele me mostrar o que quer que fosse.

O sr. Lusk assentiu, com um sorriso de compreensão.

— É exatamente assim que eu me sinto.

— Como se eu não tivesse nada melhor para fazer!

O sr. Lusk seguiu sorrindo e deu de ombros.

— De acordo.

Ele abriu a porta para Odessa.

— O que ele tem para me mostrar, afinal?

— Só tem um jeito de descobrir.

Mais uma vez, o homem fez um gesto teatral para ela entrar no veículo. Odessa notou que o carro era curiosamente espaçoso por dentro, com assentos em couro bordô com costura preta, janelas fumê e um bar na lateral que só tinha garrafas de água. Não havia mais ninguém lá dentro.

— Blackwood não está aqui?

— Vou levá-la até ele.

Odessa olhara a rua: os pedestres que paravam para observar o veículo sofisticado, os carros passando, os prédios lá no alto. Parecia que ela estava prestes a deixar o mundo cotidiano para entrar em algum outro plano.

Lembrou-se das palavras de Solomon, durante o primeiro encontro com ele, que não fizeram quase nenhum sentido na hora, mas continuavam martelando em sua cabeça. "Tudo é uma invocação. É tudo um breve momento de invocação sagrada."

— Quer saber? — falou ela. — Por que não?

Odessa entrou no veículo, e, com um meneio pomposo, o sr. Lusk fechou a porta.

O Phantom deixou a cidade por uma estrada ao norte. Odessa aceitara o estranho convite de Blackwood partindo do pressuposto de que não levaria muito tempo para chegar ao destino.

Três horas e meia depois, o Phantom chegou à cidade de Providence, em Rhode Island.

— Estamos quase lá — anunciou o sr. Lusk, com a mão rechonchuda agarrada ao volante cor de marfim.

Fizeram uma curva sob um elevado, perto das docas, e seguiram por uma parte decadente da cidade, repleta de fábricas em ruínas e clubes de striptease. O sr. Lusk estacionou na frente de um estúdio de tatuagem com uma placa na porta em que se lia ANGEL's escrito à mão.

— Você só pode estar de brincadeira — comentou Odessa.

O sr. Lusk saiu do carro e abriu a porta para ela. De pé na calçada, Odessa sentiu o cheiro da brisa salgada. Esquadrinhou o parque industrial vazio. Quase todas as janelas da fachada estavam cobertas com papelão.

— Sério mesmo?

O sr. Lusk foi até a porta, tocou a campainha e aguardou. Um brutamontes atendeu. Tinha tatuagens por todo o corpo, e um bigode castanho com as pontas viradas para cima.

— Entrem, entrem — pediu ele, com uma voz grossa e um forte sotaque mexicano.

Odessa e o sr. Lusk entraram, e o homem trancou a porta. As paredes do lugar eram decoradas com desenhos para serem tatuados — nada muito moderno, tudo muito simples: Pernalonga, Patolino e outros personagens do Looney Tunes, Calvin fazendo xixi, tribais e uma única rosa, perfeita. Várias tipografias para "mãe". Todos os escudos militares possíveis, cartuns de mulheres e homens pelados, e diversas fontes góticas. À venda, havia facas e isqueiros Zippo, em mostruários perto do balcão da frente.

— Sou Joaquim, o proprietário.

Joaquim tinha dois metros de altura, vestia camiseta e jeans pretos, sob uma jaqueta de caubói marrom. Cumprimentou Odessa com um aperto de mão que engoliu os dedos dela.

— Finalmente — disse ele ao sr. Lusk, cumprimentando-o também. — Faz meia hora que estou esperando.

— Demoramos para sair da cidade — explicou o sr. Lusk, pelo visto se referindo ao encontro dela com o agente Solomon.

— Sem problemas — respondeu Joaquim.

Odessa examinou as tatuagens que cobriam os braços do homem. Símbolos, pores do sol e iconografia religiosa: o mosaico mais detalhado e bem-acabado que ela já tinha visto em qualquer superfície. *Guernica* na carne.

— Você veio fazer uma tatuagem? — perguntou Joaquim.

Odessa balançou a cabeça e olhou para o sr. Lusk para se certificar. Joaquim riu.

— Brincadeira! Mas, se um dia quiser uma, é só me procurar.

Odessa assentiu, ainda estudando as tatuagens do homem. Um rosto no antebraço chamou sua atenção. Parecia familiar. Será que era...?

Joaquim notou seu olhar.

— Gostou? Ficou bem parecido, não ficou?

Odessa olhou para a tatuagem e então para o advogado, que sorriu. Era mesmo o rosto do sr. Lusk.

— Captura bem o espírito dele, acho.

Ela estudou os demais rostos, imaginando quem, por que e o quê...

— Olha esta aqui, a mais recente.

Joaquim se dirigiu ao balcão, acendeu a luz branca do estabelecimento e levantou o braço para mostrar o abdômen. Puxou a camiseta até o peitoral musculoso, revelando mais tatuagens em torno de uma cruz enorme, que irradiava raios solares ou luz divina. Havia um pequeno curativo na parte inferior do tórax, à esquerda. Ele tirou o adesivo, revelando a pele inchada e vermelha em torno de uma impressão crua, mais ou menos do tamanho de um ovo.

Era o rosto de uma mulher.

O rosto de Odessa.

Ela deu um passo para trás e o encarou, chocada.

— Ficou bem parecida também, não acha? — disse Joaquim, sorrindo.

Odessa estava sem palavras. Ele cobriu a nova tatuagem e baixou a camiseta sobre o mural vivo.

— Vamos lá para os fundos! — anunciou Joaquim. — Ele está aguardando.

— Onde foi que você...?

Ela estava perplexa demais para terminar a frase... "Arrumou uma foto do meu rosto?"

— Por aqui — disse Joaquim, indicando um caminho atrás dela.

Joaquim conduziu-os pelo escritório dos fundos, onde passaram por mais uma porta e atravessaram um corredor estreito até uma porta trancada, que dava em uma fábrica adjacente.

Lá dentro, Odessa teve a sensação de estar em um espaço aberto, de pé-direito alto. Era uma constatação mais palpável do que visível. O lugar estava empoeirado e escuro, com um piso encardido, e os passos ecoavam pelo recinto.

Hugo Blackwood surgiu das sombras, vestindo o mesmo terno escuro com que fora encontrar Odessa, ou então uma réplica exata.

— Você está atrasada — declarou.

A agente ainda estava abalada, sem saber o que dizer.

Blackwood sinalizou para Joaquim, que retornou à porta e pressionou um pequeno interruptor na parede.

As luminárias tilintaram no teto alto e verteu-se luz. Partículas de poeira rodopiavam, vagarosas. Partes do teto estavam em ruínas, expondo o andar vazio acima, bem alto.

No meio da sala, dispostos em forma de diamante, havia quatro cilindros de acrílico que se estendiam do piso ao teto. Cada um tinha cerca de três metros de diâmetro e uns sete de altura.

Um círculo de sal grosso contornava cada cilindro.

Pequenas criaturas de penugem preta — galos — estavam às voltas dentro dos cilindros, ciscando ao pé de seres encurvados e envelhecidos, de carne amarelo-cintilante, parecida com gordura humana.

Tinham o corpo enrugado de um homem de trezentos anos de idade. Não tinham olhos nem orelhas. Pareciam não ter traço algum. Mas, quando o ser mais próximo, atormentando pelos galos, se virou, Odessa viu seu rosto todo se abrir e revelar uma boca. Urrava de fome.

À semelhança de uma lampreia, a boca era feita de círculos concêntricos de carne vibrante, com protrusões cartilaginosas em fileiras. Não eram bem dentes, mas nodos farpados.

Odessa agarrou Blackwood pelas costas do terno, tentando não se desesperar.

— São os chamados incorpóreos — explicou ele. — São o vazio, para sempre famintos. Rezam as lendas mesopotâmicas que são os últimos nascidos de Udug Hul, espíritos vis. Não chegue muito perto do círculo de sal. Acredite, não vai querer encostar nessas criaturas.

Um deles sibilou, mostrou os dentes e se encolheu quando um galo encostou em seu tornozelo.

— Entidades sórdidas — disse Blackwood. — Aqui você pode vê-las em sua forma física. Mas há muitas entidades ao redor de nós, por todo lado, o tempo todo. No decorrer de certas investigações, já vi peritos forenses entrarem na cena do crime e usarem uma lanterna especial, ultravioleta...

— É a lanterna tática — explicou Odessa.

— Isso. Eles usam essa lanterna para revelar o que há por trás de um quarto limpo, o que é invisível a olho nu. Bom, é assim que essas coisas se revelam para mim. Por todo lado. O tempo todo. Essas em particular são vermes, que saltam de corpo humano a corpo humano feito delinquentes roubando carros, só pela... Como se diz?

— Adrenalina? — sugeriu Joaquim.

Perturbadas, as três entidades seguiram os movimentos de Odessa com suas cabeças sem olhos, virando-se ao mesmo tempo.

— Isso, só pela adrenalina. Um incorpóreo habita um hospedeiro humano apenas por tempo limitado. São criaturas do caos. Prosperam no caos. Gostam quando o corpo do hospedeiro morre. É assim que são ejetadas à força, e então o passeio acaba. Você tem que entender: para essas criaturas, ser assassinada é uma experiência de prazer intenso, e é por isso que elas preferem matanças. Os hospedeiros apagam complemente quando são ocupados por esses seres. Como o seu colega, Leppo.

Pensar em Walt Leppo era a única coisa que poderia fazer Odessa se recompor.

— Walt? — sussurrou ela.

Blackwood se dirigiu aos cilindros. Odessa soltou o paletó dele.

— São seres compulsivos, viciados em fortes emoções. O momento da morte, da ejeção, é uma sensação que buscam repetir incessantemente.

— Morrer? — indagou Odessa.

Blackwood assentiu.

— Às vezes, quando, por alguma razão, a morte não os satisfaz, eles saltam direto do corpo para algum outro ser humano próximo, na esperança de intensificar a experiência. E ganham acesso mais fácil a quem estiver em conflito emocional ou com instabilidade mental, embora consigam tirar vantagem de qualquer situação com o fator surpresa. São criaturas astutas, sorrateiras, dispostas a abraçar qualquer oportunidade.

Odessa observou os seres. Eles se debatiam, atormentados pelos galos.

— Não sei se acredito no que estou vendo — disse ela.

— Os incorpóreos têm medo mortal de apenas uma coisa: galos. Frangos capões, castrados. Curiosamente, esses seres adoram ovo cozido. É preciso mantê-los separados o tempo todo. Juntos, podem alcançar um poder destrutivo enorme e causar assassinatos em massa.

Naquele momento, Odessa reparou que o quarto cilindro, o mais afastado, estava vazio.

— Onde está o...?

— Ah, sim. Com o passar dos anos, capturei três. O quarto receptáculo espera pelo último deles. O último dos últimos... Nascido no final. O mais faminto.

Odessa observou as criaturas se afastarem do pequeno galo, aos guinchos.

— E você acha que o quarto incorpóreo...?

— Está à solta, causando muitos estragos. Sim. Fez o infame auxiliar do governador sobrevoar Manhattan, derrubar a aeronave e assassinar a própria família. Fez o vereador cometer um massacre em Long Island.

Só então Odessa se deu conta. Não tinha ligado os pontos antes.

— Duas figuras políticas.

— Exato. O único ponto fraco dos incorpóreos, além do pavor de frangos capões, é sua natureza aleatória. Abraçam o êxtase da morte e do caos sem se preocupar com as circunstâncias, e, assim, seguem de catástrofe em catástrofe. Mas se, de alguma forma, eles concentrassem as suas forças... digamos, se fossem direcionados a invadir pessoas em posições de poder... Imagine o que poderia acontecer...

Odessa balançou a cabeça.

— Como você os capturou?

— Situações diferentes, outros tempos. A inconsistência de comportamentos dá uma boa vantagem a eles. Mas agora o quarto incorpóreo, o mais esquivo, parece ter se estabelecido nos arredores de Nova York e Nova Jersey, por incrível que pareça.

Joaquim se dirigiu aos cilindros e se posicionou no meio da estrutura. Bateu com força em um dos receptáculos transparentes e assustou o incorpóreo que estava preso dentro dele. A entidade se virou na mesma hora, pronta para atacar, pressionando a boca de círculos concêntricos contra o acrílico. Girava sua língua pálida e carnuda devagar, com avidez, deixando um rastro de saliva.

— Joaquim toma conta deles. É o carcereiro, por assim dizer — explicou Blackwood. — Se algum dia eles escapassem, passaríamos por uma situação que a humanidade não enfrenta há um bom tempo.

— Mas então... Por que mantê-los aqui? — indagou Odessa. — Por que mantê-los vivos?

— São seres elementais — respondeu Blackwood, como se fosse óbvio. — Não podem ser destruídos. Apenas enjaulados. Quanto mais próximos estiverem uns dos outros, mais calmos ficam. Eles sentem a presença dos demais... e sentem a sua presença, Odessa...

Ela viu um dos incorpóreos guinchar com a boca escancarada e teve ânsia de vômito.

— Isso tudo é um absurdo completo — disse.

— Precisamos entender o seguinte: por que aqui e por que agora? — questionou Blackwood. — Quem pode ter libertado o quarto incorpóreo, ou recorrido à sua energia, de alguma forma? Com que objetivo?

Odessa ainda estava processando todas aquelas informações.

— Não vi nada parecido saindo do corpo de Walt Leppo — contou. — Eram ondas de calor, algo do tipo. Senti cheiro de...

— Solda queimada. Eu sei. Já senti o cheiro também. Como eu disse, essas são as formas visíveis deles. São como a água, que se manifesta em seu estado sólido, líquido ou gasoso. Só existe um jeito de saber se uma pessoa está possuída por um incorpóreo. O sinal indicativo é um sigilo na nuca, no limiar do couro cabeludo. É uma marca de veia saltada em formato de bússola. Nem preciso dizer que é muito difícil, quase impossível, examinar o couro cabeludo de uma pessoa possuída por um verme ensandecido.

— Imagino — murmurou Odessa.

Ela tocou as têmporas. Aquele gesto já estava virando sua marca registrada. Por que tinha entrado no Rolls-Royce?

— O meu palpite é que uma cerimônia conduzida de maneira incorreta atraiu a quarta entidade — expôs Blackwood, em um tom que deixava claro que não se tratava de um mero palpite. — Palo, provavelmente. Nos últimos anos, houve uma série de roubos de túmulos em Nova Jersey. A imprensa comentou muito a respeito.

— Existe alguma maneira de voltarmos para o momento antes de entrarmos aqui e simplesmente... esquecermos essa história toda?

Blackwood não sabia identificar se Odessa estava falando sério ou não.

— Você queria respostas — disse ele. — Queria saber o que aconteceu com o agente que alvejou. Queria saber por que ele atacou a menina de repente.

Blackwood se colocou diante dela, certificando-se de que a agente estava prestando total atenção no que dizia.

— Ele queria que você atirasse. Queria ser morto, expulso à força daquele corpo. E queria que *você* se encarregasse...

— Por que eu? — perguntou Odessa.

— Nada pessoal. Provavelmente sentiu sua afeição por aquele homem — explicou Blackwood. — O sofrimento de vocês dois deve ter sido a cereja do bolo para ele.

Odessa percebeu que, de seu jeito estranho, Blackwood estava tentando absolvê-la de ter atirado em Walt Leppo. Mas cada resposta desencadeava uma nova pergunta.

— Então por que uma dessas criaturas não... sei lá, partiu para cima de mim?

— Acho que ele pretendia fazer isso. Talvez um instante de hesitação tenha sido o bastante para outras pessoas entrarem no recinto. Além do quê, por mais prazeroso que seja o choque da ejeção, acho que eles perdem um pouco da força quando fazem isso muitas vezes seguidas.

Odessa olhou para ele, intrigada. Era impressão sua ou ele estava comparando aquilo com um orgasmo? Achou melhor nem perguntar.

— Preciso encontrar e capturar o quarto incorpóreo antes que ele cumpra seu objetivo — disse Blackwood. — Eles anseiam por caos, acima de tudo, e habitar um ser humano de grande poder e prestígio instauraria o caos definitivo.

— E você quer minha ajuda para capturar uma dessas coisas — concluiu Odessa.

— Não é questão de querer. É uma necessidade urgente. Precisamos rastrear todo mundo que entrou e saiu da cena do crime depois que você atirou em Leppo, em uma janela de meia hora.

De novo, ele fez a gentileza de não se referir a ela como atiradora ativa.

— Meia hora? — perguntou Odessa. — Por que o limite de tempo?

— O quarto incorpóreo já tinha saltado de um corpo para outro. Meia hora é o máximo de tempo que ele conseguiria se manter fora de um hospedeiro antes de pular para o próximo. Meia hora ou menos.

Ela mal podia acreditar que estava de fato considerando se unir a Blackwood.

— Preciso saber mais. Se quiser a minha ajuda, preciso saber quem você é... quem são todas essas pessoas. E como sabe disso tudo.

— Cada coisa a seu tempo.

— A hora é agora.

Blackwood virou o rosto um pouco de lado.

— Sim, é claro — concordou ele, para a surpresa da agente. — Você precisa se inteirar de tudo sobre os incorpóreos. A começar pela maneira como esses seres elementais foram soltos neste mundo...

— E quem os soltou — acrescentou Odessa.

— Ah, essa é fácil. Sinto informar que fui eu.

1582. MORTLAKE, GRANDE LONDRES

Nos dias que se seguiram ao ritual na biblioteca de John Dee, coisas estranhas começaram a acontecer na casa do advogado Hugo Blackwood e seus arredores.

As plantações murcharam e morreram, as folhas se desintegraram feito ferrugem, como se toda a água no solo tivesse apodrecido. Buracos surgiram no solo, aparentemente escavados por pequenos animais. Mas, a julgar pela terra empilhada em torno deles, era como se alguma criatura tivesse escavado de dentro para fora, e não o contrário.

Apareceram ranhuras nas paredes. Gritos de madrugada o acordavam, uivos ecoavam das margens do Tâmisa. Blackwood sonhou que uma sombra na parede assumia forma, esgueirava-se pelo chão de seu quarto e se deitava na cama, ao seu lado. Era fria e úmida. Ele acordou com falta de ar e ficou estirado no chão até sentir a garganta se abrir e, soltando um grunhido alto, conseguir respirar.

Uma névoa pairava sobre toda a comunidade. Porém, o que mais assombrava Hugo Blackwood era o comportamento de sua zelosa esposa, Orleanna, uma mulher de cabelo muito preto e um olhar que exalava candura. Depois de passar um dia distante e visivelmente nervosa, ela adoeceu e ficou acamada. Seguindo o aconselhamento do médico, Blackwood contratou uma enfermeira para cuidar da esposa enquanto estivesse no tribunal. Passados dois dias, a enfermeira se recusou a permanecer na casa, sem explicar por quê. Foi embora abalada. Quando Blackwood ficava ao lado de Orleanna na cama, tudo que via era uma mulher confusa e aflita, suplicando por ajuda. Do dia para a noite, a luz de seus olhos tinha se apagado, e sua respiração se tornara ofegante. Atormentada e febril, conversava com pessoas que não estavam presentes.

— Deve haver algo que eu possa fazer — dizia ele, pressionando uma compressa fria na testa da esposa. — Meu amor, meu amor.

Orleanna era a musa por trás de todos os êxitos de Hugo Blackwood, o fogo na fornalha de sua ambição. Era filha de um de seus mentores e havia crescido em uma casa de erudição e estudos. Inteligente e astuta, Orleanna era mais ambiciosa que ele; desejava o sucesso do marido em todas as frentes. Blackwood ainda se surpreendia por ter conquistado seu afeto e, todo dia, desde o casamento, buscava fazer jus ao apoio que a esposa lhe oferecia.

Ela parecia emanar uma luz que vinha de dentro, e Blackwood era um marido devoto. Se não fosse pela personalidade cativante de Orleanna, pelo jeito como atraía as pessoas, ele teria se contentado em ficar em casa, sem jamais comparecer a eventos sociais. De fato, foi a influência da esposa que o fez buscar uma companhia carismática como a de John Dee. Orleanna Blackwood tinha, no linguajar da época, "um intelecto de homem", a ponto de Hugo Blackwood às vezes precisar lembrá-la, em contextos sociais, de se ater ao seu papel; em privado, suas conversas abrangentes costumavam render até altas horas, à luz de velas, acompanhadas de uma ou duas taças de vinho. Figuras extraordinárias como Dee deixavam-na encantada, e, enquanto outras esposas contentavam-se em se misturar somente com convivas do mesmo gênero — na verdade, eram encorajadas a isso —, Orleanna brilhava na companhia de homens instruídos. Isso acabou por despertar ciúmes em Blackwood, que se tornara possessivo, embora não fosse algo exagerado. É da natureza humana querer possuir a beleza, celebrar a pureza, proteger a singularidade.

O próprio Dee lhe disse uma vez que ela tinha nascido na era errada, que se tratava de uma mulher "séculos à frente de seu tempo".

A portas fechadas, Orleanna afirmou que o elogio de Dee era mera gentileza, mas Blackwood sabia que aquela opinião agradara profundamente a esposa.

Vê-la sofrer daquela forma, de repente, era o maior fardo que Hugo Blackwood poderia carregar. A noite da sinistra sessão ritualística na biblioteca de John Dee o assombrava, e ele temia, de alguma forma, ter trazido o mal à sua casa, ao seu lar, ao seu amor. Ele pouco se lembrava dos eventos da fatídica noite, embora tivesse quebrado a cabeça para tentar recordar, desesperando-se ao não conseguir. Sua única memória era ter chegado em casa logo antes do amanhecer; Orleanna estava acordando e, sonolenta, pediu um beijo...

Lembrava que a esposa tinha recuado ao sentir o gosto de solda que não lhe saía da boca. Ela comentou que acordou na manhã seguinte ainda sentindo o gosto de queimado e que não conseguia discernir de onde vinha.

Talbot, o espiritualista, apareceu na porta de Hugo Blackwood uma noite, em seu solidéu de monge, com um olhar furtivo e inquisitivo.

— Um homem-fera — disse, relatando uma história mirabolante a Blackwood, na cozinha, enquanto o amigo lhe servia um chá. — Com rosto de lobo e braços de urso.

— Talbot... — disse Blackwood, procurando acalmá-lo.

— Eu vi! Apenas um vislumbre, mas estava lá. Nas sombras. Atrás de uma árvore.

— Você só pode estar delirando de febre.

Talbot pegou a mão de Blackwood e a colocou em sua testa.

— Estou frio feito pedra de rio.

A sombra tinha se esgueirado junto a ele, fria, úmida.

— É uma febre da mente — retrucou Blackwood, puxando a mão de volta.

— E os odores... A umidade... Por toda parte — continuou Talbot.

— Edward... Eu achava que você fosse... mais um entusiasta, em matéria de espíritos...

— Um charlatão, você diz?

— "Charlatão" é um termo pesado. Achava que era mais uma espécie de performance. A cristalomancia. Seus transes.

Talbot encarava profundamente sua rasa xícara de chá.

— Você tem vinho do Porto?

— Não tenho, sinto muito. Orleanna não tem saído para fazer compras. Ela não anda bem...

— A artemísia que bebemos naquela noite... Sinto que ainda estou sob o feitiço dela. Não confio nos meus próprios olhos... nos meus próprios pensamentos...

Blackwood assentiu, aliviado por ouvir Talbot partilhar de seus próprios medos.

— Uma sombra foi lançada — declarou o advogado.

Talbot tomou um gole do chá, fez uma cara feia e jogou tudo na pia de Blackwood, inclusive a xícara. A louça se partiu.

— Está estragado — murmurou Talbot. — Tudo...

Blackwood cheirou a infusão. De fato, estava podre. Até mesmo as folhas pareciam decompostas.

— Hugo! — berrou Orleanna.

Sua voz soava abafada através das paredes. Talbot parecia assustado.

— Minha esposa — disse Blackwood, deixando-o na cozinha, passando por duas portas até o quarto. — O ruído deve tê-la alarmado.

Orleanna estava sentada na cama, aterrorizada.

— Talbot está aqui, meu amor, e deixou cair uma xícara de chá... — explicou Blackwood.

Ela não estava escutando. O marido percebeu que seu chamado não tinha nada a ver com o incidente.

Orleanna não tirava os olhos da parede em que tinha pendurado uma tapeçaria cerca de três meses antes.

Um belo padrão de cruzes em bordô, dourado e jade, que tinham adquirido numa loja durante um agradável dia de verão em Londres, pensando em pendurá-lo no quarto.

Blackwood olhou para a tapeçaria. Não viu nada de estranho.

— Não... Atrás, Hugo — disse Orleanna, contorcendo o rosto e a boca como se estivesse prestes a soltar um berro.

Blackwood tocou o rosto da esposa, implorando para que olhasse para ele. Mas seus olhos não desgrudavam da tapeçaria.

— Você gostaria que eu tirasse isso da parede?

Ela continuou fitando a peça, sem responder. Atônita.

— Vou tirar — anunciou ele, determinado.

Dirigiu-se à parede e pegou a tapeçaria de lã. Mas, antes que pudesse removê-la, a tapeçaria caiu, como que por obra do próprio peso, e se embolou no chão.

Blackwood deu um salto para trás. A parede não tinha marcas, nada digno de nota.

— Ali, está vendo?

Ele se virou para a esposa, mas Orleanna estava novamente deitada em seu travesseiro, de olhos fechados.

— Minha querida... — disse ele, acariciando suas bochechas, suas mãos.

Ela respirava fundo, num sono pesado e repentino. Blackwood se afastou da cama, sentindo uma pontada de pavor no peito.

Voltou para a cozinha, onde Talbot andava de um lado para outro, nervoso.

— O que houve? — perguntou.

Blackwood agarrou o homem pelos ombros.

— Precisamos ir até Dee.

O filósofo ocultista de túnica branca atravessou o salão nobre a passos rápidos.

— Pelo contrário, foi um grande sucesso! — exclamou John Dee, refutando as preocupações de ambos. — Finalmente transpusemos o manto do campo místico.

Ele tentou conduzi-los até sua preciosa biblioteca, mas Talbot deu um salto à frente, bloqueando a porta.

— Aqui não — disse ele. — Qualquer lugar, menos aqui.

— Edward — retrucou John Dee, com o olhar desapontado que um pai lança a um filho fraco. — Ora essa, cristalomante! Não me diga que não tem coragem. E as suas convicções?

Talbot balançou a cabeça e desviou o olhar.

— Eu vi coisas — declarou ele. — Senti coisas. Você precisa destruir aquela bola de cristal.

Dee apelou para Blackwood:

— Não vamos desistir depois de tanto esforço, vamos?

Ele então os conduziu até o observatório, cujo teto de vidro convidava a noite a entrar.

Blackwood estava impaciente, precisava voltar para Orleanna. Detestava deixá-la sozinha, sem cuidados.

— Talvez você tenha logrado êxito de alguma forma, mestre Dee, e há de ser louvado por isso. Mas e se... Digo, e se você cruzou uma divisa e acessou um plano que não deveria ter violado? — questionou Blackwood.

Dee balançou a cabeça, fazendo a barba branca e sedosa se sacudir.

— Que insensatez! — Ele se afastou, então se virou de volta para Blackwood e Talbot. — Vocês são agentes da dúvida, enviados deste plano terreno para nublar o meu pensamento e me destituir dessa grande revelação. Guardiões do velho mundo, quem diria? Meus próprios companheiros voltados contra mim. É o obstáculo final que preciso obliterar antes da transcendência. É a minha provação, não é?

— Mago — disse Talbot —, você não testemunhou os estranhos portentos que recaíram por estas bandas, os agouros de escuridão?

— São maravilhas — refutou Dee. — Testemunhei esplendores espirituais. Nós conseguimos, Talbot! Sintetizamos o mágico e o científico. Invocamos e conjuramos um anjo enoquiano para nos guiar e instruir. Isso me colocará de volta ao meu devido lugar na corte da rainha. Primeiro, seremos testemunhas. Depois, revelaremos nossas descobertas ao mundo. E, então, compreenderemos tudo.

A vanglória insana do brilhante feiticeiro deixou Blackwood profundamente perturbado.

— Então, compreender é o terceiro passo? — indagou ele.

— E o quarto é a ordenação. — Dee fitou Blackwood com desdém. — Não se preocupe com as questões do mundo espiritual, advogado. Não cabem a você. Seu mundo de leis e precatórios não passa de uma vela perto do raio que está prestes a nos atingir. Abri uma fenda para o mundo místico.

— Ou... — retrucou Blackwood, vislumbrando um megalomaníaco de túnica no lugar do filósofo. — Será que não abriu uma fenda do mundo místico para este mundo? Como sabe se alcançou outro plano ou se simplesmente deixou outro plano adentrar o nosso?

Dee fitou Blackwood por um bom tempo. O advogado percebeu que suas palavras injetaram uma dose de dúvida na bravata de Dee... Mas ele logo relegou a incerteza.

— Charadas de advogados... — desdenhou. — Me surpreende que a invocação tenha sido bem-sucedida na presença de alguém tão... indigno.

— Artemísia... — disse Talbot, que parecia estar tecendo uma conversa à parte. — A artemísia amargou a nossa alma...

Dee sentou-se em uma cadeira brocada com braços de prata, como um feiticeiro usurpando o trono de um rei.

— Era para ser assim. Sozinho, hei de navegar o reino místico. A jornada e as recompensas serão apenas minhas.

Talbot se aproximou dele.

— À vontade, mago.

— Deixem-me, então. Deixem-me aguardar o anjo sozinho, enquanto ele assume forma humana.

Blackwood balançou a cabeça, reprovando toda aquela impertinência. Passou os olhos pelos livros sobre esferas celestiais e planos astrais, os tomos de astronomia e cosmologia. Será que o velho feiticeiro tinha fundido os dois campos, o místico e o científico, mas, em vez de chegar a uma teoria unificada, perdera o rumo?

Blackwood olhou para o céu por um instante, sem saber que caminho seguir. Ao erguer o rosto, avistou do lado de fora uma figura branca e reluzente que observava os três — ou talvez flutuasse do outro lado do vidro. Uma figura humana de camisola branca, levitando, com olhos negros.

Com uma última olhada de esguelha, a aparição flutuou para longe, silenciosa, e desapareceu.

Em pânico, Blackwood fugiu do observatório. Correu pelos amplos corredores de Dee até deixar a propriedade, em meio à noite fria e úmida. Virou uma esquina e quase caiu em uma poça de lama. Estava com os olhos voltados para o céu, atento aos telhados e morros, procurando — e, ao mesmo tempo, temendo encontrar — a curiosa aparição.

Sem pensar em Talbot ou até mesmo em Dee, Hugo Blackwood montou em seu cavalo e voltou galopando para casa.

Escancarou a porta de entrada e correu para o quarto. Orleanna continuava acamada, como antes, mas a tapeçaria, estranhamente estendida sobre os lençóis, cobria o corpo da esposa.

— Meu amor — disse Blackwood, às lágrimas por vê-la daquela forma.

No caminho para casa, ele tinha se convencido de que era Orleanna quem pairava sobre a residência de John Dee — seu fantasma, que procurava Blackwood para uma última despedida.

Aninhou a cabeça da amada em seu peito, sentindo-a ensopada de febre. Chorou um pouco e então se deteve, temendo pela própria sanidade. O que significava aquela alucinação com a imagem de Orleanna? Será que a sessão de cristalomancia tinha lançado, por acidente, uma praga febril sobre ele?

Blackwood baixou o rosto e beijou-a nos lábios. Naquele momento, desejou ficar doente como ela. Queria que ficassem juntos para sempre.

De repente, assustou-se. Notou que os olhos inocentes de sua esposa estavam abertos, mas distantes, apagados. Vazios.

2019. MANHATTAN, NOVA YORK

O sr. Lusk os deixou em uma esquina próxima à porta oeste do Central Park. Odessa seguiu Blackwood, e os dois entraram em um edifício pela porta lateral. Um estreito corredor de serviço os conduziu a uma segunda porta, que dava para um átrio com elevadores antigos e adornados.

— Espere um minuto — disse a agente. — Por acaso estamos no Dakota?

O Dakota era famoso por ser o prédio de luxo mais antigo de Manhattan, e um dos mais exclusivos. As portas do elevador se abriram e eles embarcaram. Estavam sozinhos.

Quando as portas se fecharam, Odessa comentou:

— Era aqui que John Lennon morava quando foi baleado.

Blackwood ficou observando a seta apontar os andares no mostrador.

— Ah, sim... O cantor. Eu me lembro dele...

O cantor? Ele estava se fazendo de bobo?

— Se não me engano, a esposa dele me procurou uma vez. Uma figura interessante. Ela queria saber se este prédio era amaldiçoado.

— E era?

— Ainda é.

Ao saírem do elevador, Blackwood seguiu até uma porta destrancada que tinha quase o dobro da altura de Odessa. O piso do saguão de entrada era todo de mármore liso e escuro, e o papel de parede bordô com detalhes em veludo ostentava uma estampa assinada por William Morris. Blackwood seguiu direto para o cômodo seguinte, uma sala ampla com janelas para a rua e vista para o Central Park. O pé-direito era alto, imponente, decerto passava dos quatro metros, e o teto tinha ornamentos detalhados. Do lado oposto da sala, ficava uma lareira de pedra colossal; um painel ricamente esculpido começava na cornija e se estendia até as paredes. Os entalhes do painel eram corpos nus e contorcidos, masculinos e femininos, entremeados pelo que parecia uma série de grandes labaredas. Lembravam povos da Antiguidade.

O piso tinha um padrão de mogno. Quase não havia móveis, nenhum lugar confortável para se sentar; era uma sala sem cadeiras. À exceção de uma mesa longa e pesada, cuja superfície estava enterrada sob mapas desdobrados de cidades, países e rotas marítimas muito antigas, a sala era composta apenas por livros.

As paredes não só estavam forradas de estantes e gabinetes de arquivos, como todo o piso era um labirinto de pilhas de livros, dos mais diversos formatos e tamanhos: algumas chegavam a dois metros, outras estavam dispostas sobre uma base piramidal.

— Então é aqui que você mora — comentou Odessa, uma pergunta disfarçada de constatação.

— Quando estou em Manhattan, sim — disse Blackwood.

Ele passou por uma porta que dava em um longo corredor. Odessa contou mais quatro pares de portas adiante, quatro de cada lado. Ela já tinha entrado em muitos apartamentos em Nova York, nenhum com um corredor como aquele, nenhum tão espaçoso.

— E você mora aqui há quanto tempo? — perguntou.

— O prédio foi construído por volta de 1880.

Observando o acabamento detalhado das sancas que se estendiam pelas paredes do corredor, ela acreditou.

— Certo, mas, então, há quanto tempo você mora aqui?

Ele pegou uma chave no bolso do paletó e a inseriu em uma fechadura.

— Este era o único prédio dessa parte da ilha na época. A cidade cresceu ao redor dele. O parque também. A cidade de Londres sempre pareceu pronta, mas, aqui, vi a metrópole se erguer aos poucos, feito um cabrito. O edifício já foi construído com luz elétrica, gerada por um dínamo próprio. Gosto bastante de eletricidade. O prédio virou uma... acredito que o termo seja "cooperativa"... Uns anos atrás. Você sabe o que isso significa?

— Claro.

— Pois eu não sei.

Aquele mistério evidentemente não o perturbava. Ele virou a chave e escancarou a porta. Mais um cômodo amplo, uma biblioteca. As estantes estavam soterradas por livros velhos, manuscritos não encadernados, de papel puído, bem como fólios e pergaminhos. Eram livros raros, a maioria com títulos em latim ou francês, como *Ethici philosophi cosmographia*, *Mysteriorum liber primus*, *Um livro de súplicas e invocações*, *De Heptarchia Mystica Collectaneorum*...

O cômodo emanava um cheiro leitoso, de baunilha e amêndoa, resultante da quebra de compostos químicos do papel velho.

— Impossível você ter lido tudo isso — constatou Odessa, cansada de fazer perguntas, sentindo-se sempre pega de surpresa.

Blackwood não respondeu à provocação.

— Minha biblioteca viaja comigo.

— Viaja? Para onde?

— Tenho outras residências.

— Sei... Como você viaja sem passaporte?

— É verdade — concordou Blackwood. — Fica mais complicado a cada ano.

Ele abriu outra porta, que, por sua vez, dava em um cômodo que, em qualquer outra grande residência, seria usado como sala de jantar. No entanto, ali, dispostos em uma longa mesa de mogno e trancados a chave em gabinetes de vidro, encontravam-se...

— O que são essas coisas? — perguntou Odessa.

— Instrumentos — respondeu Blackwood.

Os artigos religiosos foram as primeiras coisas que saltaram aos olhos de Odessa. Prata e bronze, alguns com pedras preciosas, crucifixos. Havia também astrolábios e bússolas. Cálices e castiçais. Ampolas de vidro com pós, fechadas a rolha. Acessórios como luvas e cachecóis, paramentos.

— Estes aqui parecem armas — comentou ela.

Adagas, cinzéis e brocas. Picaretas de metal, espadachins. Caixas de madeira repletas de ferramentas, talvez de cirurgia medieval, ou talvez de tortura.

Outra vasta prateleira continha amuletos feitos de metal e tecido. Estatuetas de pedra e totens entalhados. Um punhado de crânios.

— Ou são troféus? — indagou Odessa.

— São ferramentas de trabalho. Por favor, não encoste em nada.

Blackwood tinha desenrolado um estojo de couro preto. Começou a selecionar itens de sua coleção e guardá-los nos bolsos surrados do estojo. Pegou uma adaga, um crucifixo curioso e um tubo contendo uma poção rosada que só podia ser um elixir.

— Imagino que tenha levado um bom tempo para reunir tudo isso — supôs Odessa. — São itens adquiridos ou roubados?

— Montei essa coleção por pura necessidade — respondeu Blackwood.

Odessa não estava mais nervosa. Já tinha passado do estágio de intimidação.

— Quantos anos você tem? — indagou.

Ele parou de organizar o estojo por um instante, impaciente.

— Quantos anos pareço ter?

Odessa deu de ombros e contornou a mesa atrás dele.

— Trinta e cinco.

— Então tenho trinta e cinco.

Ela passou por uma coleção de instrumentos de caligrafia guardados em um velho jarro de vidro.

— Faz quanto tempo que você tem trinta e cinco anos?

— Ah! Agora está fazendo as perguntas certas. Preciso pensar um pouco antes de responder.

— Por quê?

— Na maioria das vezes, quando respondo, retrucam com um barulho muito irritante. Uma *gargalhada*, acredito que seja o termo, e eu não quero passar por isso de novo...

— Pode falar. Prometo não rir.

Depois de uma longa pausa, Blackwood disse:

— Quatrocentos e cinquenta anos.

Odessa, claro, gargalhou. Blackwood soltou um suspiro.

— Quase meio milênio — retrucou ela. — Que proeza!

— Não é para tanto.

— Como é possível?

— Essa pergunta é muito aberta — disse, de costas para ela, desamarrando uma bolsinha de pelica e fungando o pó no interior.

— Como isso aconteceu? Como um homem, um ser humano, pode viver por tanto tempo?

— Imaginei que estivesse óbvio. Fui amaldiçoado.

— Amaldiçoado? Por quem?

— A questão não é por quem.

— Pelo quê, então?

— Foi por conta de uma transgressão. Uma transgressão contra a natureza. Uma bobagem, ou assim pensei. Um ritual... uma invocação. Um limite foi violado. O profano foi de encontro ao sagrado. E fui fadado a esta existência.

Era muita informação para digerir.

— Você não era advogado? — perguntou Odessa.

— Sim. Atuava na Grande Londres. Era respeitado, mas nada extraordinário.

— Você tinha família?

— Fui casado.

— Como um advogado casado acabou se envolvendo com...

— Eu tinha um cliente, um amigo... um homem incrível, para falar a verdade. Uma pessoa que eu admirava. Uma pessoa com muitos contatos na corte, alguém que achei que poderia me ajudar a subir na carreira. Também era uma figura carismática, um homem realmente extraordinário. Podemos dizer que me deixei levar por ele. Eu não passava de um espectador, não entendia as profundezas que ele estava explorando, tampouco as alturas. Fiquei fascinado, curioso, mas era um diletante. Um leigo. Um amador que não tinha lugar ao seu lado. Você tem que entender que isso era a Londres da década de 1580. E eu era advogado na capital. Esse homem, John Dee era o nome dele, abriu meus olhos para um mundo especulativo de magia e mistério. Mas, verdade seja dita, eu me deixei levar por suas pregações. Nunca vou entender por que ele permitiu a minha presença lá, em primeiro lugar.

Odessa ainda contornava, devagar, a mesa de instrumentos antigos.

— E aí? O que aconteceu?

— O mundo perdeu o equilíbrio. Nós, minto, *ele* liberou a entrada para o nosso plano de existência.

— De onde?

— De um plano astral. Estava convencido de que poderia contatar um anjo. Mas não foi bem isso que aconteceu.

— O que aconteceu?

Blackwood soltou um suspiro. Estava de costas para Odessa, então ela não soube dizer se era por impaciência com aquelas perguntas todas... ou arrependimento pelo ocorrido.

Ele se virou e empilhou alguns livros.

— Tente imaginar camadas de realidade, vários planos astrais sobrepostos. Esses planos costumam ficar separados, salvo por aberrações ocasionais ou o mundo dos sonhos...

— Os sonhos são um plano astral? — perguntou ela.

— Definitivamente. Podemos viver ou morrer em sonho, se formos treinados da forma certa...

Ele puxou um livro do meio da pilha recém-erguida e prosseguiu.

— Agora, por meio de um processo complexo, esses planos podem ser visitados. E é possível também invocar entidades para visitar o nosso plano. Foi exatamente o que fizemos... O mundo, como eu falei antes, perdeu o equilíbrio... E fui impelido a corrigi-lo. Não foi escolha minha, que fique claro.

— Corrigi-lo?

— Um portal para o nosso mundo se abriu. Uma costura se soltou. Uma passagem que eu não sei como fechar.

— E você...?

— Preciso empurrar de volta o que passa pelo portal. Toda vez. Preciso consertar o mal original que cometi.

— Então você é... uma espécie de guardião?

— Um penitente. O guarda do zoológico. Um negociador. E, vez ou outra, exterminador. NÃO ENCOSTE NISSO!

A voz dele, sempre tão calma e reconfortante, ganhou um volume e uma profundidade que ela não imaginava serem possíveis, fazendo-a sentir um calafrio. Odessa estava de olho em uma esfera de cristal muito fino. Era perfeita, a não ser por uma rachadura interna, um fio tênue, quase como o dentrito de um neurônio. Ela estava com as mãos junto ao corpo, alarmada.

— Eu não ia encostar — retrucou. — E você pode parar de me tratar como criança!

Blackwood começou a desmontar a pequena pilha de livros, sem a menor intenção de pedir desculpas. A esfera estava sobre um pequeno suporte que parecia uma coroa de cabeça para baixo. Odessa ficou com a curiosidade aguçada.

— O que é isso?

— Uma bola de cristal.

— Isso eu sei. O que quero saber é... O que significa para *você*?

Blackwood semicerrou os olhos, que não emanavam seu típico brilho de curiosidade. De repente, estava de péssimo humor.

— Você comentou que conseguiu rastrear a proprietária da loja, Juanita — disse ele.

Odessa assentiu. De alguma forma, a reação exaltada de Blackwood o tornara mais humano aos olhos dela. Ela não sentia que o tinha ofendido, mas, sim, que acessara o verdadeiro Hugo Blackwood, um homem de mais de quatro séculos de idade.

— O que aconteceu com a sua esposa? — perguntou ela.

A expressão dele não mudou, o que era significativo por si só. Odessa se perguntou como ele a via, com seu olhar de quatrocentos e cinquenta anos.

Blackwood parou para pensar, como se estivesse buscando um veredito.

— Você é perspicaz. E, francamente, isso me cansa. Para ser sincero, prefiro lidar com pessoas menos inteligentes.

Não era um elogio. Odessa não sabia o que era.

— Sinto muito — disse, em um tom que dava a entender que, na verdade, não sentia o menor peso na consciência.

— E a proprietária da loja? — pressionou Blackwood, enquanto enrolava e amarrava o estojo de couro, munido de instrumentos e ampolas.

— Os registros fiscais apontam para duas empresas-fantasma e um endereço em Englewood. — Com um meneio, Odessa apontou para o estojo à vista no bolso do paletó dele. — O que pretende fazer se a encontrarmos?

Blackwood escondeu melhor sua coleção compacta de ferramentas para caçar espíritos. Então virou-se para a porta por onde tinham entrado.

— Nós vamos encontrá-la — decretou, já de saída. — Com sorte, antes que ela nos encontre.

A casa não era visível da rua, graças à cerca ladeada por árvores e ao portão maciço de quase três metros de altura. Havia um teclado numérico e uma câmera instalados na lateral do portão.

— Quem vai entrar? Você ou eu? — perguntou Odessa.

Blackwood olhou para ela e permaneceu calado.

— Foi o que pensei — constatou a agente.

Odessa identificou o pinheiro mais resistente e o escalou, usando o muro de apoio para os pés. Do alto, sem qualquer tipo de proteção, ela pôde inspecionar a propriedade. Era uma casa moderna de um andar, incomum para os padrões da vizinhança, com um telhado inclinado e portas duplas na entrada. Nenhum carro na garagem. Nenhum sinal de movimento nas janelas da fachada.

Ela pulou para o outro lado, amortecida pela grama macia. A trava interna do portão era mecânica, e Odessa conseguiu abri-lo o bastante para deixar Blackwood passar. Ele examinou a casa silenciosa.

— Você sabe que não estou com minha arma — disse a agente.

O homem fez que sim.

— E você não tem uma — prosseguiu ela. — Não tem nem celular para ligar para a emergência. Não sei se o seu estojinho vai dar conta se algo de ruim acontecer. Só para você saber, vou chamar a polícia se tivermos problemas.

Se Blackwood estava ouvindo, não respondeu. Correu pelo caminho sinuoso que levava às portas duplas. Odessa estava prestes a tocar a campainha, mas Blackwood a deteve. Ela notou que ele estava com um livro de bolso antigo em mãos.

— O que foi? — pergunta.

Usando a pequena publicação como guia, ele recitou alguns versos em latim, em voz baixa. Um encantamento. Então enfiou o livro de volta no bolso interno do paletó.

— O que foi isso?

— Um feitiço de proteção. Antes de cruzarmos o umbral.

Em qualquer outra situação, ela teria dado risada. Mas tudo que tinha visto e escutado lhe tirara o luxo do ceticismo, pelo menos por ora.

— Vou tocar a campainha — anunciou ela, um ato de encantamento por si só.

Uma série de notas musicais suaves ecoou dentro da casa. Odessa não esperava que fossem atender.

Ela notou movimento na casa, mas a porta de vidro opaco bloqueava a visão. A antecipação de um confronto fez seu corpo liberar adrenalina, que se manifestou através de um calafrio. A porta se abriu.

Um homem de trinta e poucos anos. Hispânico, talvez cubano. Descalço, de conjunto de moletom folgado, com o zíper do casaco fechado até a metade.

Ele encarou os dois, alternando entre um e outro.

— Quem são vocês? — perguntou.

Odessa não viu ninguém atrás dele. O homem estava de mãos vazias.

— A Juanita está?

O homem franziu as sobrancelhas, confuso. Parecia que o sol o deixara desorientado.

— O que vocês querem?

— Gostaríamos de falar com a Juanita. Você poderia chamá-la, por favor?

— Não foi ela quem mandou vocês virem aqui? — disse ele.

Odessa sacou suas credenciais e mostrou o distintivo do FBI.

— Juanita — ordenou ela.

O homem leu as letras garrafais azuis, mas não se abalou.

— Ela não está.

Então começou a fechar a porta, mas Odessa a travou com o pé antes que ele pudesse expulsá-los. Havia algo no rosto do homem.

— Eu conheço você — disse a agente.

O homem balançou a cabeça.

Odessa encontrou a cópia impressa dos autos da detenção em sua bolsa. Desdobrou o papel e mostrou a ele.

— Você é o outro ladrão de túmulos. — Ela conferiu o nome no documento. — Yoan Martine.

Martine não negou, tampouco tentou fugir. Olhou para Odessa e disse:

— Não estou entendendo.

— Nós vamos entrar — avisou ela.

Martine não se opôs. Odessa empurrou a porta e entrou, e Blackwood fez o mesmo. Martine deu um passo para trás, como se aquela visita não fosse nada de mais.

AS SOMBRAS DO MAL

A casa estava suja, com móveis e tapetes jogados pelos cantos e lixo amontoado. Pelas janelas dos fundos, Odessa viu uma piscina cheia de água turva e esverdeada. Alguns móveis da área externa flutuavam lá dentro.

Duas jaulas grandes estavam encostadas na parede, à esquerda, vazias, exceto por brinquedos resistentes de corda.

— Onde estão os cachorros? — indagou Odessa.

— Deram no pé. Soltei eles.

— Soltou por quê?

— Eles me encaravam de um jeito estranho. Eu não curtia.

— Eram pit bulls, por acaso? — perguntou ela.

Martine assentiu.

Sobreposto ao cheiro de lixo e comida estragada, pairava um aroma perfumado no ar. Não era incenso nem nada sobrenatural. Era maconha.

Martine estava com os olhos vermelhos. Chapado, sem dúvidas. E não só de erva.

— Escuta, ela não tá, cara. — Ele foi se agachando até acabar sentado no braço do sofá da sala, que estava ocupado por móveis menores: uma mesinha de centro, dois abajures do mesmo jogo. Coçou o antebraço. — A Juanita ficou gagá, doidinha. Não fala coisa com coisa.

Blackwood estava parado no meio da sala. Odessa começou a interrogar Martine.

— Quando foi a última vez que você a viu?

— Fizemos uns bagulhos ruins, mas... a gente estava protegido. *Bakalu*. Os espíritos antigos...

Odessa olhou para Blackwood.

— Espíritos ancestrais — explicou ele.

— Ela prometeu dinheiro, prometeu poder, prometeu sexo. O pacote completo. A gente teve de tudo, sabe? Até perder tudo.

— A Juanita... Ela era *kindiambazo*? — perguntou Blackwood.

O semblante de Martine se fechou, como se o mundo, por si só, lhe causasse dor.

— *Mayombero* — disse.

— Feiticeira, praticante de palo mayombe — traduziu Blackwood, e então se virou para Martine. — Fale mais sobre o trabalho.

Martine balançou a cabeça.

— Não estou a fim de falar disso, cara. Ela era a *palero*. Dizia "pega isso", "pega aquilo". Tipo uma lista de compras.

— Isso e aquilo o quê?

Mais uma vez, Martine reagiu como se a pergunta lhe causasse dor.

— Ossos humanos? — indagou Blackwood.

— *Fula*.

— Pólvora — traduziu ele para Odessa.

— *Azogue*.

— Prata viva — continuou ele. — Mercúrio.

— Sangue. Pelos de animal. Gravetos, ervas, penas. Pedras. Enxofre. Ela cuidava de tudo. Montava o *nganga*.

— O sagrado caldeirão de ferro — explicou Blackwood. — Quantos ela preparou?

— Ela usava um nos rituais. Fazia o palo aqui, lá fora. — Martine apontou para o quintal com a piscina fétida. — Por proteção.

— E depois, o que aconteceu? — perguntou Blackwood.

— Juanita disse que mandaram ela fazer mais. Trabalhos menores. Mais três.

— Você esteve em Montclair? — indagou Odessa. — Ou em Little Brook, em Long Island?

Martine coçou o braço de novo, dessa vez cravando a unha. Parecia que estava tentando substituir as memórias dolorosas pela dor física.

— Ela era a mediadora. A guia das almas, *nkisi*, dos espíritos. Até que... ela mesma virou instrumento. E passaram a falar através dela. *Kinyumba*.

Odessa olhou para Blackwood.

— Espírito ruim — disse ele. — Um demônio. Um espectro.

— Ela mudou. Tudo mudou. Ela queria força. Queria o poder dos ancestrais, mas acabou deixando passar mais alguma coisa.

Martine olhou ao redor como se estivesse ouvindo vozes.

— Que nem quando a gente deixa a porta aberta... E um guaxinim entra em casa. Espíritos selvagens.

Odessa se deu conta de que Martine não estava só chapado, estava ficando louco.

— Ela não é mais a Juanita. A Juanita já era, não volta mais. E agora eu vejo coisas. Umas formas estranhas. Ouço coisas. *Nfuri*. Os fantasmas.

Martine saltou do braço do sofá. Com as unhas pontiagudas, tinha arrancado sangue do próprio braço. Aproximou-se de Blackwood, parando a alguns passos dele.

— *Mpangui* — disse, olhando ao redor do advogado, como se o homem estivesse irradiando energia. — Me purifica? Você pode acabar com essa maldição. *Limpieza. Limpieza.*

Blackwood balançou a cabeça.

— Não.

— Eu vejo você — disse Martine, à flor da pele. — Me liberta, *mpangui*! Me livra dessa maldição!

Blackwood balançou a cabeça outra vez, desolado.

— Martine, sinto muito. Não há nada que eu ou qualquer pessoa possa fazer por você.

Do lado de fora da casa, Odessa ainda ouvia Yoan Martine falando sozinho. Às vezes, chegava a berrar.

— O que ele queria?

— *Limpieza*. Uma limpeza para remover influências maléficas.

— Você pode fazer isso?

— Seria possível. Mas não pelo Martine. Quem coloca mercúrio em um feitiço deseja loucura ao inimigo. Imagino que o tiro tenha saído pela culatra. Ela estava usando o palo para machucar outras pessoas.

— E acabou fritando o cérebro do cara — completou Odessa.

— Não tenho poder para curar uma pessoa desequilibrada, com problemas psíquicos. Ele está maluco. Perdido.

Odessa ficou de olho nas portas duplas, imaginando que Martine viria atrás deles.

— Estamos todos perdidos — disse. — Não seria melhor dar uma olhada na casa?

— Não tem mais ninguém lá — respondeu Blackwood, com uma certeza que ela não ousou questionar.

Algo se estilhaçou dentro da casa. Odessa só queria ir embora.

— Parece que ela passou dos limites em um desses rituais — comentou Odessa enquanto se dirigiam ao portão. — Que nem o tal John Dee da sua história, não?

— Tudo está conectado. Nada é mero detalhe, nada é mera coincidência.

— Mas por que a família Peters, em Montclair? E Colina, em Long Island?

— A estrutura do mundo é complexa, e os incorpóreos são uma parte enigmática e perversa dele.

— Ou seja, não temos nenhuma pista. Sem Juanita, estamos em um beco sem saída.

— Nada disso. O mundo nos enviará um sinal. Só precisamos estar prontos para vê-lo.

Odessa fechou o portão. O Rolls-Royce Phantom encostou na calçada, com o sr. Lusk ao volante. Os dois entraram no banco de trás. Odessa só ficou tranquila quando a porta do carro já estava trancada e ela, longe da energia psíquica corrosiva de Martine.

— Enquanto o mundo não envia um sinal — disse —, preciso comer alguma coisa.

— Como quiser — respondeu Blackwood, distraído.

— Para onde? — perguntou o sr. Lusk.

— Podemos parar em algum lugar no caminho para Flushing, no Queens — sugeriu Odessa.

O sr. Lusk olhou para Blackwood, aguardando ordens dele.

— Do outro lado de Manhattan? Por quê? Para quê?

— Para falarmos com Earl Solomon — respondeu ela, e se virou para o sr. Lusk. — Vamos para o Hospital Presbiteriano do Queens.

— Não, não — retrucou Blackwood.

— Por que não? — indagou Odessa. — Estamos com tempo. Solomon pediu para ver você.

— Não temos tempo para missões inúteis. Entendo que comida seja uma necessidade, mas...

— Missões inúteis? Earl Solomon está morrendo. Ele pediu para ver você. Não quer se despedir?

— Me despedir? De que vale se despedir?

— Vocês se conhecem há quarenta e cinco anos!

— E?

Odessa sentiu o sangue ferver.

— Ele está à beira da morte! Você me disse que vive há séculos. Então quer dizer que é uma espécie de vampiro que já esqueceu como é ser mortal?

Blackwood se recostou no banco, encarando-a com as mãos entrelaçadas no colo.

— Como imagina que seja a minha relação com o agente Solomon?

— Quarenta e cinco anos! — repetiu ela.

— Você está alterada.

— Claro que estou! Você está sendo muito insensível!

Blackwood virou a cabeça um pouco de lado para vê-la de um ângulo um pouco diferente.

— Isso não tem nada a ver comigo, agente Hardwicke. É você quem quer nos reunir. Quer saciar a sua curiosidade.

Odessa se enrolou um pouco para responder, porque havia uma dose de verdade nas palavras dele.

— Não é questão de curiosidade, é uma despedida.

Blackwood sorriu.

— Leve-a para onde ela quiser ir, sr. Lusk.

Em seguida, jogou a cabeça para trás e fechou os olhos.

1962. DELTA DO MISSISSIPPI

O SOL JÁ estava baixo sobre as plantações de algodão quando Solomon parou o carro diante da estrada que levava à casa do meeiro, ocupada pela família Jamus. Blackwood caminhou com ele até a estrutura baixa. Dois corvos alçaram voo do varal aos fundos, grasnando em pânico. O calor do dia ainda não tinha amainado, e Solomon estava com a camisa empapada sob o paletó.

— Quantos anos? — perguntou Blackwood.

— Seis — respondeu Solomon.

O sapato do agente fez ranger a tábua de madeira na entrada. Ele bateu na porta. Blackwood vinha logo atrás, à sua esquerda.

A mesma menina atendeu, vestindo o mesmo vestido azul de algodão de antes.

— Olá, mocinha, sou eu de novo, o agente Solomon. Lembra de mim?

— Achei que era o pastor Theodore — disse ela.

— Posso entrar?

A menina olhou para trás, desconfiada. Não havia ninguém ali.

— Pode chamar a sua mãe para a gente? — perguntou Solomon.

A criança balançou a cabeça e se afastou da porta, deixando os dois homens entrarem.

— Talvez um irmão mais velho? — insistiu Solomon.

Queria ser recebido por alguém maior de idade antes de prosseguir até o quarto de Vernon, o menino doente.

Ela seguiu pelo corredor, onde começava o assoalho de madeira.

Solomon aguardou, sentindo um cheiro de leitelho. Em algum lugar da casa, um rádio ou uma vitrola tocava uma música de banda marcial. Moscas voavam contra a janela, *bzztap bzztap bzztap*, sem parar.

Solomon deu uma espiada em Blackwood, que fitava o teto inacabado. O agente olhou para cima também, mas não viu nada de mais. O britânico devia estar apenas limpando a mente.

Coleman, o rapaz de vinte anos, surgiu dos fundos da casa, vagaroso, mas sem timidez. Seu jeito era naturalmente comedido.

— Cole, é o agente Solomon.

— Pois não, senhor?

— Estou aqui para ver o Vernon. Trouxe um especialista comigo.

Cole olhou para Hugo Blackwood. Não perguntou que tipo de especialista era. Tampouco parecia acreditar que um especialista ajudaria em alguma coisa.

— Ele anda quieto — comentou Cole.

— Está tudo bem, Cole? — perguntou Solomon.

— Não, senhor.

O rapaz se virou sem dar explicações e os conduziu até a despensa, nos fundos. Puxou uma correntinha para acender a lâmpada e pegou uma chave na prateleira alta. Não se atreveu a destrancar a porta do cômodo ao lado. Entregou a chave a Solomon, que agradeceu, mas o rapaz já estava se afastando. O agente se aproximou e escutou à porta, na expectativa de ouvir o menino chamar por Blackwood de novo. Não ouviu nada. Inseriu a chave, girou-a e abriu a porta.

Lá dentro estava a mesma cama com o mesmo colchonete manchado de sangue.

Mas nada do menino. As correntes estavam no chão, e os grilhões, abertos.

Alarmado, Solomon disparou pelo corredor, procurando Cole. O rapaz estava perto da porta de entrada.

— Quem foi que o levou? — indagou Solomon.

Cole balançou a cabeça, confuso.

— Levou quem?

— Vernon. Ele desapareceu.

Cole correu até o quarto. Precisava ver com os próprios olhos. Num dos cômodos adjacentes, a menininha assistia a tudo com medo, sentada em uma cadeira dobrável de metal.

Blackwood agarrou Solomon pelo cotovelo e o levou até a porta da casa. O agente não ofereceu resistência.

— O que houve? — perguntou Solomon.

— Acho que sei onde ele está.

Solomon estava mais alerta do que nunca ao novamente seguir Blackwood pela mata assustadora. A luz ainda permeava a copa das árvores o bastante para que eles andassem em segurança entre os galhos, sem precisar recorrer à lanterna que Solomon levava na mão esquerda.

Blackwood refez o percurso com um senso de direção fantástico, considerando que só estivera ali uma vez. Chegaram à árvore do enforcamento, mas o inglês não diminuiu o passo. Seguiu rumo ao primeiro tronco demarcado que tinham encontrado, passando por símbolo após símbolo na direção do cemitério de escravos abandonado. Uma forte luz laranja irradiava das árvores adiante, entre sombras oscilantes. Uma fogueira, pensou o jovem Solomon, sempre tentando racionalizar o que via com alguma explicação do mundo real.

Quando adentraram a clareira, no entanto, Solomon não conseguiu assimilar tudo de uma vez. Tentou ler as imagens em sequência, como uma série de pequenas explosões que culminavam em destruição total.

Um anel de fogo de um metro e meio de diâmetro queimava na relva. A fumaça escura subia noite afora.

Dentro do anel estava o menino, ajoelhado. Vernon. Tinha seis anos de idade, se tanto. Estava diante da fileira de túmulos e vestia somente uma calça de algodão suja. Estava com os braços erguidos e as mãos abertas, como se invocasse algo dos céus.

Mas a invocação veio de baixo, uma névoa rala que subia do gramado feito vapor, inundada de luz. Das lápides, emergiu um vapor diferente, mais espesso, violeta, em forma de figuras humanas rudimentares. Com a imaginação de um homem tomado pelo terror, Solomon discerniu o torso, a cabeça e os braços dos espectros gasosos que se levantavam.

Atrás dos túmulos, na extremidade da fileira de árvores, estava uma figura de túnica branca com capuz, os braços estendidos. As aberturas das mangas pendentes pareciam duas bocas aos gemidos. As sombras lançadas pelas chamas davam a impressão de haver ainda mais figuras se movendo por ali, uma liga de sacerdotes de túnica preta, pregando no cemitério... mas era apenas uma.

Solomon ficou sem ação diante daquele rito ímpio. Não conseguia pensar numa explicação para aquilo. Era como se a tensão tivesse disparado um alarme em sua mente.

A figura de túnica logo notou os intrusos. Virou-se para Blackwood e saiu correndo pelas árvores, ofuscada pelas sombras frenéticas. Blackwood disparou e foi atrás dela.

Solomon não conseguia ouvir nada, nem mesmo a própria voz chamando Blackwood, e não sabia o que fazer. O britânico passou pelo círculo de fogo. A névoa baixa se entrelaçou em suas pernas, como se tentasse agarrá-lo. Ele apertou o passo, desviando de duas aparições arroxeadas, cujos contornos turvos se moviam em ondas e pareciam se estender para alcançá-lo.

Blackwood se embrenhou pela mata, onde a figura de túnica tinha desaparecido, e ele próprio sumiu de vista.

Diante dos olhos de Solomon, tudo no cemitério de escravos começou a ruir. As labaredas mergulharam na terra como se alguém as controlasse. A névoa se dissipou feito fumaça. E as figuras gasosas dos túmulos — os espíritos ressuscitados dos escravos negros, mortos havia muito tempo — morreram pela segunda vez. Seus torsos, braços e pernas se desfizeram. e os rostos marcados pela dor foram os últimos a desaparecer.

O menino se virou devagar, primeiro a cabeça, e então o pequeno corpo esquálido. Estava emaciado, com as costelas aparentes, e os braços e as pernas eram puro osso. Seus olhos pareciam luas prateadas com um pequeno ponto negro no meio, mais animais que humanos. Ele crispou os lábios e mostrou os dentes. Não era um sorriso.

De repente, uma rajada de vento lançou a fumaça preta das chamas quase apagadas contra Solomon. Ele cobriu os olhos para se proteger da emissão oleosa que se derramava sobre seu corpo, deixando o ar rarefeito. Não durou mais de um segundo. Porém, quando Solomon abriu os olhos, Vernon estava de pé diante dele. Tinha cruzado a distância de três metros com o que parecera um só passo.

O menino deu o bote, feroz, agarrando Solomon pelo pescoço com uma das mãos e tentando ferir seus olhos com a outra. O agente tentou conter aquele corpo frágil, que, por conta do suor, da umidade ou de algum bálsamo diabólico, estava escorregadio. Com um grito, Solomon caiu de costas no chão.

O garoto era mais selvagem que forte, e tentava a todo custo cravar as unhas nos olhos de Solomon, para cegá-lo. O agente empurrou Vernon com o antebraço, mas as mãozinhas em garra não cediam. Encontraram a traqueia de Solomon e apertaram-na com força. O menino estava cara a cara com o homem, e sua respiração era rápida, sibilante.

O agente ainda segurava a lanterna. Usou-a para golpear Vernon duas vezes, sem surtir efeito. Sentiu os dedos do menino fincarem a carne em torno dos seus ossos orbitais. Solomon estava sem ar. A única vantagem que tinha era o pouco peso do menino. Enfiou o braço entre seu peito e o peito dele e, com um empurrão, conseguiu se soltar, já tateando o próprio pescoço para ver se Vernon não tinha arrancado um naco de sua pele.

O agente se levantou. O menino também estava de pé, prestes a avançar nele novamente. Solomon desferiu outro golpe de lanterna, acertando a criança ensandecida na mandíbula, fazendo-a cair de cara no chão, mas na mesma hora Vernon se levantou e tornou a mostrar os dentes... só que, dessa vez, alguns estavam faltando.

— Afaste-se! — alertou Solomon, esticando a mão livre.

Ele pegou a arma, mas, enquanto ainda a tirava do coldre, o menino voou contra ele, raivoso, derrubando-a no chão. Um tiro foi disparado.

Vernon se agarrou a Solomon, enlaçando-o pelo tronco. O agente sentiu algo molhado no pescoço e percebeu que o menino estava tentando mordê-lo com seus dentes escarpados e quebrados. Solomon soltou um berro. Sentia o calor febril do menino e de repente se deu conta de que não estava lutando contra uma criança, mas contra uma *coisa* — uma *coisa* possuída.

Com as duas mãos agarradas à lanterna, golpeou o pescoço da coisa e a repeliu, tirando aqueles dentes de perto das artérias de seu pescoço. A coisa rosnava e tentava abocanhá-lo. Solomon simplesmente não conseguia se livrar dela. Sentiu algo áspero nas costas e percebeu que tinha recuado até uma árvore. De perto, os olhos da coisa pareciam brilhar, perfurando-o com sua loucura, movidos por uma força satânica e, ao mesmo tempo, por um ímpeto de terror.

De repente, a coisa manifestou uma expressão de surpresa. Jogou a cabeça para trás e soltou o corpo de Solomon. Baixou o rosto de volta, e Solomon viu Hugo Blackwood se revelar logo atrás, com algum instrumento junto à nuca da coisa.

Com um grito, o agente jogou a criança demoníaca para longe. Passou a mão no rosto e pescoço, para ver se não tinha mordidas ou ferimentos mortais, mas não encontrou nenhum sinal de sangue.

A coisa estava caída a poucos metros dele, de lado, e se contorcia. Blackwood também a observava. Só então Solomon notou o que Blackwood segurava: um fino cabo de prata cravado na nuca da coisa.

Com seus dedos delgados, a criatura tentou pegar a ferramenta que a empalava, mas não chegou a alcançá-la. Os espasmos cessaram. A coisa não se mexia mais.

Solomon, no entanto, ainda sentia a pequena mão agarrada ao seu pescoço.

— O que foi que aconteceu aqui? — perguntou. — *O que foi que aconteceu aqui?*

Blackwood avaliou o estado dele.

— Você parece estar ileso.

— EU PERGUNTEI O QUE FOI QUE ACONTECEU AQUI.

Solomon ouviu a própria voz ecoar pelas árvores e ficou com receio de ter despertado outro espírito do mal.

Blackwood havia voltado o olhar para a coisa morta.

— Era uma invocação.

— E a figura de túnica...? Escapou? — perguntou Solomon, sem fôlego.

Blackwood balançou a cabeça.

— Ouvi você gritar. Tive que fazer uma escolha.

O agente levou um tempo para processar aquilo. Olhou para a coisa no chão. Lembrou-se da lanterna em sua mão, acendeu-a. A lente tinha rachado com o golpe contra a mandíbula de seu oponente, mas a luz ainda funcionava. Mirou nas costas nuas da criatura, e a ferramenta de cabo prateado reluziu.

— Você matou o garoto!

Blackwood se agachou junto ao corpo. Solomon observou, horrorizado, enquanto Blackwood segurava a cabeça do menino e puxava o cabo prateado com a outra mão.

A lâmina estava melada de sangue, mas o menino não tinha sangrado. Não havia sangue derramado. O instrumento era uma adaga com uma lâmina fina, similar a uma chave de fenda ou um espeto de churrasco.

Solomon se virou e se encolheu. Vomitou até não ter mais o que colocar para fora. Não ajudou em nada, ele não se sentiu nem um pouco melhor.

Blackwood estava limpando a lâmina com um pano de algodão.

— Posso usar a sua tocha elétrica? — pediu.

O agente lhe passou a lanterna. Blackwood iluminou a nuca do menino e usou a mão livre para mexer no cabelo dele.

Solomon viu o sigilo na pele de Vernon. Parecia um lacre de carta antiga, prensado em cera quente, formado por veias saltadas. Ele não conseguiu enxergar seus contornos exatos porque o talho da adaga cortara o desenho ao meio.

Blackwood devolveu a lanterna. Solomon iluminou a clareira e os túmulos de onde os espíritos dos escravos mortos tinham se erguido em forma de névoa violeta.

— O que foi que aconteceu aqui? — perguntou Solomon mais uma vez.

Blackwood virou o corpo para cima, e Solomon se lembrou de que ele não pertencia mais a um menino. Seu rosto estava retorcido em um semblante vil, travado em uma eterna expressão agonizante de terror.

— O que aconteceu com ele? — indagou Solomon.

— Foi possuído — respondeu Blackwood, direto.

Então Solomon pensou em sua arma. Era melhor estar com ela, caso a coisa despertasse. Logo a encontrou, com ajuda da lanterna. O cano ainda estava morno, por conta do tiro disparado por engano.

— Isso é assassinato — acusou Solomon. — Você matou um menino.

Blackwood estava desenrolando um estojo de couro no chão. Solomon notou que os bolsos internos do estojo continham ampolas de vidro com pós e líquidos, pedaços de matéria vegetal e crucifixos de metal. Blackwood guardou a adaga em um bolso.

— Não era mais um menino. O menino se foi há muito tempo. Não tinha como salvá-lo. Mas posso libertá-lo agora. Posso conceder-lhe paz.

Blackwood tirou a rolha de uma das ampolas com pó. Teve o cuidado de estender o corpo de Vernon com os braços junto ao corpo e as mãos abertas, viradas para cima. Fechou seus olhos.

— Que diabos você está fazendo? — inquiriu Solomon.

Parecia algum tipo de rito fúnebre. Blackwood despejou o pó na mão e jogou cinco pitadas generosas no solo, em torno do corpo, como as pontas de uma estrela. Pegou uma ampola com um líquido leitoso e se deteve aos pés do menino. Proferiu algo em latim, em voz baixa, mas com intensidade, um encantamento. Solomon ficou nervoso e se afastou. Com um conta-gotas, Blackwood pingou a substância leitosa sobre as pitadas de pó, acendendo cinco labaredas de um branco puro.

Blackwood estendeu o braço sobre o corpo, com a mão aberta e a palma virada para baixo. Prosseguiu o encantamento, ora falando mais alto, ora mais baixo. Sua mão começou a tremer, e sua entonação ficou mais forte.

Solomon se afastou mais um pouco e quase tropeçou na raiz de uma árvore.

Sombras se moviam sobre o menino, sobre seu rosto, seu peito, suas pernas. Contorciam-se, debatiam-se. Era como se estivessem disputando a carne da criança em um cabo de guerra, um jogo de sombras... Mas o que significava tudo aquilo?

Algo inexplicável estava acontecendo com Vernon, por fora e por dentro.

A voz de Blackwood atingiu um crescendo, e ele fechou a mão de repente. As sombras deixaram a superfície do corpo e mergulharam nas cinco labaredas brancas, que se intensificaram e de súbito ficaram pretas extinguindo-se logo depois, deixando apenas um odor fétido no ar.

Blackwood caiu de joelhos, momentaneamente sem forças. Precisava retomar o fôlego. Solomon arriscou dar alguns passos à frente e iluminou o rosto de Vernon com a lanterna.

Tinha voltado a ser o rosto de um garoto negro. Normal. Humano. Inocente.

Solomon mal dormiu naquela noite. Tomou dois banhos no hotel onde estava hospedado, um estabelecimento gerido por negros nos confins da cidade. Desligou a água várias vezes para se certificar de que os ruídos que ouvia — de alguém andando em seu quarto — não passavam de frutos de sua imaginação.

Quando foi limpar o espelho embaçado com a toalha, notou os arranhões no pescoço e os hematomas em torno dos olhos. Não fosse por aquelas marcas, poderia ter descartado aquela história toda como um terrível pesadelo. Assim que fechou os olhos para tentar dormir, viu as íris prateadas e cintilantes de Vernon Jamus, os dentes brancos escarpados, mas no rosto de Hugo Blackwood. Solomon recarregou o revólver e o deixou na mesa de cabeceira, ao seu alcance.

Ficou aliviado quando o sol bateu na janela. Vestiu-se, colocou o coldre e deixou o hotel logo cedo. Estava mexendo nas chaves do sedã emprestado do FBI e só notou o homem britânico de terno preto parado ao lado do carro quando estava prestes a entrar no veículo.

— Bom dia, agente Solomon.

O agente largou o molho de chaves e sacou a arma. Deu alguns passos para trás, abrindo espaço entre ele e Hugo Blackwood.

— Afaste-se... Afaste-se do carro!

Blackwood não moveu um músculo.

— Agente Solomon, por favor.

— Mãos ao alto!

— Você teve uma noite difícil, pelo jeito.

— Pare de falar! Pare e escute. Você está preso.

Blackwood abriu um sorrisinho sarcástico, o que indicava que sua paciência estava chegando ao fim.

— Preso?

— Por homicídio. O assassinato de Vernon Jamus.

— Você viu com os seus próprios olhos na noite passada, o menino já tinha morrido...

— Silêncio! — Então Solomon lembrou que as algemas estavam no porta-luvas, dentro do carro. Malditas algemas. — Entre no banco do passageiro.

— Eu devo entrar no carro ou manter distância? — perguntou Blackwood.

— Trate de entrar no carro e não me faça atirar. Porque vou atirar, se for preciso. Para mim, chega. Já vi o bastante.

— Você não viu quase nada. O que vai dizer às autoridades? "A verdade e somente a verdade"?

Solomon o fuzilou com o olhar.

— Não só vou prender você como vou me entregar também — declarou Solomon.

— Aonde quer chegar com isso?

— Não cabe a mim decidir. Fui testemunha do crime, talvez até cúmplice.

— O menino atacou você. Sabe o que ele teria feito se eu não tivesse aparecido?

— Não sei e nem quero saber.

— Ele teria dilacerado a sua garganta. Com as mãos ou com os dentes. Já vi acontecer antes. É um tanto desagradável.

— O menino... Ele estava maluco, enlouqueceu...

— Nunca saberemos ao certo... Mas talvez o espírito demoníaco que estava dentro dele acabasse saltando em você. Assumir a forma de um oficial da lei é um disfarce tão bom quanto o de um menino de seis anos.

Solomon balançou a cabeça.

— Não existe isso de espírito demoníaco. Trate de calar a boca!

— Não matei menino nenhum, como provei para você ontem à noite. O garoto já não existia mais. O demônio já havia o devorado por inteiro. Libertei-o das garras do demônio depois de sua morte. Fiz o melhor que pude.

A mão de Solomon que apontava a arma vacilou um pouco com a emoção.

— Vernon queria você. Assim que cheguei nesta cidadezinha largada ao deus-dará, na primeira vez que entrei naquele quarto, onde a família, assustada, acorrentara o menino a uma cama... Ele mandou chamar *você*. Disse o *seu* nome, com todas as letras!

Blackwood assentiu, cabisbaixo.

— Eu sei.

— Ele invocou você!

— Invocou mesmo? Você acha mesmo que ele me queria aqui? Ou será que ele estava com medo de mim?

Solomon arregalou os olhos.

— *Medo* de você?

— O garoto é um peão nesse jogo. Uma vítima inocente.

Solomon balançou a cabeça. Queria que Hugo Blackwood ficasse quieto.

— Por acaso *você* é um maldito demônio? Com todas aquelas ferramentas e poções e encantamentos... *O que você é?* — perguntou o agente.

— Sou um homem com uma tarefa árdua a cumprir.

Solomon balançou a cabeça, aflito.

— Se você for mesmo homem, vai defender o seu caso perante um juiz. Você me arrastou junto...

— Você viu ontem à noite...

— *Não sei o que vi* — insistiu Solomon.

— Algumas coisas estão além do domínio da lei, não é?

— Não me venha com essa agora. Não neste condado, neste estado, neste país. Tirar uma vida configura assassinato. Pode ser legítima defesa, pode não ser premeditado... Mesmo assim. Não sou muito diferente dos linchadores, sejam negros ou brancos. A única diferença é que sou um oficial. Fiz um juramento.

— O seu trabalho, no meu entendimento, é garantir que as leis do país sejam cumpridas, protegendo inocentes e punindo culpados.

— Não posso acobertar um assassinato. Por mais estranha ou repugnante que tenha sido a causa.

— O garoto não tinha salvação. E outras vidas estão em jogo. Ele era inocente... Foi usado como instrumento para lançarem um feitiço. É uma vítima, mas não é uma vítima nossa. Você não quer pegar quem fez aquilo com ele?

Solomon tentou refutar o argumento de Blackwood. Tinha prometido a si mesmo que não se deixaria levar por nada que aquele assassino lhe dissesse.

Mas, então, pensou na mãe e nos irmãos do menino. Pensou em como seria encará-los, explicar o acontecido. Solomon lutou contra as lágrimas que ameaçavam cair de seus olhos.

— Ele só tinha seis anos, por Deus! — lamentou.

— Eu sei. Precisamos encontrar quem o libertou. Ele não arrancou aquelas correntes do pulso e do tornozelo sozinho.

Solomon respirou fundo e se lembrou da imagem das correntes no chão do cômodo, os grilhões destravados.

— Quem pode ter sido?

— Quem mais tinha acesso à casa dos Jamus e às chaves?

2019. ENGLEWOOD, NOVA JERSEY

Yoan Martine saiu quebrando coisas pela casa até se cansar. Sentou-se no sofá, numa almofada que tinha estripado com uma faca.

Nem mesmo o *mpangui* poderia ajudá-lo. Yoan o deixara escapar. Ninguém mais poderia purificá-lo.

O que fazer? Não tinha para onde ir. Nenhum lugar no mundo.

Estava quase arrancando os cabelos quando o forte ruído de uma colisão na rua o assustou. A casa ficou sem luz. Yoan se levantou e correu até a porta.

Lá fora, na esquina oposta, um carro branco, novo, havia se chocado de frente com uma caminhonete estacionada. O impacto foi tão forte que empurrou a caminhonete para a calçada e partiu um poste de eletricidade ao meio, derrubando-o sobre o capô do carro. O motorista estava estirado no banco da frente, ensanguentado, morto. Um fio elétrico zunia feito uma vespa. A julgar pelo dano que causou, o carro devia estar a mais de oitenta por hora, velocidade incomum para aquela área residencial.

Nfuri.

Yoan olhou ao redor. Os espíritos eram invisíveis, mas mesmo assim Yoan procurou por eles. O instinto humano falava mais alto. *O que será que uma pessoa possuída sente?*, perguntou-se.

Não aconteceu nada de imediato. Ele voltou para os degraus da entrada da casa e se sentou, chorando, à espera de seu destino. Sentia-se culpado pelos erros que cometera — as profanações deliberadas, as blasfêmias. Chorou tanto que ficou sem ar, com vontade de vomitar, e então olhou para o céu, de boca aberta.

OBEDIAH SENTIU O *feitiço de proteção que tinham lançado na entrada da casa não fazia muito tempo. A magia havia se dissipado, mas um resquício do encantamento persistia, provando para a entidade que ela estava no lugar e no caminho certo.*

O ladrão de túmulos estava sentado em um degrau de tijolos, puxando os cabelos. O homem aguardava a possessão, resignado. Estava pronto para recebê-la.

Aquela postura enervou Obediah. A intrusão foi violenta, e a possessão, traumática. O ladrão de túmulos cedeu com um grito apavorante que se transformou em um grunhido.

Obediah dominou o homem e se levantou. Entrou de volta na casa. O rastro de destruição deixou a entidade com mais raiva ainda. O ato de destruir era sua essência. Dirigiu-se a um espelho, centralizando o rosto do ladrão de túmulos entre rachaduras. Levantou as mãos do homem, com suas longas unhas pontiagudas, e começou a arranhar seu rosto.

Esfolou a carne até revelar o tecido que havia por baixo.

Obediah vasculhou a memória do homem desvairado em busca de informações sobre Blackwood. Não só conseguiu o que queria, como também encontrou a agente — a mesma que ele tinha ignorado quando possuiu seu colega naquela outra casa.

Maravilha!, pensou. *Os agentes de Blackwood. Seus cúmplices.*

Tudo que Obediah sabia era que estava no caminho certo. Tirando isso, aquele veículo tinha pouco a acrescentar. Obediah fitou o rosto revelado pelo reflexo no espelho, o sangue e a carne do homem, e o contorceu para abrir um sorriso.

E então saiu correndo. Correu pelas ruas de Englewood.

Pessoas gritavam quando o viam, e ele não parava.

Correu o mais rápido que pôde até avistar a rodovia.

Então, o viaduto.

Escalou a cerca de segurança. Cortou-se todo nas hastes de ferro que ficavam no topo.

Chegou ao ponto mais alto do elevado.

E então mergulhou. Foi caindo.

Até sentir o impacto.

E a expulsão.

Êxtase.

Odessa retornou a chamada de Linus de um banheiro do Hospital Presbiteriano.
— Como está aí em Omaha? — perguntou.
— Tudo certo. Só não tem muito espaço na escrivaninha do hotel. Acabei usando a mesa e a cama, mas, de resto, tudo bem. Por onde você anda? Estava tentando te ligar.
— Estou no Queens, no hospital. Vim fazer uma visita àquele agente aposentado que teve um derrame e está internado.
— Muito legal da sua parte. Como ele está?
— Não sei. Está fazendo uns exames e deve voltar para o quarto daqui a pouco. Estou aqui esperando.
— Pela voz, você parece estar melhor, mais animada. A Odessa que eu conheço.
Ela estava se sentindo melhor mesmo, embora soubesse que era temporário e ilusório.
— Estou tentando me manter ocupada.
O mistério de Hugo Blackwood a revigorava, sem dúvida. Também a frustrava e irritava. Ela não ousaria contar a história para Linus pelo telefone.
— Você teve alguma resposta do advogado? — indagou ele.
Aquela pergunta fez seu ânimo afundar um pouco.
— Escuta, preciso responder uns e-mails agora.

— Só estava perguntando... Não sei se deveria ter deixado você sozinha.

— Você é um fofo. — Odessa olhou para a porta. Queria voltar para o quarto antes de Solomon. — Estou feliz por ter conseguido falar com você.

— Que bom. Vê se não demora tanto para me retornar da próxima vez.

— Pode deixar, mãe.

Linus deu risada.

— Então tá. Se cuida.

Odessa desligou e ficou olhando para a foto de Linus no celular até a tela do contato desaparecer. Depois das aventuras com Blackwood, era reconfortante, e ao mesmo tempo estranho e incômodo, ter uma conversa simples e direta com outro ser humano. Ela percebeu que tinha uma notificação de e-mail e, com relutância, abriu a caixa de entrada antes de retornar ao saguão. Era um e-mail de Laurena, a amiga da sucursal de Nova Jersey, enviado de sua conta pessoal no Gmail. Assunto: "QUE MERDA É ESSA?!"

Odessa entrou no quarto de Solomon. Ele ainda não havia retornado dos exames, e ela se sentiu aliviada por não ter perdido o reencontro com Blackwood. A televisão do canto estava no mudo, sintonizada em um canal de notícias que mostrava uma malha de seis telas com comentaristas. Blackwood estava de costas, observando a cidade pela janela encardida. Virou-se quando ela entrou.

— Você demorou. Eu estava quase indo embora.

— Você não gosta muito de esperar, não é mesmo? Imaginei que, depois de quatrocentos e cinquenta anos, já teria alcançado um patamar mais elevado de paciência.

— Se ao menos fosse um uso responsável do meu tempo...

Odessa ficou observando aquele estranho homem eterno à luz cinzenta da janela cheia de poeira. Ele desafiava toda e qualquer expectativa que ela tinha da realidade. Às vezes, parecia uma figura alienígena, aterrorizante. Talvez fosse efeito da onda de energia provocada pela ingestão de comida (uma salada grega), mas, naquele instante, o que mais chamava sua atenção no homem, mais do que qualquer coisa, era sua singularidade.

Ela levou o celular até ele.

— Você costuma viajar para a Europa Oriental? — perguntou.

Blackwood olhou para Odessa de um jeito estranho.

— Por quê?

Ela abriu no celular uma fotografia desbotada em que um grupo de homens aparecia diante de um carro Volkswagen com placa alemã, ao pé de um viaduto num dia de chuva. Os homens usavam chapéus e gravatas finas. Uma placa dizia PONTO DE CONTROLE e tinha imagens das bandeiras americana, francesa e britânica. A outra placa dizia VOCÊ ESTÁ DEIXANDO O SETOR AMERICANO em três idiomas.

Ela ergueu o celular para Blackwood poder ver, embora ele tentasse desviar do aparelho como quem se esquiva de uma faca ou de um cão bravo.

— Checkpoint Charlie — insistiu Odessa. — Um dos principais postos militares entre a Alemanha Oriental e Ocidental durante a Guerra Fria. A fotografia é dos arquivos do FBI. Foi tirada em 1964, ao que parece.

Ela aumentou a imagem, focando no rosto dos homens. Todos estavam sorrindo, exceto um. A agente aproximou a imagem o máximo que pôde.

Blackwood olhou para o rosto do homem, e então para Odessa, inabalável.

— É você — disse ela.

Odessa retornou ao aplicativo de e-mail e abriu outra imagem.

— Que tal Waco, Texas, 1993?

A foto mostrava o posto de observação de uma barricada, em uma estrada. Um grupo de agentes do FBI aparecia conversando perto de um homem de binóculos. À esquerda estava um rosto conhecido, o homem de terno escuro.

— E do culto do Ramo Davidiano, já ouviu falar?

Ela aproximou o perfil de Blackwood. O homem ao lado dele estava de costas para a câmera, mas sua pele negra era visível sob um boné azul.

— Por acaso esse é o agente Solomon?

Blackwood se virou para Odessa, que estava visivelmente orgulhosa dos resultados de sua pesquisa.

— Ainda tenho amigos no FBI — explicou ela. — Você posou para muitos retratos na sua época?

Odessa então abriu a imagem de uma pintura da era elisabetana, o retrato de um homem de gola alta e manto, de pé junto a uma escrivaninha.

— Esse quadro foi recuperado de uma pilhagem nazista mais de dez anos atrás e agora pertence ao acervo da National Gallery de Londres. Está guardado em uma sala climatizada. — Odessa segurou o celular perto do rosto de Blackwood. — É bem parecido com você.

— Ah, obrigado — disse ele, em um tom monótono.

— E essa aqui? Eu jamais imaginaria que você é fã da Disney. Fiquei surpresa.

A fotografia mostrava grupos reunidos em torno de um rosto sorridente de Mickey Mouse, desenhado com flores de verdade. Ela passou por alguns personagens com fantasias toscas e um jovem Ronald Reagan até chegar a Walt Disney, que aparecia diante de um microfone em um púlpito. Em uma fileira atrás dele, a cinco pessoas de distância, se tanto, estava um homem de terno escuro. Não sorria, mas parecia ser o único na foto que olhava para a câmera.

— Dezessete de julho de 1955. Deve ter sido difícil conseguir o ingresso.

— Você está se divertindo, pelo jeito.

— Nem tanto. É rir para não chorar. Essas fotos não foram editadas.

— Eu sei.

— E isso é só o que apareceu nos registros, provavelmente por algum equívoco. Quem etiquetaria fotos com o seu nome, a não ser Solomon?

— Você deve estar certa.

A tela do celular de Odessa ficou escura.

— Entreguei a xícara de chá que usou no meu apartamento para o laboratório do FBI. Não cheguei a lavar. Eu manuseio provas o tempo todo, então consigo entender... Como a xícara não tem impressões digitais?

Hugo Blackwood deu de ombros.

— As impressões desapareceram? Desbotaram, será? — ironizou Odessa.

O inglês mostrou as digitais a ela, repletas de sulcos e espirais, e esfregou um dedo no outro.

— Eu é que pergunto — refutou Blackwood.

— O seu nome consta em diversas escrituras de propriedades ao redor do mundo. Isso não inclui livros-caixa não digitalizados e diversas transações internacionais que ocorreram antes do 11 de Setembro. Ou seja, você deve ter inúmeras propriedades e um patrimônio líquido considerável, provavelmente impossível de estimar, por conta de nomes falsos, nomes-fantasia e velhas escrituras emitidas em vilas e províncias que foram rebatizadas. Parece que sempre há muito dinheiro envolvido aonde quer que você vá.

Blackwood assentiu, fingindo escutar aquilo pela primeira vez.

Odessa retornou ao celular.

— Mais uma. Lorraine, 1914.

A foto mostrava soldados da Primeira Guerra em pé nas trincheiras, olhando para a câmera com um semblante exausto. Ao fundo, bebendo de uma caneca de lata, estava o inglês de terno escuro.

— Eu me lembro desse chá — comentou Blackwood. — Uma infusão muito ruim.

Odessa colocou o celular de lado, cansada de joguinhos.

— Aposto que um extenso arquivo de fotos e pinturas mostraria você em todos os grandes eventos dos últimos quatro séculos e meio. Tudo isso em nome de supostas "investigações do oculto"?

— Você nem imagina.

Ela o encarou. Era apenas um homem. E, no entanto, não era.

— Você gosta bastante de chá, pelo que percebi. Você se alimenta?
— Só quando estou com fome.
— Onde dorme?
— Em uma cama.
— Como ficou tão rico?
— Já ouviu falar do fenômeno dos juros compostos?
Ela fez que sim. Aquela parte fazia sentido.
— Mas e então? Você é... imortal?
— Espero que não.
— Então deseja morrer...
Blackwood olhou pela janela.
Odessa continuava atrás de respostas.
— Você pode se machucar? Se ferir? Um homem de quatrocentos e tantos anos de idade não deveria ter uma coleção de cicatrizes e cortes?
— Eu sinto dor, sem dúvida. Não sei o que quer dizer com ferimentos. Sou detetive do sobrenatural, não pistoleiro.
— Mas... você não morre.
Blackwood soltou um suspiro.
— Que tal me contar algo sobre você?
Odessa ficou surpresa.
— Sobre mim? Por que fazer isso, se podemos falar sobre você? Vejamos. Não sou boa em palavras cruzadas...
— Me fale do seu pai.
— Meu pai?
— Na loja de artigos religiosos, a senhora que fez a leitura das cartas... Ela perguntou se você queria saber do seu pai.
Odessa congelou.
— E eu não quis, lembra?
— Você não quis que *ela* falasse. Não significa que não quisesse saber.
— Por que a pergunta?
— Preciso conhecer suas vulnerabilidades. É bom saber onde estão as fendas. Fraquezas podem ser exploradas.

— Pelos incorpóreos?

— Por qualquer espírito agressivo, maligno. É assim que funciona. É nisso que se refestelam.

Odessa balançou a cabeça e afundou na poltrona sob a televisão.

— Meu pai não é uma vulnerabilidade. Transformei num ponto forte, na verdade.

— Ah, é?

Ela sabia que Blackwood estava fazendo aquilo para que ela abrisse o jogo, mas não se importava. Alguma coisa dentro dela queria que aquele homem soubesse o que tinha acontecido.

— Meu pai era advogado na cidade onde cresci. Por anos, ele manteve um escritório bem ao lado da biblioteca, no prédio de uma antiga fazenda revitalizada. Era um escritório de família, como um consultório médico tradicional. Sempre que eu o visitava, ele deixava um pote com balas de caramelo em cima da mesa. Tinha uma secretária velhinha chamada Polly, que trabalhava com ele desde sempre. Eu era a filha mais nova, a caçula. Éramos próximos.

"Ele era um homem muito influente na cidade, fazia parte de vários comitês, do conselho da escola, do conselho de zoneamento. Ossos do ofício, acho. Era amigo e conselheiro de todo mundo. Ele gostava muito do que fazia: administrava patrimônios, operações imobiliárias e testamentos. Adorava conversar e passar o tempo com seus clientes de idade, levava-os para almoçar, fazia amizade. Eu imaginava algo como *O sol é para todos*, mas ele nunca chegou perto de um caso criminal. Ainda assim, ao contrário dos meus irmãos, eu estava determinada a cursar direito, igual ao meu pai... só não queria que fosse em uma cidade pequena. Queria sair de lá. Levar aqueles valores comigo. E, embora negasse na época, queria deixá-lo orgulhoso.

"Eu estava no segundo ano de direito quando recebi um telefonema da minha irmã, contando que ele tinha sido preso. Saí de Marquette para vê-lo. Ele negou tudo, e fiquei do lado dele. Um antigo cliente sem herdeiros, amigo de longa data do meu pai, tinha falecido e deixado uma propriedade considerável, estimada em meio milhão de dólares, para um instituto de prevenção do Alzheimer. Tinha sido uma homenagem à esposa, que enfrentara a doença. O montante que foi para a entidade beneficente girava em torno dos cinquenta mil dólares, e o pessoal do instituto, para quem o cliente tinha prometido um valor dez vezes maior, resolveu investigar. Descobriram que meu pai havia cobrado a hora cheia por todas as visitas, almoços e telefonemas com o homem. Somando as taxas administrativas de executor testamentário, tirou quatrocentos mil dólares dele. Uma taxa exorbitante. Questionei meu pai muitas vezes, e ele sempre tinha resposta, negava ter roubado um centavo que fosse, dizia que era direito seu. Mas, com o passar do tempo, ficou evidente que meu pai tinha cometido fraude. Ele se aproveitara de sua posição de advogado e executor testamentário. E era um amigo próximo dele. Meu pai se convenceu de que não tinha feito nada de errado, nada de ilegal.

"O escândalo virou a nossa vida de cabeça para baixo. Deixei Marquette por um ano e meio e ajudei a defendê-lo depois que ele se recusou a negociar uma confissão. Conseguimos uma sentença reduzida, no fim das contas, e eu me senti péssima. Ele foi expulso da ordem de advogados e foi obrigado a restituir o dinheiro ao instituto, o que levou meus pais à falência. A pena foi de trinta meses."

Ela olhou para Blackwood, que escutava sem julgar, mas também sem se solidarizar. As poucas pessoas para quem Odessa contara sua história tentaram consolá-la, dizendo que o crime do pai não era culpa dela e que ela não precisava sentir vergonha pelos atos dele, mas Blackwood se ateve apenas a escutar.

— Minha mãe sempre acreditou na versão dele, e, depois de um tempo, isso acabou criando um abismo entre nós. Eu e você fomos atrás dos ladrões de túmulos, não fomos? O que meu pai fez não foi muito diferente... Roubar de um morto. Passei a me perguntar se tinha sido por isso que ele fez amizade com todos aqueles clientes idosos. Quantas pessoas meu pai enganou? Quanto dinheiro destinado a doações ele embolsou? E se embolsou mesmo, como gastou toda essa grana? Eu não queria saber nenhuma das respostas. Pedi transferência para uma faculdade de direito em Boston na primeira oportunidade e passei a trabalhar em um restaurante para pagar os estudos. No primeiro mês dele na cadeia, eu telefonava, a gente conversava. Mas, durante as aulas, ficava pensando nos votos de confiança que ele tinha traído — dos clientes, da família. Comecei a me sentir mal quando falava com ele. E meu pai percebeu. Éramos próximos, eu estava seguindo seus passos. Ele podia contar com a minha mãe, isso era certo. Ela nunca daria as costas para o marido. Mas perder a confiança da filha, da menininha que ia vê-lo para ganhar caramelos e achava que ele era incapaz de fazer algo de errado... Imagino que perder o meu respeito deve ter doído mais do que qualquer coisa.

"Encontraram meu pai morto na cela certa manhã, depois de ter cumprido dez meses de pena. Ele encharcou uma camisa de água sanitária, para deixá-la mais firme, e se enforcou amarrado ao estrado da cama de cima do beliche, enquanto seu colega de cela dormia. Mais um choque. Nunca imaginei que fosse capaz disso. Mas meu pai tinha seus demônios... dentro da cabeça, digo, não desses que parece que você enfrenta. E eu não fazia ideia. Então, quando a imagem pública dele, de advogado de família, correto e confiável... Quando perdeu esse título, não aguentou. Não suportava saber que as pessoas viam o lado ganancioso e imoral dele.

"Não é uma fraqueza, entende? Foi um aprendizado. Isso tudo fez com que eu desistisse completamente do direito, sem dúvidas. Cheguei a me formar, mas já tinha decidido que tentaria entrar para o FBI. Lei e ordem."

Odessa deu uma risadinha amarga.

— Agora já era. Não me resta mais nada.

— Talvez não seja bem assim — disse Blackwood.

Ela massageou as têmporas. Recusava-se a ter esperança.

— Não. É hora de mudar mais uma vez. Um novo recomeço.

— Olá! — exclamou uma nova voz, uma enfermeira à porta. — Olha, você tem visita.

Ela falava com Earl Solomon, que estava deitado no leito, de lado, com os braços inertes.

Odessa saiu do caminho para que pudessem acomodar a cama de volta no lugar. Ficou observando Solomon enquanto ajustavam os freios das rodinhas. Os olhos dele estavam abertos, mas sem foco.

— Como ele está? — perguntou Odessa.

Uma das enfermeiras verificou as sondas e os curativos, enquanto a outra deu um passo para trás e se aproximou de Odessa.

— Ele está bem — disse ela, em um tom de voz que indicava que aquilo não era exatamente verdade. — Deu um susto na gente essa noite, ficou com falta de ar. Mas os pulmões estão limpos. Também ficou dizendo que tinha visitas, mas estava sozinho. — A enfermeira segurou o pé dele por baixo do lençol. — Não é mesmo, sr. Solomon?

Solomon olhou na direção dela quando ouviu seu nome, mas não disse nada, apenas lambeu os lábios secos.

A outra enfermeira terminou o serviço. As duas bombearam álcool em gel do dispenser à porta e limparam as mãos.

— Ele sabe onde fica o botão de emergência caso precise de alguma coisa.

Odessa agradeceu e se voltou para Solomon, com receio de que tivesse piorado ainda mais. Ele a fitava sem dizer nada.

— Se importa se eu ajeitar você? — perguntou Odessa, e levantou o encosto da cama.

Solomon ainda estava virado para ela, de costas para a janela e para Hugo Blackwood.

— Está cansado demais para receber visita? Eu trouxe alguém que você queria ver.

Solomon mexeu os olhos, à procura da outra pessoa no quarto. Devagar, virou o rosto até ficar de frente para a televisão, então mais um pouco, até conseguir ver Blackwood.

O advogado olhou para ele. De onde estava, Odessa só conseguia ver metade do rosto de Solomon. Aquele era o encontro que o agente enfermo pedira a ela que arranjasse.

— Olá, Solomon — cumprimentou Blackwood.

A voz de Solomon estava trêmula e a mandíbula, tensa.

— Finalmente. Seu filho da puta.

Blackwood olhou de relance para Odessa e então voltou a atenção para o agente.

— Ouvi dizer que mandou me chamar.

Solomon apontou para ele com a mão perfurada pelo cateter e conectada aos tubos da bomba de infusão atrás do leito.

— Pode apostar que sim! Queria ver pela última vez o homem que me arrastou para o inferno.

Odessa ficou constrangida com as palavras agressivas de Solomon, mas Blackwood parecia indiferente a elas.

— Vimos muita coisa juntos — disse ele.

— Juntos uma ova!

Ela contornou o leito e se aproximou de Blackwood, testemunhou o desdém no rosto de Solomon.

— Foi um trabalho importante — insistiu Blackwood.

Odessa se dirigiu a Solomon.

— Você me pediu para trazê-lo aqui, lembra? Achei que quisesse se despedir.

Solomon olhou para a agente com as sobrancelhas arqueadas, como se estivesse tentando lembrar quem era ela.

— Pedi mesmo — retrucou, sem tirar os olhos de Blackwood. — "Adeus." Doce ironia. Eu não quero morrer. Você é que quer.

Odessa ficou olhando de um homem para o outro. O reencontro não correu como ela esperava. Levar Blackwood ao hospital tinha sido um erro.

— Tentei prender esse homem... — contou Solomon, agora se dirigindo a Odessa. — ... algumas vezes. Logo no começo. Assim que vi o que ele andava fazendo, quis jogá-lo na cadeia. — Solomon apontou para Blackwood, como se Odessa pudesse ter dúvidas quanto a quem ele se referia. — Ele é um assassino. Está atrás de espíritos funestos. Mas não hesita em passar por cima de tudo e de todos. É um assassino. Eu vi com os meus próprios olhos. O intuito era proteger os outros, alegou. Salvar o mundo. Mas às custas de uma vida humana.

Blackwood escutou e nada disse.

Movido à força da raiva, Solomon conseguiu levantar a cabeça do travesseiro e encarou o britânico.

— Você está fugindo de algo de que não tem como escapar. E perseguindo algo que não tem como pegar. — Esgotado, Solomon voltou a se deitar, seu corpo afundando ainda mais nos travesseiros e no colchão. Olhou para a janela, para além de Blackwood e Odessa. — Tudo que eu queria era ser policial. Desde criança. Diziam assim: "Nunca que você vai conseguir, porque é negro." Estudei na Morehouse College e comentava com as pessoas: "Quero ser detetive." E eles falavam: "Para que perder tempo com isso?" E então o FBI anunciou que estava recrutando agentes negros. Eu disse: "Quero ser agente do FBI." E foi o que me tornei. Um dos primeiros.

Ele umedeceu os lábios. Estava com a língua pastosa, ressecada.

— Consegui o meu distintivo prata, mas ainda tinha um rosto negro. Ainda vivia à margem. Um forasteiro. Eles não sabiam o que fazer comigo. E ele se aproveitou disso. Tirou vantagem disso, explorou isso. Fez algum acordo com o FBI. Virou meu tutor.

Odessa estava paralisada. Solomon falava de um jeito visceral. Ela imaginou que o ex-agente pudesse estar emotivo daquele jeito por conta da saúde debilitada. O derrame tinha afetado seu estado mental. Ele havia mudado muito desde o primeiro encontro, poucos dias antes.

— Você me pediu para mostrar para você o que existia por aí. — disse Blackwood. — Tinha muita curiosidade pelas coisas que desafiavam a sua fé.

— Pode até ser — retrucou Solomon, com a voz trêmula. — Fiquei curioso no início. Mas tudo que eu sempre quis... era ser policial.

— E você conseguiu, Solomon — declarou Odessa.

O homem olhou para ela.

— E agora você. Tem um motivo para ele estar com você. Não existem acidentes, não é, Blackwood? Não existem coincidências. Tudo está conectado.

— Você não o teria enviado até mim se não achasse que ele poderia me ajudar — comentou Odessa, na tentativa de acalmá-lo.

Solomon ficou sem resposta por um instante.

— Eu não tive escolha. Enviaram você para cuidar *de mim*, Odessa Hardwicke. Não foi acidente. Não foi coincidência.

A agente olhou para Blackwood. Solomon também, mas com uma expressão diferente. Ele fitou Blackwood, e então Odessa.

— Fomos parceiros um dia, pode até ser. Tínhamos um... trabalho especial para fazer. Nós dois. Admito. Mas agora, no fim, tudo parece tão diferente. Do que valeu tudo aquilo? Eu vou... e ele fica. Com uma nova parceira para tomar o meu lugar.

— Não — insistiu ela. — Você me colocou em contato com ele para pedir ajuda. Para limpar o meu nome. Mas nunca vou conseguir pegar a minha arma de volta. E só uma questão de tempo até me demitirem.

— Sinto muito — disse Solomon. — Peço desculpas por ter envolvido você nisso tudo. Peço desculpas pelo que me cabe. Não estou com a cabeça muito boa. Mas entende o que estou dizendo? Estou tentando alertá-la.

Odessa detestava ver Solomon daquele jeito. Ela levou a mão ao rosto, sem conseguir pensar em nada para dizer.

Blackwood deu um passo à frente. Solomon pousou a mão no peito, e o inglês a segurou. Solomon tentou se desvencilhar assim que entendeu o que estava acontecendo, mas Blackwood não iria soltá-lo. O homem eterno olhava nos olhos do homem à beira da morte.

— Você nunca superou o menino do Mississippi — disse Blackwood. — Seu primeiro caso.

Solomon relaxou o rosto.

— Vernon — lembrou ele.

A mente de Solomon pareceu se esvaziar. Seus olhos encontraram os de Blackwood — encontraram de verdade — pela primeira vez naquela tarde.

— Você está equivocado quanto às suas conquistas — disse Blackwood. — Sem você, o mundo não estaria a salvo. Você tem um legado, Earl Solomon. Um grande legado secreto. Só nós dois sabemos o que vimos.

Os olhos de Solomon se encheram de lágrimas. Odessa notou que os nós de suas mãos empalideciam, conforme ele apertava a mão de Blackwood com o pouco que restava de sua força.

— Você tem razão em um ponto — continuou Blackwood. — Tenho inveja da sua jornada final. Descanse em paz.

Lágrimas escorriam pelas bochechas esquálidas de Solomon. Com a respiração pesada, ele agradeceu.

Blackwood o soltou. Solomon repousou a mão sobre a barriga. Estava calmo de novo. Recobrara a consciência.

Trocou olhares com Odessa. Logo em seguida, assentiu com um meneio, como se assegurasse a ela que estava bem.

— Tome cuidado — pediu.

Odessa fez que sim, sorrindo mais por alívio do que por alegria.

O olhar de Solomon se ergueu, quase chegando ao teto, como se ele observasse alguma outra coisa. Odessa pensou mais uma vez que aquele seria o fim do agente aposentado, até que ele apontou para algo um pouco acima dela.

— Vejam! — disse ele.

Ela se virou devagar, para agradá-lo... então se deu conta de que, na verdade, a televisão estava ligada logo atrás dela, no mudo.

A tela mostrava imagens de um roubo de banco, já sitiado pela polícia, que acontecia naquele momento em Forest Hills, no Queens. Viaturas luminosas formavam um cordão a meio quarteirão da entrada do banco. A câmera do noticiário se aproximou da porta, que uma mulher de taillleur, com parte da blusa para fora da saia, mantinha aberta, brandindo o que parecia ser uma pistola e berrando alguma coisa para a polícia.

A legenda dizia: "Atiradora mantém reféns em banco no Queens. Gerente é a principal suspeita."

Odessa estava se sentindo esgotada. Levou um instante para entender o que via.

— A gerente? — questionou ela. — Abrindo fogo no próprio banco?

Blackwood estava atrás dela, assistindo à TV.

— É um incorpóreo.

1962. DELTA DO MISSISSIPPI

Solomon estacionou atrás de uma fileira de caminhonetes com placas do Arkansas, Missouri e Tennessee. No posto de gasolina da esquina, um atendente branco de macacão azul-escuro, com as mangas arregaçadas, estava recostado em uma das bombas de combustível, observando os homens de terno, um negro e um branco, que passavam por ali. O posto estava aberto, mas sem movimento.

Solomon se aproximou da agência decrépita do correio no centro de Gibbston. Uma turba de pessoas brancas, talvez trinta, estava na calçada. Eram quase todos homens de camiseta de manga curta, e apenas duas ou três mulheres de vestidos leves e chapéus de verão. Entre eles estava o xerife Ingalls, com os dedões ancorados no cinto, junto aos seus delegados. Do outro lado da rua, não muito longe, um grupo menor de pessoas negras estava na frente, homens e mulheres em igual medida, encarando com ar inquieto a aglomeração na calçada oposta.

Dava para ouvir o órgão, mas não era domingo. Tinham improvisado um culto matinal num dia de semana. A congregação estava de luto pela morte de Vernon Jamus.

O corpo do menino havia sido descoberto de madrugada em um antigo cemitério clandestino, não muito longe da árvore onde Hack Cawsby fora enforcado.

Solomon olhou para Blackwood, que vinha logo atrás dele. Era um olhar que dizia *Eu avisei*, mas que também o condenava.

A morte do menino deixara os moradores da cidade agitados. E agora Blackwood esperava que Solomon mentisse por ele.

Macklin, o agente especial de Jackson, atravessou a rua, limpando os óculos com a ponta da gravata.

— Meu Deus, Solomon — disse ele, colocando os óculos. — E agora?

— Não sei, senhor.

— Vocês deram muita sorte de encontrar o corpo do menino tão rápido!

Solomon pigarreou, sentindo a presença de Blackwood logo atrás.

— O cemitério e o local do enforcamento não ficam muito longe da casa do garoto. É a rota dos corvos. O canavial tem trilhas.

O agente Macklin assentiu. Solomon não soube dizer se ele acreditava mesmo naquilo. Macklin olhou para o grupo de pessoas negras na frente da igreja.

— Eles acham que foi vingança. Uma vida por uma vida.

— Você também não acharia? — perguntou Solomon.

Macklin se virou para o grupo de pessoas brancas, que estava mais próximo.

— Não sei. Onde já se viu matarem uma criança para se vingar?

Solomon poderia citar por alto um punhado de casos que o refutavam, mas preferiu ficar quieto. Quanto menos falasse, melhor.

— Nada indica que foi assassinato — prosseguiu Macklin. — O menino estava doente? Costumava sair vagando por aí?

Solomon sentiu uma fisgada de dor nos arranhões sob a gola da camisa e nos hematomas do abdômen e das costas.

— A família não quer fazer autópsia.

— Isso não é nada bom — disse Macklin. — Significa que essa história ainda não acabou e que muita água ainda vai rolar. O xerife pode convencê-los.

— Mas não vai — rebateu Solomon. — Você acha que ele quer que a gente encontre algo? Que a gente vá atrás de pistas?

Então começou uma confusão mais adiante na rua. Um homem negro apontava o dedo para alguns brancos, que gritavam de volta. Dois policiais foram separá-los.

— Os dois lados estão procurando briga — comentou Macklin. — Se continuar assim, a Guarda Nacional vai acabar aparecendo aqui para botar ordem na situação.

— E você quer a situação em ordem? — perguntou Solomon. — Ou quer que a justiça seja feita?

Macklin olhou para o agente.

— Quero que fale com o seu pessoal e apague logo esse fogaréu.

— Ninguém aqui é "meu pessoal" — retrucou Solomon, prestes a perder o controle. — Não exerço controle sobre eles só porque somos parecidos.

— Calma, calma...

Solomon já estava farto daquilo.

— Sou um negro ou sou um agente do FBI? Porque os dois lados ou acham que sou da oposição, ou que não sou de confiança. Se vocês me trouxeram aqui achando que teriam vantagem por eu ser as duas coisas, sinto informar, mas o tiro saiu pela culatra.

O tom alterado de Solomon chamou a atenção do xerife Ingalls, que se aproximou.

— Algum problema?

— Problema nenhum — retrucou Solomon. Talvez seja o único lugar dessa cidade sem problemas.

O xerife Ingalls não gostou da atitude do agente.

— Curioso você tocar no assunto. Recebi uma reclamação a seu respeito.

— Ah, é?

— Uns senhores disseram que você pegou pesado com eles na mata, no local do enforcamento.

Solomon esquadrinhou a turba por cima do ombro do xerife, e os homens que tomavam a frente lhe chamaram a atenção. Pareciam impacientes e tinham alguns cortes e arranhões no rosto.

— Aqueles senhores ali? — indagou Solomon, apontando para eles. — Qu coisa, não os reconheci sem o capuz.

O xerife Ingalls não se abalou com o comentário.

— Entre arrumar confusão e encontrar o menino do meeiro, parece que você tem passado bastante tempo no velho bosque.

Solomon tentou entender se aquilo era uma acusação ou se o xerife estava apenas tentando arrancar alguma informação dele.

— Mas do que eles reclamaram? O que aconteceu foi que as tochas que carregavam se apagaram e eles entraram em pânico na escuridão.

— Ei, de onde você é, rapaz? — indagou um dos homens da Klan.

— De onde *vocês* são? — retrucou Solomon, e se virou para o xerife. — O senhor tem o costume de deixar arruaceiros de fora ditarem o que acontece na sua cidade?

O xerife franziu o cenho.

— São cidadãos preocupados. Eles têm todo o direito.

Solomon respondeu com um meneio.

— Sei. E cumprem a lei ao pé da letra, imagino. Então quer dizer que, se aparecer por aqui um grupo de cidadãos negros preocupados, você vai recebê-los com a mesma cortesia e consideração?

O oficial não estava mais sorrindo.

— Você está aqui, não está?

Com calma, o agente Macklin se colocou entre Solomon e o xerife, antes que a discussão degringolasse.

— Perfeito, então — interveio ele. — Estamos todos do mesmo lado.

— Não estamos, não — retrucou o xerife Ingalls, apontando para uma figura atrás de Solomon. — Quem é esse aí com você?

Solomon se virou. O xerife se referia a Hugo Blackwood, no outro lado da rua, caminhando rumo à igreja.

— Um cidadão preocupado — respondeu Solomon, e se retirou para ir atrás de Blackwood.

Solomon se sentou nos fundos da igreja, na última fileira. O banco de madeira era entalhado à mão e tinha um encosto alto. O pastor

Theodore Eppert pregava com lágrimas no rosto. A gola de sua túnica lilás estava encharcada, quase roxa. A congregação chorava. A família Jamus, agora com apenas dezoito crianças, abarrotava as três primeiras fileiras.

Solomon baixou o rosto. Tentava afastar as lembranças da criança demoníaca que o atacara na noite anterior. Blackwood estava atrás dele, à esquerda, feito um espectro obscuro. Solomon não conseguia entender como o homem se atrevia a comparecer à cerimônia. Sentiu ainda mais raiva do assassino e de sua presença ali.

Embora tivesse sido criado numa família cristã, Solomon não rezava fazia tempo. De repente, estava pedindo perdão a Deus. Orou por uma luz no caminho. Orou por ajuda.

O pastor Eppert disse "Vernon era o melhor de nós", e a congregação respondeu "Louvado seja o Senhor". O pastor Eppert disse "Vernon era o mais inocente de nós", e a congregação respondeu "Louvado seja o Senhor". O pastor Eppert disse "Vernon espera por nós em um lugar melhor", e a congregação respondeu "Louvado seja o Senhor".

— Louvado seja o Senhor — disse Solomon, juntando-se ao coro, um pouco atrasado.

Depois da missa, o pastor desceu do altar e pediu que os familiares e amigos se reunissem em torno dele. A dor era opressiva, extenuante. Solomon se ajoelhou como se a própria alma tivesse se reduzido a nada. Sentia-se vazio, inútil.

Só percebeu que os fiéis já estavam deixando a igreja quando não havia mais quase ninguém lá dentro. Estavam de volta à rua, onde a turba rival aguardava, e Solomon precisou encontrar forças para se juntar a eles. Ficou parado no meio da igreja vazia, recostado em um banco alto, olhando para a cruz. Presa por dois cabos, a cruz pendia do teto sobre o altar, o modesto púlpito de madeira, a área de devoção com portas laterais e as velas compridas que permaneciam acesas. Ele deu meia-volta, prestes a deixar a igreja. Passou pela base de uma das escadarias emparelhadas que desembocava na galeria traseira, de onde o órgão ecoava um cântico melancólico.

O agente foi até a porta e olhou para trás, em busca de Blackwood. O estranho homem estava se dirigindo ao altar.

— Ei! — chamou ele. — Que diabos você pensa que está fazendo?

Sua voz ecoou pelas paredes da igreja. Ele se lembrou da presença da organista e baixou a voz, apertando o passo para deter Blackwood.

— Estou falando com você. Aonde pensa que vai? Já passou da hora de sairmos daqui!

Solomon o agarrou pelo braço.

— Você já causou bastante confusão. Não piore tudo.

— Solte-me — retrucou Blackwood.

— Eu nunca pensei em bater em alguém dentro de uma igreja. Não teste a minha paciência — disse Solomon.

Os olhos de Blackwood comunicavam algo inesperado. Um alerta, não em retaliação a Solomon, mas por algo que o agente talvez estivesse prestes a descobrir.

— Se quiser ir embora — retrucou Blackwood, puxando o braço —, fique à vontade. Só não fique no meu caminho.

O agente ficou observando enquanto Blackwood se aproximava do santuário, um oratório pequeno e sem adornos. Uma mesa vazia estava encostada na parede dos fundos, sob a cruz pendente. Além das velas e do púlpito, não havia nada no altar.

Solomon se virou e fitou os bancos vazios. Queria ir embora. Imediatamente. Nem que fosse para mostrar a Blackwood que não seria intimidado ou coagido. Não seria cúmplice de uma profanação ou qualquer desrespeito a um local de culto.

Blackwood não chegou a entrar no santuário, tampouco pisou no altar. Em vez disso, dirigiu-se a uma porta lateral, à direita, que dava na sacristia.

— Não entre aí! — ordenou Solomon.

Blackwood abriu a porta e entrou.

Solomon se virou para a igreja vazia mais uma vez. Ninguém os observava. Lá fora, na rua, uma típica disputa de cidadezinha fervilhava. Ele se sentiu dividido.

Resolveu espiar pela porta da sacristia, só para ver aonde o britânico tinha ido. Lá dentro, havia um armário aberto. Nas prateleiras, ficavam guardados os hinários e as bandejas para comunhão. Solomon entrou a contragosto.

Blackwood estava diante de um altar, colado a uma janela dos fundos. Uma passagem dava para o púlpito; era por onde o pastor entrava e saía. Em um recuo da parede, ficavam uma bacia e uma toalha para ungir as mãos. Bíblias e livros didáticos religiosos para crianças dividiam a mesa com um porta-lápis, velas votivas e uma caixa de fósforos. Pela janela, Blackwood observava as árvores. Solomon imaginou que deviam ser as mesmas árvores que desembocavam no local do enforcamento, no cemitério.

— Acho que já vimos tudo que tem por aqui — disse Solomon. — Podemos ir embora.

Blackwood mexeu na maçaneta de uma portinhola. A peça inteira se soltou — não tinha dobradiças, era uma tábua solta de madeira —, revelando uma cavidade atrás do altar. Estava escuro lá dentro, não havia janelas.

— Fósforos — pediu Blackwood.

Mais uma vez, Solomon via-se dividido. O que acabou pesando mais na balança, para ele, foi a determinação silenciosa de Blackwood. Era um homem dedicado à sua missão. O agente precisava saber o que ele tinha encontrado.

Passou a caixa de fósforos para Blackwood e ficou vendo riscá-los. A auréola de luz alaranjada não revelou muita coisa até encontrar o pavio de uma vela vermelho-sangue. Logo em seguida, a chama ganhou força e iluminou o buraco.

A vela era apenas um dos diversos itens dispostos sobre uma mesa manchada de cera. Havia também raízes retorcidas e limpas, provavelmente escolhidas por conta das torções sinuosas que lhes davam a aparência de sigilos naturais. Uma vasilha com pó. Flores secas e uma tabela de símbolos desenhados à mão.

— O que é isso? — perguntou Solomon.

— Estramônio e enxofre — respondeu Blackwood.

— Não... *O que é isso*?

Blackwood desgrudou a vela da mesa e iluminou a parede, revelando um desenho rudimentar de um rosto com os olhos virados para cima e a boca aberta, feito em cera vermelha e sangue.

— Hodu — respondeu Blackwood.

— Vodu?

— Magia popular. Começou na África Ocidental, mas veio para o Sul dos Estados Unidos junto com o comércio escravo transatlântico. Veneração ancestral e equilíbrio espiritual. Mas esse equilíbrio, durante a escravidão, foi traduzido em algumas religiões como retribuição. O hodu é mais provinciano, menos homogêneo que o vodu. Portanto, oferece mais abertura para a corrupção espiritual. Especialmente quando praticado sobre solo sagrado.

— O pastor? — indagou Solomon. Ele se lembrou de vê-lo na casa dos Jamus. Recordou-se da conversa que tiveram, de ouvi-lo elogiar a índole de Vernon. — Não! — exclamou, mais em tom de súplica do que de negação.

Blackwood se orientou para entender melhor a arquitetura da igreja.

— Essa é a parede que fica logo atrás do altar. O lado escuro. Um reflexo do espelho.

Ele usou a luz oscilante da vela para dar uma olhada no chão. Encontrou alguns outros itens e ergueu uma peça de roupa branca. Era uma túnica, com a barra suja de terra, como a terra do bosque.

— Ah, não! — repetiu Solomon, sem querer acreditar. — Um homem de Deus.

— O pastor tinha acesso à chave que abria as correntes do menino.

Blackwood passou a barra da túnica pela chama da vela, e o tecido pegou fogo. Crepitava e queimava.

— O que você está fazendo? — perguntou Solomon.

Blackwood largou a túnica em chamas em cima da mesa. O enxofre queimou rápido. Um fogo azul emergiu da vasilha, preenchendo o local com um cheiro de ovo podre.

— A igreja inteira vai pegar fogo — alertou Solomon.

— Essa é a ideia.

A túnica foi engolfada pelas chamas. Labaredas respingavam no chão.

— Um incêndio criminoso — constatou Solomon.

Ele não tinha nada para combater o fogo. O cheiro estava ficando insuportável naquele espaço confinado.

Com Blackwood em seu encalço, Solomon saiu o mais rápido que pôde dali, pensando no que fazer. Chamar o corpo de bombeiros, antes de tudo. Interrogar o pastor Eppert, mas longe das tensões da rua. Prender Hugo Blackwood. Mas como ele poderia impedir que a situação acabasse em violência?

O agente saiu da sacristia bem quando o pastor, com o brilho prateado em sua cabeleira negra, entrou na igreja.

— O que estão fazendo aí atrás? — A voz dele ecoava pela igreja, sonora. — O que vocês pensam que estão fazendo?

Solomon apontou para o pastor e gritou:

— Confesse o que fez!

O pastor se deteve diante do altar.

— São as pessoas que costumam se confessar comigo.

— Acabou para você. Renda-se agora ou juro que vou jogá-lo para os lobos lá fora.

O pastor Eppert olhou para Hugo Blackwood, que se aproximava de Solomon.

— Quem é esse homem com você? Saiam da minha igreja! Aqui é a casa de Deus. Quero que saiam imediatamente. Chame o xerife, Mãe!

Só então Solomon percebeu que o órgão tinha parado de tocar. Cada vez mais furioso, ele continuou andando na direção do pastor. Nada iria impedi-lo.

— Vernon Jamus era um aluno exemplar da escola dominical, você mesmo disse. "Era o melhor de nós."

O pastor Eppert encarava Solomon com surpresa. Nunca havia sido confrontado assim dentro da própria igreja.

— E era mesmo.

— Você disse que o mal estava se aproximando. Que tinha a mão do diabo nessa história toda. Bom, concordo com você.

O pastor sentiu o cheiro de ovo podre.

— O que está acontecendo aqui? — indagou ele, fungando. — Por Deus, o que vocês fizeram?

— O que *você* fez? — retrucou Solomon, agarrando o pastor pelo colarinho.

Mas o homem não estava disposto a ceder.

— Eu tentei ajudar o menino!

Blackwood se pôs ao lado de Solomon e disse:

— Você corrompeu um inocente, um menino de coração puro. O garoto foi usado como um conduíte, um condutor. Você precisava dele para servir de circuito, para lançar a sua vingança e conduzir os espíritos dos escravos cujo sangue e suor fundaram esta igreja. Você usou Vernon Jamus como instrumento em um ritual obscuro. Exatamente como você está sendo usado agora.

Blackwood esticou o braço diante do pastor e mexeu os dedos.

Solomon olhava de um para outro, confuso, sem entender o que se passava.

Blackwood pronunciou algumas palavras em latim, um encantamento. Sua voz ficou mais aguda.

As pálpebras do pastor Eppert tremularam. Suas pupilas se dilataram e seus olhos se reviraram. Ele ficou com as pernas bambas e foi afundando até o chão. Solomon o segurou pela camisa e o deitou ao lado dos bancos.

— Que diabos...? — perguntou Solomon, apreensivo. — O que foi que você fez?

Blackwood se virou para a galeria, no alto. Na maioria das igrejas, o organista se senta de costas para a congregação e o órgão fica de frente para o altar. Só que, ali, o instrumento estava ao contrário, ocultando a instrumentista.

A organista apareceu, descendo a escada à esquerda. Parecia flutuar sobre os degraus, que se dividiam em dois lances, mudando de direção no meio do caminho. Tinha cabelo grisalho, quase prateado, na altura dos ombros, com uma mecha preta e sedosa na frente, o inverso do cabelo do pastor. A "Mãe", como ele a chamou, era na verdade sua esposa. Parecia ser poucos anos mais velha que ele ou da mesma idade. Usava a túnica vinho do coro, na altura dos joelhos, de um corte totalmente diferente da túnica branca encontrada na cavidade escondida.

O cheiro de ovo podre permeava a igreja, e o incêndio não soltava tanta fumaça, mas produzia cinzas. Rodopiavam pela igreja, feito mosquitos. A esposa do pastor se movia em silêncio, como se fosse conduzida por mãos invisíveis. Era impressionante. Estava com o queixo recostado no peito, como se dormisse.

Blackwood havia tirado um estojo de couro do bolso do casaco. Desenrolava-o em um banco. Solomon mal conseguia prestar atenção em tudo que estava acontecendo.

A Mãe parou no meio do corredor, entre as duas últimas fileiras de bancos. Estava com os braços caídos ao lado do corpo e os pés arqueados, perfeitamente equilibrada na ponta dos dedos, como se calçasse sapatilhas de bailarina, e não sandálias.

Blackwood se dirigiu ao corredor e parou a poucos metros da mulher. Então virou um pouco o rosto e disse para Solomon, que estava logo atrás:

— Não olhe nos olhos dela.

Solomon notou que a Mãe estava levantando o queixo. Seus olhos estavam abertos, inteiramente brancos. O agente ficou hipnotizado, não conseguia desviar o olhar. Se a mulher era cega, devia ter adquirido um sexto sentido místico, pois encarava Blackwood nos olhos. Ela abriu a boca para se pronunciar, mas Blackwood falou primeiro.

— *Non butto la cenere...*

"Não lanço as cinzas..."

— *Ma butto il corpo e l'anima Abdiel...*

"Mas lanço o corpo e a alma de Abdiel..."

— *Che non n'abbia più pace...*

"Para que não tenha mais paz ou alegria..."

Enquanto ainda lançava o encantamento, Blackwood pegou a bolsinha que tinha tirado do estojo de couro. Polvilhou um pó ralo pelo chão, feito um fazendeiro espalhando sementes. O pó voou até a Mãe, e o corpo dela se enrijeceu de repente, como se fosse compelido a fazer isso pela voz de Blackwood.

Em contato com a Mãe, o pó se transformou em uma coluna de fumaça nebulosa, que se ergueu em torno da mulher, subindo até alcançar a galeria do órgão. Em essência, ela não mudou, mas era como se o filtro de fumaça tivesse revelado uma figura alternativa, uma manifestação puramente espiritual, pelo menos três vezes maior — mais alta e mais larga — que a Mãe.

Ela vestia uma camisola esvoaçante de névoa diáfana. O espírito que habitava a Mãe — ou assim intuiu Solomon, ao olhar para a enorme forma feminina que os eclipsava — balançava os braços como se estivesse nadando em um fluido viscoso. O cabelo muito preto da mulher drapejava em torno do rosto feito uma aura escura. Suas feições se contorciam, e ela parecia estar angustiada, sentindo dor.

— Hugo...

Não era a aparição colossal que emitia aquela voz, mas o próprio ar em torno de Solomon.

A Mãe tinha pele negra, era uma mulher em torno dos quarenta anos. A projeção assombrosa tinha pele branca e era uma mulher de cerca de trinta anos, ou talvez até mais nova: a tormenta ocultava seu rosto.

Blackwood se deteve quando ouviu seu nome. Ele olhou para cima, encarando o amplo semblante de agonia e beleza, e, por um instante, pareceu imobilizado pela tristeza.

Solomon demorou para reagir. Estava hipnotizado pela imagem do imenso fantasma. O pastor Eppert, compelido pela coisa que o mantinha em transe, se levantara e estava prestes a atacar Blackwood pelas costas. Solomon se jogou contra o homem robusto e o empurrou em direção aos bancos.

Blackwood retomou o encantamento, produzindo mais fumaça. Com o joelho pressionado contra as costas do pastor, Solomon viu as cinzas rodopiantes assumirem a forma de um grande corvo.

Envolta em fumaça, a aparição temerosa arregalou os olhos. O corvo feito de cinzas entrou nela e explodiu em mil brasas reluzentes, fazendo o espectro colossal sucumbir e se dissipar. Era como uma cortina que desaparecia.

Liberta, a Mãe caiu no chão, desmaiada.

Blackwood baixou os braços, feito um maestro ao fim de uma sinfonia atordoante.

Solomon sentiu o pastor se mexer. Com cautela, deixou o homem se levantar, ansioso para olhá-lo nos olhos.

O pastor Eppert parecia desnorteado, o que era de se esperar de um homem que despertava de um transe sombrio.

— O que está acontecendo? — perguntou ele. — Quem é você?

Blackwood juntou os itens de seu estojo e se aproximou da mulher de túnica. Ela estava se debatendo no chão, e ele a ajudou a se sentar.

A mulher vomitou, atordoada, tremendo como se estivesse com uma febre muita alta. Suas pupilas haviam voltado ao lugar, seus olhos estavam vermelhos nos cantos e semicerrados de dor. Cinzas pretas caíam de seu cabelo prateado.

Solomon carregou o pastor até o corredor. Assim que viu a esposa, o homem cambaleou ao seu encontro.

— Mãe!

Então um rugido furioso eclodiu nos fundos da igreja. Solomon se abaixou e se virou, imaginando que fosse um monstro ou alguma outra entidade horrenda.

Eram as chamas destruindo o altar. O fogo se aproximava em uma onda de calor e cinzas, escurecendo e empolando as paredes finas da igreja, lambendo a cruz suspensa.

Uma multidão correu para a igreja. Eram os fiéis negros que gritavam: "Fogo! Fogo!".

O xerife Ingalls, os delegados e o agente especial Macklin surgiram logo em seguida. À porta da igreja, encontraram Solomon e Blackwood com o pastor Eppert e a esposa em seus braços, arrastando-os para fora.

— O que houve? — perguntou Macklin.

Solomon não soube responder. Como colocar aquilo em palavras?

— Certifiquem-se de que não há mais ninguém lá dentro! — instruiu Blackwood.

Os oficiais da lei correram até a sacristia, já tomada por um calor escaldante.

Um homem ajudou Blackwood a carregar a Mãe, enquanto Solomon andava com o braço do pastor Eppert em torno de seus ombros.

Deitaram os dois na calçada, a uma distância segura do incêndio, e deixaram que outras pessoas cuidassem deles. Solomon ficou observando a fumaça preta subir dos fundos da igreja. Aproximou-se de Blackwood, colocou a mão em seu peito e o afastou da multidão. Precisava de respostas.

— O que foi que aconteceu lá dentro?

— Um demônio escravo possuiu a mulher. Usou ela e as almas atormentadas que construíram esta igreja.

— Mas por quê?

Blackwood olhou para Solomon como se a resposta fosse óbvia.

— Porque ele podia. Foi atraído pelo legado de sofrimento deste lugar. É um espírito vingativo. Feiticeiro da morte, da injúria e da vingança.

Solomon devia estar ficando louco. Ou, então, era Blackwood o louco ali.

— O demônio escravo era uma mulher branca?

— Foi o rosto que ele me mostrou. Entidades do mal assumem formas familiares.

Solomon olhou para os homens brancos que tinham atravessado a rua, atraídos pelo fogo. Então voltou-se para Blackwood.

— Preciso entender melhor essa história. Você botou fogo em uma igreja. A cidade vai virar um caos.

— Era exatamente isso que o espírito maligno queria. Um levante que consumisse a cidade.

— Bem, para quem quer ver sangue nas ruas, nada melhor do que atear fogo em uma igreja da comunidade negra.

— Aquele lugar corrupto precisava ser purificado — explicou Blackwood. — Abdiel teria retornado...

— Estou pouco me lixando. O que você quer que eu faça agora?

Solomon se afastou de Blackwood. Olhou para a rua de novo. Os fiéis negros se abraçavam. Quase todas as mulheres choravam, e os homens estavam ficando furiosos. Alguns brancos atravessaram a rua e se aproximaram. Pareciam preocupados, quase reverentes. A destruição de uma igreja — mesmo que não fosse a igreja deles — era uma afronta grave.

Então Solomon notou as dez pessoas que ficaram do outro lado, literal e figurativamente. Os homens da Klan, sem túnica, sem demonstrar qualquer sinal de solidariedade.

Ele se lembrou de uma coisa que Blackwood lhe dissera na noite na floresta, depois de os homens da Klan debandarem do local do enforcamento às escuras.

"Aqueles homens mascarados pareciam ter sido invocados, feito espíritos malignos."

O xerife Ingalls e o agente Macklin já tinham saído da igreja. As chamas corriam pelo telhado do velho edifício de madeira, e os policiais tentavam afastar as pessoas do local.

Com a cabeça a mil, Solomon esperou os dois oficiais se aproximarem.

— O que aconteceu lá dentro? — perguntou o xerife. — Você estava na igreja. Quem fez isso?

Solomon olhou para Hugo Blackwood na calçada, espanando cinzas dos ombros.

— Vai, abre o bico — insistiu o xerife. — Isso não vai ficar barato. Logo vão criar tumulto.

— Responda, agente — ordenou Macklin, ríspido.

Solomon deu um passo à frente, com as costas viradas para os homens da Klan do outro lado da rua, deixando claro que estava falando deles.

— Eu vi quem ateou o fogo. Foram aqueles dois cidadãos preocupados ali.

O xerife olhou para os homens e depois de volta para Solomon. Não estava muito feliz.

— Se a notícia se espalhar — continuou Solomon —, você vai ter que lidar com muito tumulto mesmo. Vai ver essa cidade toda em chamas, isso é certo. Sinceramente, xerife? Já passou da hora de expulsar os homens da Klan. Ou você expulsa eles da cidade, ou vou contar para a congregação o que aconteceu.

— Solomon, você não ousaria... — disse o agente especial Macklin.

— Vou contar o que vi, sim. — Solomon encarou o xerife. — Sua escolha. Sua cidade.

O xerife Ingalls se virou para Macklin como se o culpasse, então olhou feio para Solomon e enterrou os polegares no coldre.

— Filho da puta — disse, e atravessou a rua para falar com os membros da Ku Klux Klan, deixando Solomon a sós com seu superior.

— Você jura ter dito a verdade e nada além da verdade, agente? — perguntou Macklin.

— Sim, senhor — garantiu Solomon, antes de se dirigir de volta a Hugo Blackwood. — Até onde você sabe, essa é a verdade.

1582. MORTLAKE, GRANDE LONDRES

Hugo Blackwood não dormia ou comia havia dias. Orleanna estava deitada em estado catatônico em seus aposentos. Havia sido examinada por três médicos e um padre, e todos deixaram a casa consternados, incapazes de oferecer um diagnóstico ou uma cura. Sua enfermidade era um limbo, algo entre uma doença do corpo e uma doença do espírito. Nenhuma área do conhecimento se mostrara capaz de apontar a causa ou recomendar um remédio. A mulher existia em um plano de sofrimento que estava fora do alcance da medicina e da religião — a mesma cisão que Dee tentara reconciliar.

Blackwood se viu em um beco sem saída. Não conseguia entender que doença maldita era aquela que aprisionara seu amor. Sabia apenas que, sem querer, tinha uma parcela de culpa. E saber disso o assombrava, obscurecia cada pensamento, amaldiçoava cada momento. Ele não estava preparado para perder a esposa e já tinha concluído que, com a morte de Orleanna, ele próprio morreria.

O grito — um berro desumano de dor e pânico — o fez correr da cozinha até o quarto. Orleanna estava deitada, imóvel, com a carne pálida e viscosa e o olhar distante, ainda que sereno. Não era ela a fonte do alarido.

Um novo grito o deixou arrepiado, com o coração acelerado. Vinha lá de fora. Ele escancarou a janela e viu, a poucos passos de distância, no cair da noite, um lobo de pelagem prateada com uma doninha se debatendo entre seus dentes. Outras duas doninhas de pelagem brilhante arranhavam as patas do lobo. Um retrato extraordinário da crueldade da natureza, que Blackwood não ousaria perturbar em situações normais. Mas o embate continuou, e as doninhas gritavam tão alto e o porte do lobo era tão selvagem que o confronto ressoou em sua mente. Blackwood ficou enlouquecido.

Ele deixou os aposentos, pegou um arpão decorativo e correu para fora da casa no intuito de confrontar os animais. Atacou o lobo com a ponta de aço do arpão e gritou para as deploráveis doninhas. O lobo mostrou os dentes ensanguentados para Blackwood. A doninha pendia de sua mandíbula, morta. Os outros animais se encolheram e fugiram.

Blackwood ficou cara a cara com o lobo de olhos reluzentes. Estava furioso com a natureza e pretendia atacar a fera, golpeando sua cabeça com o arpão. O lobo respondeu com um rosnado grave, gutural, e se agachou para dar o bote. Blackwood sentia que a luta estava chegando ao clímax quando, de repente, o rosnado cessou. O lobo arregalou os olhos e recolheu os dentes afiados. Parecia fitar algo que pairava no ar atrás de Blackwood.

O animal estava assustado. Baixou o rabo, largou a doninha e se retirou em debandada.

Blackwood baixou a arma. Será que o lobo sentira a intenção homicida dele? Será que seu instinto assassino arrefecera o sangue da criatura? De repente, Blackwood caiu em si. Abalado, deixou para trás a doninha morta e voltou para casa.

Na cozinha, jogou água no rosto para acalmar os nervos e esfriar a cabeça. Encheu uma cumbuca de água para sua Orleanna. Ao entrar no quarto, percebeu que tinha deixado a janela aberta. Ao ver a cama desfeita, vazia, deixou a cumbuca cair. Ela tinha desaparecido.

Blackwood se dirigiu à janela e viu apenas a doninha ensanguentada, largada no solo musgoso. Ao longe, vislumbrou uma figura vestida de branco que flutuava noite afora, a perder de vista.

Debruçou-se o máximo que pôde, mas não encontrou mais nada. Não acreditava no que via, mas não conseguia imaginar aonde mais a esposa poderia ter ido. Então lembrou-se da expressão acovardada do lobo. Talvez não tivesse se intimidado com a presença dele, mas com a dela, emergindo da janela aberta rumo ao céu.

Fora de si, Hugo Blackwood disparou pelos corredores da casa rumo à porta, parando apenas para pegar o arpão novamente. Mal tinha consciência de seus movimentos e atos. Correu para a cocheira e cavalgou até a casa de John Dee. O luar prateado iluminava parcamente o caminho. Blackwood estava flertando com a loucura; não se importava mais consigo mesmo.

Esmurrou a porta, pronto para quebrar uma janela, caso fosse necessário. O trinco se partiu, e ele afastou um pouco a porta. Edward Talbot espiou pela abertura, com o rosto ofuscado pela luz de uma vela.

— Vá embora, Blackwood — pediu. — Vá embora.

— Ela está aqui? — perguntou Blackwood, enfiando o arpão de madeira na fresta para impedir Talbot de fechar a porta.

— Ela já esteve aqui muitas vezes — disse o cristalomante.

Nem parecia o homem atormentado e medroso que tinha aparecido na cozinha de Blackwood alguns dias antes.

O advogado escancarou a porta, jogando Talbot para longe. A vela que o homem segurava se apagou ao cair no piso de pedra.

Blackwood seguiu às pressas pelos corredores amplos da mansão obscura, gritando por Dee com a arma em mãos. Só parou quando viu que as portas para a grande biblioteca estavam abertas.

Uma luz verde estranha, de um matiz suave como o das penas de um papagaio, brilhava lá dentro com intensidade suficiente para iluminar o corredor. Blackwood ouviu uma voz falando um idioma excêntrico que ele conhecia, mas não compreendia: a linguagem enoquiana na qual Dee se comunicara na sessão ritualística inicial, naquela mesma biblioteca.

Blackwood correu para a biblioteca, mas Talbot o agarrou por trás e o imobilizou, impedindo que entrasse.

— Não interrompa a comunhão...

Blackwood se desvencilhou às cotoveladas e o encurralou contra a parede, com a haste do arpão a poucos centímetros do pescoço de Talbot. O solidéu do falsário caiu, revelando as têmporas mutiladas, as orelhas que tinha perdido em punição por seus antigos crimes.

O cristalomante sem orelhas lembrava os hereges e condenados que Blackwood costumava ver acorrentados na corte de Old Bailey, a caminho da masmorra de Newgate. Blackwood o empurrou, virou-se de volta para as portas abertas e adentrou a notória biblioteca de Dee.

O brilho verde e sua estranha energia o obrigaram a proteger os olhos com o braço. Ele viu o filósofo John Dee, com sua habitual túnica e sua barba branca como neve banhadas em verde, parado diante da imagem espectral de Orleanna Blackwood. A camisola e o cabelo preto de Orleanna tremulavam como se ela estivesse em um vendaval. Seu rosto, tingido pela insólita e fluida luz, resplandecia em toda sua beleza e esplendor.

Ela segurava a bola de cristal, fonte da luz verde que irradiava. Oferecia a esfera para John Dee.

Blackwood observava sem entender como aquilo era possível. Orleanna havia acabado de sair de um estado catatônico, passara dias à beira da morte.

Estaria morta naquele momento? Seria aquele seu espírito? Teria se elevado e alcançado outra forma?

E se fosse isso, por que teria corrido ao encontro de John Dee?

Orleanna se dirigia ao filósofo em um tom grave incomum e falava no idioma enoquiano, a língua dos anjos. Por que *ela* fora invocada pelo ritual deles? Será que falava do além naquele momento?

Dee estava imerso em um colóquio espiritual com um ser astral, e seu semblante era de pura adoração. Conseguira o impossível. Tinha transposto a cisão entre ciência e magia.

Blackwood deixou cair a lança. Aproximou-se da figura de sua esposa, sua Orleanna. Ela era real?

— Orleanna! — clamou, alto o suficiente para sua voz não ser abafada pelo zunido da estranha luz.

Dee saiu de seu transe e exclamou:

— Não, Blackwood! Não!

Blackwood ficou parado diante da esposa. Seus olhos estavam absortos na espiral verde do globo em suas mãos.

— Os anjos a escolheram! — bradou Dee, em êxtase. — Ela é a mensageira! Ela sabe de tudo!

Blackwood não tirava os olhos do espectro reluzente de Orleanna. Havia perdido seu amor. A vida a dois... a casa, o futuro... qualquer esperança de ter filhos... tudo tinha se desfeito.

Lamentou até que, de súbito, percebeu que não era Orleanna quem estava ali, diante dele. Sentiu a presença do mal, oculta por trás de uma máscara de beleza.

Ele desviou o olhar. Uma janela lhe saltou aos olhos. Lá fora, diante dos tristes galhos de um salgueiro deteriorado, encontrava-se uma figura de branco, de cabelo muito preto.

Era sua Orleanna, estendendo os braços para ele, enquanto a figura feita à sua imagem retraía-se na escuridão. A esposa rogava por ele. Estava tentando alertá-lo.

E então desapareceu. Blackwood olhou mais uma vez para a figura diante dele.

Era um duplo. Um truque.

Tentou agarrar a figura, pelo tecido de sua camisola. Era insubstancial. A mão dele a atravessou.

— Afaste-se, advogado! — ordenou Dee. — O anjo está em comunhão comigo!

Blackwood ficou furioso e empurrou o velho filósofo contra uma prateleira de livros. Tomou o lugar de Dee, face a face com a aparição da esposa, apenas com o orbe reluzente entre eles, quase flutuando na palma da mão dela.

Blackwood pegou a bola de cristal e no mesmo momento foi tomado por uma descarga de poder que nunca sentira antes. Uma dor correu por suas articulações, irradiando pelo pulso e antebraço, mas ele se manteve firme.

A forte luz verde mudou de tom e ficou amarelada, com um aspecto doentio e azedo. A energia que a luz emitia se tornou mais violenta, e uma coluna de vento começou a girar pela famosa biblioteca. Era uma grande tempestade, que derrubava livros, ornamentos e instrumentos de ocultismo.

Blackwood fitou a figura diante dele com um olhar profundo. Então viu a esposa, a verdadeira Orleanna, e sentiu seu sofrimento. Ela não estava ali, naquele cômodo. Estava presa em um limbo. Tinha sido banida por conta da transgressão dele, por conta da magia maligna de Edward Talbot e John Dee.

O homem logo compreendeu que a amada seria punida pelo que ele fizera. Naquele momento, também foi revelado a Hugo Blackwood seu destino solene. Seu terrível destino.

Salve-me, Hugo. Venha até mim e me salve.

A verdadeira face da aparição de Orleanna se desvelou. Era lisa, pavorosa, quase sem feições. Gemia de boca aberta.

Mãos agarraram Blackwood. Eram Dee e Talbot, puxando-o para baixo, rasgando suas roupas, tentando libertá-lo, chacoalhando seu corpo.

A dor irradiou do braço ao ombro e se espalhou feito praga pelo corpo, indo em direção às pernas, cada vez mais intensa. A mão de Blackwood se abriu, soltando a esfera de cristal, que caiu no chão com o peso de uma bola de chumbo.

O interior do orbe rachou, mas o formato do globo foi preservado. De imediato, a energia esverdeada e doentia que emanava começou a se dissipar. A figura diante de Blackwood — a mensageira sobrenatural que vinha do além — foi carregada e fustigada pelo ciclone, até que se desfez e desapareceu no redemoinho de papéis e névoa.

Blackwood sentiu, ao mesmo tempo, uma agonia descomunal e um torpor absoluto, como se todos os seus membros tivessem sido mutilados, mas ainda doessem. Ele caiu junto ao orbe rachado e teve convulsões. Seu corpo só foi sossegar quando a tempestade na biblioteca do filósofo abrandou e cessou.

AS SOMBRAS DO MAL

* * *

A história do advogado Hugo Blackwood terminou naquele dia. Suas contas foram liquidadas, mas sua propriedade virou ruína com o passar do tempo e, por fim, foi dada como abandonada. Reza a lenda que a casa era mal-assombrada. Foi demolida, e hoje sua localização exata é desconhecida, embora se saiba que ficava perto do endereço de John Dee em Mortlake. Tanto os registros da vizinhança quanto os da lápide de Blackwood se perderam na história.

Uma sombra foi lançada sobre a residência e a carreira de Dee. Ainda naquele ano, ele trancou a casa e seguiu em uma viagem misteriosa para a Boêmia, junto a Edward Talbot. Nos seis anos seguintes, os dois ocultistas levaram uma vida nômade pela Europa Central. Dee escreveu livros e continuou tentando se comunicar com anjos, ainda que as práticas ocultistas tivessem caído em desgraça com a aristocracia, e logo depois com o público geral, que não se deixava levar por seus relatos floreados da existência de entidades mágicas.

Não se sabe por que ele permaneceu em exílio por tanto tempo. Depois de romper com Talbot, em 1589, Dee enfim retornou à Inglaterra e descobriu que sua casa em Mortlake fora invadida e vandalizada. A famosa biblioteca havia sido saqueada em sua ausência. Os livros raros sobre ocultismo e práticas sobrenaturais foram roubados, junto com os instrumentos de divinação e encantamentos. Ao que tudo indica, seu vasto acervo sobre necromancia e artes sobrenaturais tinha se perdido. Os poucos itens que lhe restaram ele vendeu, peça a peça. Viveu seus últimos anos na miséria, naquela mesma mansão decadente. O infame astrônomo, geógrafo, matemático, conselheiro real e filósofo do sobrenatural morreu em Mortlake aos oitenta e dois anos.

2019. QUEENS, NOVA YORK

Odessa estava sentada no espaçoso banco de traseiro Rolls-Royce Phantom, com o sr. Lusk ao volante e Hugo Blackwood ao seu lado. Dirigiam pelo Queens. A agência do banco ficava do outro lado do parque Flushing Meadows, não muito longe do hospital.

— Não podemos chegar à cena do crime em um Rolls-Royce — comentou Odessa. — Não sei o que fazer, para ser honesta, só sei que não podemos chegar assim. Também não podemos aparecer com um bando de galos. O que está pensando em fazer?

Blackwood olhava a rua pela janela, distraído.

— Ouviu minha pergunta? — insistiu ela.

— Solomon nunca tinha falado comigo daquele jeito — lamentou Blackwood.

— A cabeça dele não está boa. A infecção fúngica que causou o derrame está afetando o cérebro.

— É justamente isso que me preocupa. Ele está com a mente vulnerável.

— Vulnerável a quê?

O Phantom virou em uma esquina e parou de repente. Diante de um cavalete da polícia, um guarda de trânsito acenava para os carros passarem, tentando evitar um engarrafamento. A principal barricada da polícia estava um quarteirão adiante, formando um gargalo de viaturas luminosas.

— Siga em frente — pediu Odessa ao sr. Lusk. — E estacione assim que puder.

Ele obedeceu e parou em uma vaga na rua. Odessa e Blackwood desceram do carro. A agente tentou contornar o guarda pela calçada, mas se deparou com outro policial bloqueando a passagem de pedestres. Odessa mostrou a ele seu distintivo e suas credenciais.

O policial esperou Hugo Blackwood mostrar alguma identificação.

— Quem é ele? — perguntou.

— Ele está comigo — disse Odessa.

Os dois abriram caminho. Odessa apressou o passo rumo à área onde a unidade de gerenciamento de crise da polícia tinha se instalado. O centro de comando móvel era um furgão estacionado fora da barricada, com uma torre portátil de vigilância de seis metros de altura.

Odessa reconheceu na mesma hora o contingente do FBI, um círculo de quatro homens de terno que conversavam ao lado de um Ford Fiesta. O FBI estava na cena porque roubar qualquer banco que fizesse parte do Sistema de Reserva Federal configurava crime federal. No passado o FBI investigava todo e qualquer roubo de banco em território americano, mas isso mudou depois do 11 de Setembro, quando os recursos foram redirecionados a investigações antiterrorismo e esforços de segurança interna. Então passaram a se concentrar em infratores recorrentes, criminosos que cruzavam fronteiras jurisdicionais e assaltos violentos a bancos.

Odessa passou longe por receio de ser reconhecida. Ela conduziu Blackwood até a ponta da barricada, em uma esquina transversal, onde teriam um ângulo melhor da agência. Odessa conseguiu ver a movimentação, a gerente andando de um lado para outro dentro do banco, mas estavam muito afastados para entender por completo o que se passava.

— Precisamos chegar mais perto — disse Blackwood.

— Não tem como. Cercaram o quarteirão. — Odessa olhou ao redor, confirmando o grau de precaução das autoridades. — Deve ser uma ameaça de bomba.

Ela notou uma dupla de detetives à paisana. Um deles estava em uma ligação e o outro, mais jovem, mexia na tela do celular. Odessa se aproximou com o distintivo em mãos.

— Com licença, quem aqui pode me informar a respeito do caso?

O detetive levantou o rosto e franziu as sobrancelhas com certo desdém. Estava surpreso por ser abordado por uma jovem mulher com credenciais do FBI.

— Não sabemos de muita coisa — disse ele, fingindo naturalidade. — O primeiro alarme do banco pareceu indicar que era roubo. Talvez seja mesmo. A questão é que foi a gerente quem causou todo esse caos. Assalto à mão armada parece improvável. Acham que ela pirou. Começou a esvaziar as gavetas e os cofres, jogar as cédulas e as moedas no chão. A mulher enlouqueceu.

— Nenhuma demanda?

— Não que eu saiba. Só sei que o negociador não está conseguindo mantê-la ao telefone. Dois clientes saíram correndo quando ela começou a surtar, antes de ela trancar todo mundo lá dentro. Disseram que fez ameaças de bomba. Estamos tratando o caso como tal...

Duas atualizações ruidosas ecoaram pelo rádio das autoridades, como balões de ar estourando. A barricada ficou em silêncio.

— Merda — praguejou o detetive. — Ela abriu fogo. Isso não vai acabar bem.

— Vocês planejam entrar? — perguntou Odessa.

— O que você acha? A alternativa é ficar aqui fora enquanto ela atira nos funcionários e clientes, um por um.

— Entendi. Obrigada.

— Você não me é estranha — disse o detetive, ignorando seu celular, que tocava. — Trabalha no escritório do Brooklyn e Queens?

— Na Federal Plaza — mentiu Odessa, e deixou que ele atendesse o celular.

Blackwood entreouviu boa parte da conversa.

— Ela quer que a confrontem — comentou. — O incorpóreo quer que matem a gerente.

— Sim — concordou Odessa, impaciente. — Não sei o que fazer.

Blackwood olhou ao redor.

— Não podemos deixá-lo pular para outro corpo.

— Me diz como proceder, então. Esse tipo de situação está fora da minha jurisdição.

— Você já viu o que ele é capaz de fazer. Outras vidas estão em jogo. Precisamos agir.

Ele tinha razão. Odessa não queria que nenhum outro policial ou agente do FBI passasse pelo que ela passara. E o que tinha a perder? O emprego?

— Espere aqui — disse ela.

Ela se dirigiu ao centro de comando móvel, afastado do perímetro, bateu na porta e logo foi entrando. Estava com o distintivo em mãos, pronta para se impor caso fosse necessário, mas nenhum dos seis policiais sequer se virou para ela. Todos estavam com fones de ouvido, monitorando o confronto pelas câmeras de segurança e microfones de ponta, ou falando ao celular.

Odessa acompanhou as imagens de uma malha de telas dispostas em uma ampla parede. A gerente do banco apareceu atrás do balcão com uma bandeja de metal, empunhando uma arma. Ela jogou a bandeja no chão, com todo o seu conteúdo. Aproximaram a câmera, que revelou uma pilha de cédulas.

O policial com os maiores fones de ouvido narrava os movimentos dela em um microfone, em comunicação com os demais oficiais. Uma das câmeras mostrava atiradores de elite posicionados nos telhados das casas do outro lado da rua.

— Ela está pedindo silêncio de novo — relatou o homem. — A caixa número três está chorando e a suspeita está perdendo a paciência com ela. Espere um minuto... Ela está com outro objeto em mãos. É uma lata de spray.

Odessa viu o objeto na mão da gerente. Parecia um produto de limpeza, ou uma lata de purificador de ar de banheiro.

O homem prosseguiu:

— Ela está colocando as bolsas dos clientes em cima do balcão, procurando alguma coisa... Ah, não! Estou vendo agora...

Odessa viu a gerente acender um isqueiro. A mulher se dirigiu à pilha de dinheiro.

— Não pode ser! — exclamou o policial. — Ela vai botar fogo em tudo!

A gerente usou o spray como combustível, um lança-chamas improvisado para as cédulas de papel.

— Entendido — disse o homem, recebendo novas transmissões. — Agora ela está recuando. Os detectores de incêndio vão ser acionados. Ela largou a lata. Está murmurando alguma palavra sem parar, e com uma voz muito esquisita. Acho que está falando... *Blackwood*?

— Blackwood? — perguntou Odessa, alarmada. — É isso que ela está dizendo?

Os policiais se viraram para Odessa. Então surgiu uma nova tela, uma nova fonte de imagens, uma câmera acoplada ao corpo de alguém. As imagens tremidas dificultavam a compreensão da cena. Odessa conseguiu discernir agentes com equipamentos táticos. Estavam afivelando seus capacetes e verificando o pente de seus fuzis. Era a SWAT, preparando-se para entrar no banco.

— Vocês estão pensando em invadir? — perguntou Odessa. — Pessoal! Escutem! Ela vai forçar uma troca de tiros.

Um homem afastou o celular do ouvido, irritado.

— E quem é você mesmo? — indagou.

— Ela quer policiais lá dentro. Quer que vocês entrem.

— Meu Deus! — exclamou o homem de fone. — O que está acontecendo agora?

Odessa esquadrinhou os monitores até encontrar a cena que alarmara o policial. Uma pessoa estava andando no meio da rua, rumo ao banco, sem respeitar a barricada. Um homem elegante de terno escuro.

— *Merda...*

Odessa saiu em disparada do furgão da polícia, furou a barreira entre dois cavaletes e correu até Blackwood antes que a polícia pudesse atirar nele. Ela acenou com as credenciais e segurou o britânico pelo braço.

— O que está fazendo? Vão atirar em você.

— Sou a única pessoa que pode resolver a situação.

— Eu sei — concordou Odessa, tentando puxá-lo de volta pelo ombro, em vão. — Ela está chamando você. Aquela *coisa* está chamando você.

Blackwood não estava surpreso.

— Imaginei. O incorpóreo nos trouxe até aqui.

— Como assim? — indagou Odessa, sem saber se tinha escutado direito. — Você disse que ele "nos trouxe até aqui"?

O barulho de vidro estilhaçado fez com que se voltassem para o banco. Logo em seguida, duas explosões ruidosas e lampejantes os deixaram desnorteados.

Granadas de atordoamento abriram o caminho para a equipe tática. Uma tropa avançou pelas portas com um aríete, forçando a entrada no banco inundado de fumaça. Odessa mal conseguiu escutar os tiros e berros que vieram em seguida, seus ouvidos ainda zunindo por conta das granadas. Os policiais uniformizados deixaram a barricada e tomaram a rua, proibindo que Odessa ou Blackwood avançassem.

Saía muita fumaça. Ninguém deixou o prédio. Então os rádios dos policiais transmitiram a atualização: "Atiradora abatida! Atiradora abatida!"

Odessa e Blackwood tiveram que esperar até o local do incidente ser considerado fora de perigo e a fumaça diminuir. A rua estava apinhada de policiais. Os feridos logo seriam evacuados, e então o processamento da cena do crime começaria.

— O que fazemos agora? — perguntou Odessa. — Ele vai entrar em outra pessoa?

— É provável que sim — respondeu Blackwood.

— Pode ser qualquer um. Como vamos saber? O que estamos procurando?

— Eu vou sentir.

Odessa avançou e se aproximou o máximo que pôde do banco. Agentes do FBI tumultuavam a entrada, aguardando até a qualidade do ar dentro da agência melhorar. Odessa precisou manter distância.

Os membros da SWAT começaram a sair. Tiraram o capacete assim que colocaram o pé na rua. Muitos tossiam e bebiam garrafas inteiras de água para limpar a garganta. Blackwood olhou bem para cada um deles.

Odessa ainda não sabia como deveriam agir se ele identificasse o corpo capturado pelo incorpóreo. Ainda mais se tivesse entrado em um agente tático com um fuzil — o que presumiu que fosse seu objetivo. Ela não tinha sequer uma arma para se defender. A agente ficou atenta ao comportamento dos policiais e então se virou para Blackwood, esperando alguma reação dele.

Os membros da SWAT se reagruparam, depois saíram em marcha para uma reunião de prestação de contas. Blackwood não tirava os olhos deles, preocupado.

— Nada? — perguntou Odessa.

— Nada. Precisamos entrar no banco.

— Não tem como.

Subiram alguns degraus. Pelas aberturas das portas arrombadas, Odessa observou a movimentação do banco, da cabine do caixa eletrônico e do saguão principal. A pilha fumegante de dinheiro queimado tinha sido embebida em água, milhares e milhares de dólares trucidados, irrecuperáveis.

Com dificuldade, ela conseguiu ver os balcões de atendimento e o portão aberto por onde a gerente havia entrado e saído com o dinheiro. Viu também o que parecia ser um braço e um ombro da gerente morta. Uma mancha escura de sangue no chão a deixou desconfiada.

— Onde estão os feridos? — perguntou.

Haviam se concentrado tanto na equipe tática da polícia que ela ainda não vira os atendentes dos caixas e clientes feridos sendo retirados.

Odessa e Blackwood esquadrinharam o perímetro e encontraram alguns dos reféns, atordoados, sentados na calçada, contando suas histórias para os detetives. Alguns deles, com cortes e hematomas, recebiam atendimento médico.

Porém, não havia nada mais sério que isso. Odessa falou com uma jovem paramédica que media a pressão arterial de um homem de meia-idade.

— Algum cliente ferido?

— Dois clientes e uma caixa do banco — relatou a profissional. — Nenhum corre risco de morte.

— Onde eles estão?

— Na ambulância. A caminho dos hospitais.

Odessa olhou para Blackwood, que seguia aflito.

— Hospitais, no plural? — questionou Odessa.

— Isso! Três ambulâncias, três hospitais.

— Quais?

A socorrista estava ficando irritada com aquele interrogatório.

— Os três mais próximos. O hospital de Flushing, o Jamaica Heights e o Presbiteriano.

Odessa congelou.

— O Presbiteriano do Queens?

— Esse mesmo — confirmou a paramédica.

O hospital de onde tinham acabado de sair.

O hospital em que Earl Solomon estava internado.

A agente olhou para Blackwood e, sem que o homem precisasse dizer qualquer coisa, lembrou-se das palavras dele.

Não existem coincidências. Tudo está conectado.

— Meu Deus — disse Odessa.

EARL SOLOMON ESTAVA deitado em seu leito no hospital, lutando contra o sono. Assistia a uma reportagem sobre a tragédia no banco, que aparentemente terminara em invasão policial, liberação dos reféns e morte da atiradora. Era o que dizia a legenda na tela, mas a visão de Solomon estava embaçada, e ele não tinha certeza do que via. O noticiário não mostrava imagens ao vivo, apenas repetia a mesma filmagem de viaturas e guardas de trânsito contendo as pessoas.

A televisão estava no mudo, e o único ruído do quarto era o zunido e o bipe das máquinas e a respiração de Solomon, que inspirava com calma, mas ressonava ao soltar o ar. Ele tentou alcançar o controle remoto preso à parede atrás do leito, mas seus braços estavam dormentes, não se moviam tão bem quanto ele queria. Era mais fácil ficar parado.

Sirenes ecoavam do lado de fora, uma paisagem sonora cotidiana, mas aquelas estavam próximas. Ele ouviu uma colisão que pareceu reverberar pelo prédio todo, como se a fundação tivesse chacoalhado. Mas talvez fosse tudo coisa da cabeça dele.

Começaram a mostrar vídeos do celular de alguém que estava próximo ao banco, em um dos prédios do outro lado da rua. Mostraram dois clarões, seguidos da entrada da equipe tática no banco. A imagem parecia borrada. Ou o cenógrafo amador estava longe do local, ou talvez a visão de Solomon não estivesse dando conta do recado.

Maldição!

Estava cansado de toda aquela espera. A cama o dominava, e ele achava que nunca mais ficaria de pé. Era um pensamento triste. De que adiantava esperar? De que valia viver preso a uma cama, sem poder sair dela? Talvez não fosse sua visão que estivesse à deriva, e sim sua mente.

Tinha visto tantas coisas... Muitas delas apresentadas por Hugo Blackwood. Coisas que desafiaram sua lógica, que abalaram sua visão de mundo. Independentemente daquilo tudo, como tantas pessoas, Solomon nunca havia parado para pensar a fundo no que o aguardava no fim da linha. Sabia que havia outras coisas do outro lado. Tinha visto com os próprios olhos. E boa parte do que vira era obscuro e maligno. Mas talvez houvesse algo mais. Um lugar calmo.

Ele se lembrou de quando Blackwood libertou o menino possuído no cemitério naquela noite, muitos anos atrás. Do jovem Vernon Jamus e de como Blackwood purificou sua alma. Mas a troco de quê? Era isso que Solomon queria saber. Esse era um mistério que Hugo Blackwood não poderia ajudá-lo a compreender, um caso que o detetive do sobrenatural não conseguiria solucionar.

Não havia paz no mundo terreno para Hugo Blackwood, mas talvez, quem sabe, houvesse paz para Earl Solomon no mundo vindouro.

Blackwood.

Solomon ouviu uma voz familiar.

Hugo Blackwood.

Ele fechou os olhos para expurgar aquela voz. Mas não era coisa de sua cabeça. Estava ali no quarto com ele. Solomon fechou os olhos com força, desejando que não fosse verdade. Virou o rosto de um lado para outro no travesseiro até ficar de frente para a porta que dava no corredor, sem enxergar nada. E então abriu os olhos.

Estava vendo em dobro, e levou um tempo para conseguir recobrar o foco e reconhecer o garoto que apareceu em seu quarto. O pequeno Vernon Jamus. O menino se aproximava. Solomon temia ser o Vernon maligno, possuído pelo demônio que o usou como instrumento para conjurar os espíritos dos escravos mortos no Delta do Mississippi.

No entanto, era o Vernon purificado que tinha vindo buscá-lo. Sem camisa, usando as mesmas calças que vestira quase sessenta anos atrás.

A memória de Solomon tinha invocado o garoto. Tinha invocado seu espírito. A espera de Solomon havia chegado ao fim.

Vernon o levaria embora.

Mas então...

Por que ele estava dizendo o nome de Hugo Blackwood?

Enquanto Solomon o encarava, um homem robusto que vinha do corredor entrou em seu quarto. Vestia uma camisa azul-clara com a cruz médica bordada na manga e um quepe com o nome do serviço de ambulâncias na coroa. Seu rosto estava com sangue, uma mancha que saía da aba do quepe, se estendia pela bochecha e ia até o queixo. Seus olhos pareciam vagos, vazios.

Solomon ficou paralisado de terror.

Sem dizer mais nada ou mudar de expressão, Vernon Jamus simplesmente desapareceu, e o motorista da ambulância tomou seu lugar.

Quando o Rolls-Royce chegou ao Hospital Presbiteriano do Queens, o cenário era caótico. A ambulância havia colidido com um pilar de suporte do edifício na entrada da emergência. O veículo estava tombado na calçada, com a dianteira completamente amassada e o capô envergado.

Uma equipe do hospital estava no local do acidente. Odessa e Blackwood saíram correndo do carro, abrindo caminho pela multidão de curiosos. As portas traseiras da ambulância desgovernada estavam abertas. Um enfermeiro era acomodado em uma maca, inconsciente, com o pescoço e a cabeça em um colar cervical. O leito da ambulância estava caído no chão, vazio. O corpo no banco da frente estava coberto com um lençol, sem vida.

Odessa mostrou o distintivo para um dos médicos da emergência, para facilitar o interrogatório.

— Cadê a paciente que estava na parte de trás da ambulância?

— Ali — respondeu o médico, apontando para a cabine do motorista. — O impacto da colisão a arremessou para a frente.

— Ela morreu?

— Chegou morta. Parece que a ambulância estava a oitenta por hora, ganhando velocidade, quando atravessou o estacionamento e colidiu com o prédio. O motorista deve ter perdido o controle do veículo.

Odessa imaginou a mulher ferida atacando o motorista e assumindo o volante.

— Mas se essa é a paciente... — disse Odessa, checando a ambulância mais uma vez. — Onde está o motorista?

Odessa e Blackwood subiram até o andar de Solomon. Ela rezava para que o elevador fosse mais rápido. As portas se abriram, e a agente correu a curta distância até o quarto. Uma luz vermelha piscava sobre a porta.

Lá dentro, viram duas enfermeiras ajoelhadas ao lado do motorista da ambulância, estirado de bruços no chão. O leito de Solomon estava vazio.

— Cadê ele? — indagou Odessa.

As enfermeiras ainda estavam em choque. Uma delas se levantou.

— Ele está morto — respondeu, referindo-se ao motorista da ambulância.

Odessa segurou a enfermeira pelos ombros.

— O paciente deste quarto! Earl Solomon! O leito dele está aqui. Mas ele, não.

A funcionária olhou para o leito vazio, desnorteada.

Um enfermeiro entrou correndo, atendendo ao chamado da luz vermelha, e parou quando viu o corpo do motorista da ambulância.

— Earl Solomon — disse a enfermeira para ele. — O paciente. Onde ele está?

O enfermeiro saiu do quarto e olhou para os dois lados do corredor.

— O paciente que sofreu um derrame?

— Não deve ter ido muito longe... — supôs a mulher.

Odessa encarou Blackwood, em pânico.

— A coisa veio atrás do Solomon? — perguntou ela.

— Precisamos encontrá-lo — decretou Blackwood.

— Será que veio especificamente atrás dele?

As enfermeiras olhavam para ela de um jeito estranho. Blackwood a segurou pelo braço e a conduziu para fora do quarto. No corredor, Odessa se desvencilhou dele.

— Responda — exigiu ela.

— Precisamos encontrá-lo.

— *Não existem coincidências* — disse ela, sentindo a histeria na própria voz.

— A criatura veio atrás do Solomon, sim — admitiu Blackwood, que também parecia abalado. — Precisamos encontrá-lo o quanto antes.

— E *depois*? — perguntou ela.

Blackwood não respondeu, dirigindo-se depressa à escada.

— Ele pode estar em *qualquer lugar* — disse Odessa, enquanto desciam correndo o último lance, já no primeiro andar.

Ainda estava caótico do lado de fora, por conta do acidente com a ambulância. A polícia estava no local, tentando, junto com a direção do hospital, restaurar a ordem. Blackwood seguiu as placas até a sala de emergência, que, em meio ao turbilhão de repórteres e câmeras, continuava recebendo pacientes.

Odessa parou para falar com um policial no meio do corredor.

— Você viu um senhor negro passar por aqui? Um paciente do hospital?

O policial assentiu.

— Vi, sim, já foram uns sete, na verdade!

Então o rádio do policial, afixado em seu ombro, começou a chiar. Ele o aproximou do ouvido para poder escutar melhor no saguão lotado e barulhento.

— Merda! — exclamou, reagindo às informações que recebia.

O policial saiu correndo do hospital. Blackwood e Odessa se entreolharam e foram atrás, passando pela ambulância destruída e indo em direção à rua. Deixaram o prédio bem a tempo de ver uma viatura desgovernada sair do estacionamento e colidir com um SUV, um impacto terrível. O SUV, por sua vez, bateu de frente com um caminhão do correio e rolou de volta para a via de duas mãos, onde foi atingido por outro veículo, que não conseguiu frear a tempo.

AS SOMBRAS DO MAL

A viatura desviou do engavetamento e seguiu com a sirene ligada, ecoando a distância.

Alguns policiais correram para socorrer as vítimas do acidente. Outros, como o do corredor do hospital, entraram em seus veículos, prontos para perseguir a viatura — evidentemente roubada —, mas o engavetamento bloqueava as duas pistas da avenida e os impediu de agir.

Do meio da rua, Blackwood e Odessa viram o carro roubado se afastar, costurando o trânsito.

— Precisamos ir trás dele! — disse Blackwood.

Em um piscar de olhos, o Rolls-Royce preto com detalhes em cinza surgiu de um cruzamento logo atrás do engavetamento.

— Grande Lusk! — bradou Blackwood.

Ele e Odessa dispararam pela rua, passando pelo acidente de trânsito, e chegaram ao Rolls-Royce. Enfiaram-se no banco de trás, e o sr. Lusk arrancou antes mesmo de fecharem a porta.

— O motorista daquela viatura... — disse o sr. Lusk.

— Já sabemos — disse Blackwood. — É o agente Solomon.

— Os olhos dele... tinham algo de errado.

— Vá atrás dele — reforçou Blackwood. — Não o deixe escapar.

O ronronar do motor do Rolls-Royce virou um rugido, impulsionando o veículo. A viatura estava a toda velocidade, mas as luzes e sirenes facilitavam a caçada assim como o rastro de carros deixados para trás. Alguns deram passagem para a viatura, outros foram jogados para fora da pista.

O Rolls-Royce acelerava pelo bairro de Jackson Heights, passando por colisões e desviando dos acidentes causados por Solomon. Às vezes, avistavam as luzes azuis giratórias logo adiante. Não estavam conseguindo alcançar a viatura, mas também não estavam perdendo terreno.

Olhando pela janela, Blackwood parecia concentrado e alerta, mas, de certa forma, tranquilo. Aquela postura deixou Odessa ainda mais transtornada. Com a raiva veio uma certeza repentina.

— O incorpóreo não estava atrás do Solomon — declarou ela. — Ele quer você. Ele está usando Solomon para chegar até você. E você sempre soube disso.

— É mesmo? — disse Blackwood, sem olhar para Odessa.

— Você sabia que ele estava vulnerável.

Blackwood se virou para ela, mas não a encarou.

— Eu suspeitava — admitiu. — Não tinha me ocorrido... até vê-lo naquele leito.

— Ele está tentando chamar a sua atenção... Toda essa história... O tiroteio na casa dos Peters, a matança em Long Island... Não havia padrão nenhum. Foi tudo de caso pensado para invocá-lo... Uma isca para você aparecer. E agora estamos aqui, graças a mim. Graças à minha carta.

Blackwood enfim olhou para ela. Não disse uma palavra, o que significava que Odessa estava certa.

— E você sabia disso esse tempo todo — continuou ela. — Sabia que ele queria um confronto... E está pouco se lixando para as pessoas que cruzam o seu caminho. Nem com o Solomon você se importa, um homem à beira da morte, que agora conduz você ao seu *encontro*. Você queria que ele fosse pego.

— Não seja ridícula.

— E você parece estar com a consciência tranquila. Só quer capturar o quarto incorpóreo para expor na sua sala de troféus...

— Essa sua simplificação do caso não faz o menor sentido. Você não aprendeu nada? Ou está tentando me fazer sentir culpa de propósito?

— Estou aprendendo bastante. Solomon bem que tentou me alertar. Ele disse que você não deixaria nada nem ninguém ficar no seu caminho. Ele sabia o que estava por vir, mas estava frágil demais para fazer algo a respeito. Bom, eu não vou deixar o Solomon sofrer nas mãos de um terrível demônio sobrenatural. Você precisa salvá-lo. Não pode deixá-lo morrer assim.

— Você fala como se eu tivesse escolha — retrucou Blackwood, num tom severo.

O clarão de fúria no semblante dele era assombroso. Odessa ficou quieta, sem tirar os olhos do homem, perguntando-se a que tipo de mostro tinha se aliado.

O carro fez uma curva fechada à esquerda, desviando de um acidente em que o motor de um dos veículos havia pegado fogo.

— Ele está indo para a ponte Queensboro! — indicou o sr. Lusk.

Eles perseguiram a viatura ruidosa por pelo menos mais um quarteirão, até a pista central de um viaduto. As luzes azuis da viatura se moviam de um lado para outro na ponte. O Rolls-Royce desviou de todos os automóveis, passando por cima da Roosevelt Island e seguindo em direção a Manhattan.

Odessa se agarrou ao banco quando seu corpo foi lançado contra a porta numa curva fechada na descida do viaduto. Desembocaram na Segunda Avenida, pegaram a esquerda e dispararam até a Terceira Avenida na contramão.

Precisaram recorrer às cinco pistas da ampla avenida que a viatura em fuga tinha transformado em puro caos. Dez quarteirões adiante, a viatura fechou um semirreboque ao fazer uma curva brusca à direita. O sr. Lusk girou o volante com tudo para desviar do caminhão, que derrapou até parar virado de lado na pista, na transversal, o que custou a eles um bocado de tempo. Quando finalmente conseguiram se esquivar da colisão, as luzes da viatura já tinham sumido, embora ainda fosse fácil discernir seu rastro de destruição.

Viraram à esquerda e frearam de repente, cantando pneu. Odessa não entendeu por que pararam — não havia sinal das luzes azuis. Então notou a viatura com as portas e o porta-malas amassados pelos inúmeros impactos, a grade dianteira destruída e o capô afundado soltando fumaça. Primeiro imaginou que o carro tivesse quebrado, mas as luzes e a sirene estavam desligadas.

O incorpóreo chegara ao seu destino.

Blackwood imediatamente saltou do veículo. Odessa saiu atrás dele, procurando o pôr do sol para se orientar. Reconheceu um pedaço da Grand Central Station, que se destacava do padrão do bairro, um edifício ímpar no centro de Nova York. O prédio mais próximo estava fechado, e com um alambrado em volta. Boa parte de seus vinte andares estava coberta por andaimes e redes de proteção, passando por uma grande reforma. Parecia estar abandonado, contudo, sem sinal de luz pelas janelas, sem vidraças, sem obras em curso. Uma placa de não ultrapasse indicava que o canteiro de obras tinha sido interditado por ordem da prefeitura.

— Que lugar é esse? — perguntou Blackwood.

— Talvez tenham ficado sem dinheiro para dar continuidade à reforma — comentou Odessa, estudando a fachada de arenito. De repente, a proximidade da Grand Central Station despertou uma lembrança. — Não! Espere! — disse. — É um daqueles clubes universitários. Estavam transformando o prédio em um hotel, mas tiveram que interromper o projeto. Passou no noticiário mês passado. Foi um escândalo. Estavam fazendo uma escavação no porão do clube, a quase dez metros abaixo do solo, e descobriram vestígios de séculos atrás. O terreno era parte de um cemitério de escravos.

Hugo Blackwood se virou e encarou Odessa, estupefato.

— Escravos?

— Tiveram que parar as obras. Os dois lados entraram com processos judiciais. Estão tentando decidir se vão poder prosseguir, se vão precisar colocar uma placa em memória dos escravos, ou se isso vai acabar com o projeto.

Blackwood ainda a encarava, e Odessa percebeu que aquela informação tinha grande importância para ele, embora a agente não soubesse por quê.

— O que foi? — perguntou ela.

Blackwood se recompôs. Nem parecia que tinha acabado de perder o prumo.

— Diabo! — sibilou ele, tirando o estojo de couro do bolso do casaco e desamarrando-o, afobado. — Sr. Lusk?

Odessa se virou para o sr. Lusk, que ainda estava ao volante do Rolls-Royce. Ele digitou um número no celular e levou o aparelho ao ouvido.

— Vou passar a localização para ele — respondeu o sr. Lusk prontamente.

— Passar para quem? — perguntou Odessa, confusa. — A localização do quê?

Mas, quando ela se virou de volta para Hugo Blackwood, ele já tinha desaparecido.

O ALAMBRADO ESTAVA coberto por uma lona. Odessa ouviu a cerca tremer e percebeu que Blackwood pulara para o outro lado. Irritada por ter sido deixada para trás, apoiou-se em um dos suportes de madeira e escalou. No topo da cerca, havia ainda duas fileiras de arame farpado voltadas para a propriedade. Ela se certificou de que o celular estava seguro no bolso antes de saltar para o outro lado. O arame farpado arrancou um pedaço da manga de seu casaco, mas não chegou a atingir a pele.

No chão, ela atravessou um pátio de asfalto batido e se dirigiu à entrada da estrutura, agachada sob a lona que balançava com a brisa. A porta ostentava outra placa de NÃO ULTRAPASSE, mas Odessa encontrou uma grande janela sem vidraça à direita e entrou.

Ela não viu Blackwood e achou melhor não chamar por ele. Desceu uma grande escadaria de pedra, que se bifurcava e depois voltava a ser uma só. No andar de baixo, ligou a lanterna do celular e procurou um novo lance de escada. A Manhattan moderna tinha sido construída sobre os ombros de séculos anteriores. Odessa conhecia bem a divisão geral dos aterros na ilha: três metros abaixo do nível do solo, encontrava-se o cimento derramado na virada para o século XX; mais um ou dois metros abaixo, ficava o século XIX, com paredes de tijolo e cimento, onde era possível encontrar peças de cerâmica e artefatos domésticos; por fim, seis ou até oito metros abaixo do nível da rua, ficava o século XVIII.

Ela desceu todas as escadas que tinha para descer, sem nenhum sinal de Blackwood. Então encontrou um buraco no piso temporário de madeira, com uma escada portátil despontando para fora. Ela desceu depressa, esquadrinhando o ambiente com a lanterna do celular.

— Apague isso.

Era Blackwood, logo abaixo dela. Odessa saltou dos últimos degraus. Estavam em uma passagem com um solo de rocha escarpada.

Blackwood protegia os olhos.

— Preciso ser furtivo. E você está obstruindo a minha visão noturna.

Ela desligou a lanterna e guardou o celular de volta no bolso, caindo no mais completo breu. Odessa dependia de Blackwood, acompanhando-o de perto enquanto esperava sua visão se ajustar. Ele parecia seguir uma espécie de trilha.

— Isso tem a ver com os roubos de túmulos? — perguntou a agente, em voz baixa.

— Cemitérios de escravos são solo sagrado — explicou Blackwood —, como qualquer lugar repleto de dor. Os espíritos inocentes são um depósito de sofrimento profundo, ficam presos no limbo por séculos. Caso sejam invocados e soltos na cidade, podem trazer consigo uma força maligna poderosíssima.

Eles passaram por algumas ferramentas de escavação, e então Blackwood diminuiu o passo, diante de um suporte de pedra. Odessa já tinha recobrado a visão o bastante para conseguir discernir um padrão geométrico entalhado na pedra. Não era uma simples placa indicativa. Era um sigilo.

Blackwood parou, olhou para a frente e murmurou para si mesmo algumas palavras em latim. Odessa imaginou que fosse outro feitiço de proteção. Quando terminou, virou-se para ela.

— Você precisa sair daqui.

— Como assim?

— É melhor que você não me acompanhe.

— Não vim até aqui para você me mandar embora!

— Sua presença aqui não vai ajudar em nada. E pode ser usada contra mim.

— *Contra* você?

Blackwood encarou a escuridão adiante.

— Você vai precisar de ajuda com o Solomon — insistiu ela. — Espere. Você está me mandando embora por causa do que aconteceu com ele?

Blackwood não respondeu.

— Escute! — prosseguiu Odessa. — Eu não sei o que fazer aqui embaixo. Só sei que não podemos deixar o incorpóreo pegar você. Se ele entrar em um ser imortal... Ou em uma pessoa como você, que não dá para ferir, matar ou destruir... poderia ficar à solta para sempre. Além de soltar os outros três incorpóreos no mundo. Você é o hospedeiro ideal para uma coisa dessas.

— É justamente o que estou tentando evitar — disse Blackwood.

— Mas você sabe que isso é uma armadilha.

— Sim.

— Então para que morder a isca? Sozinho, ainda por cima?

— Tem outra presença aqui — declarou Blackwood. — Outro demônio. Que preciso confrontar. Um adversário que já enfrentei muitas vezes.

Odessa estava confusa. Duas entidades?

— Quem? — perguntou ela.

Blackwood ajeitou o terno.

— Minha esposa — respondeu ele, e seguiu pela passagem subterrânea.

Odessa ficou para trás, abalada diante daquela declaração. Blackwood estava certo, ela não tinha muito a oferecer contra um ser de outro mundo, mas seguir sozinho parecia tolice. Ela não sabia o que fazer.

Enquanto tentava se decidir, ouviu uma voz familiar chamá-la:

— Odessa...

* * *

Hugo Blackwood seguiu pela caverna de pedra de teto baixo e virou em uma antecâmara que pressagiava uma cripta mais ampla, mais arejada. Ele ouviu uma voz feminina entoando encantamentos em espanhol, com sotaque caribenho, amplificada pela acústica da antiga cripta. Era hipnotizante. Via-se uma tênue luz violeta entre as partículas de poeira e fuligem centenárias.

Blackwood ouviu também um forte rosnado e uma abocanhada. Sentiu as garras de um animal em seu encalço, mas não sabia dizer de que direção vinham. Imaginou feras colossais. A agitação sonora sugeria a presença de um monstro bem maior do que as dimensões da antecâmara, o que seria impossível.

As criaturas o cercaram. Dois pit bulls ferozes. Seres possuídos, cães terríveis. Blackwood se lembrou da ida à casa da proprietária da loja de artigos religiosos, de quando o ladrão de túmulos contou que seus dois pit bulls haviam fugido.

Lá estavam eles. Blackwood sabia que a dona não estaria muito longe.

Os cães avançaram na direção do homem, prontos para atacar. Eram puro músculo e salivavam, famintos, com as presas à mostra.

Blackwood estendeu o braço com a mão virada para cima e murmurou um feitiço de coerção. Encarou as criaturas nos olhos. Começou a girar a mão, como se virasse um grande botão, e então os cães ganharam uma feição mais mansa. Já não mostravam os dentes, não estavam mais com a pelagem eriçada.

Com os cães travados sob seu feitiço, Blackwood tirou uma ampola do estojo e verteu um pouco de óleo na ponta do dedo do meio. Aproximou-se dos animais com o braço estendido e, com cuidado, esfregou o óleo na cavidade entre as narinas e no lábio superior de cada um.

Bastaram duas ou três fungadas para os cães de guarda tombarem, em um sono profundo.

Blackwood passou pelo meio deles e seguiu a voz. O encantamento estava cada vez mais alto. Deparou-se com uma mulher de túnica e turbante brancos em uma cripta de solo calcário, de onde emanava uma névoa violeta. O vapor frio assumiu a forma dos mortos que estavam enterrados ali havia muito tempo: quarenta pessoas ou mais, homens, mulheres e crianças. Silhuetas etéreas que emanavam um vapor púrpura do cabelo e dos ombros, como o calor de carne cozida, dissipando-se no ar rarefeito.

Sussurrando, Juanita, a conjuradora, deu uma ordem. De seus túmulos desenterrados naquela cripta forrada de limo, os espíritos se viraram e encararam Hugo Blackwood.

Odessa tentou descobrir de onde vinha a voz familiar, temendo ser Solomon.

— Odessa? Querida, sou eu.

Ela viu o pai surgir das sombras, com um sorriso de gratidão no rosto. Vestia um de seus velhos cardigãs por cima de uma camisa social, seu traje usual.

— Pai? — perguntou ela.

Odessa estava perplexa, mas, ao mesmo tempo, a presença do pai naquela catacumba no centro da cidade de Nova York lhe pareceu completamente normal. Na verdade, fez com que se sentisse mais calma.

— De onde você surgiu? — perguntou ela.

Ele parou a poucos passos da filha, com um sorriso hesitante.

— Por que parou de me visitar, querida? — indagou.

Odessa sentiu-se inundada por uma onda de arrependimento e aproveitou a oportunidade para se explicar e se entender com ele.

— Foi demais para mim, pai. Você traiu os seus clientes. Traiu a sua família. *Me* traiu. — Sua voz estava falhando, mas ela continuou. — Logo eu, que fiquei do seu lado, que ajudei na sua defesa. Dei a minha palavra para a cidade inteira. Você passou a perna na gente. Em mim, principalmente. Partiu o meu coração.

— Eu sei — disse o pai, tentando se aproximar mais um pouco. — Sei que parti. Mas você não... você não faz ideia de como eu me senti sozinho na prisão.

— Sinto muito, pai. Eu te amo, mas...

— Você me perdoa, Odessa? — pediu ele, dando outro passo na direção dela, de braços abertos. — Por favor?

Blackwood desenrolou seu estojo de couro e tateou os instrumentos à procura de uma ampola, sem nunca tirar os olhos das figuras enevoadas. Os espíritos avançavam na direção dele, sem mover as pernas, flutuando como ramos de sálvia ao vento. Juanita, a conjuradora, reunira as entidades porque imaginava que ele fosse se defender quando elas o atacassem e se exaurir com o combate.

Mas Blackwood não preparou um contrafeitiço. Ele destampou a ampola de vidro verde e derramou uma quantidade generosa de extrato de pétalas de rosa branca em cada mão. Guardou o frasco e enfiou o estojo no bolso do paletó.

Então, enquanto entoava o feitiço em seu idioma original, a língua enoquiana, Blackwood estendeu os braços e abriu as mãos diante dos espíritos escravos. Pela palma das mãos, um fio de vapor dourado começou a emanar. Em torno de seu corpo, formou-se uma nuvem cor de mel. Os espíritos dos escravos, em posição de ataque, se aproximavam cada vez mais rápido.

O corpo de Blackwood se sacudiu quando recebeu os espíritos atormentados, absorvendo-os. Em vez de lhes conceder a luta que buscavam, tomou para si sua dor fervorosa, o medo, o rancor, a angústia. Assimilou aquela energia, abraçando a agonia com o próprio coração. Sentia o domínio que Juanita tinha sobre os espíritos. Ela os enchia de escuridão. Conduzia-os para o mal.

Blackwood não podia curar os espíritos. Tudo que podia fazer era comungar com eles, falar com suas almas.

Vocês foram explorados a vida toda. Precisam resistir à exploração do mal mais uma vez.

Os olhos de Odessa se encheram de lágrimas. Ela queria perdoar o pai. Sempre quis perdoá-lo.

Mas não podia. Alguns crimes, sobretudo os pessoais, passionais, — são imperdoáveis.

— Pai, eu... Eu não posso.

O semblante dele mudou. A perplexidade deu lugar à decepção... e, então, à raiva.

De repente, não era mais o pai de Odessa que estava ali. Era Earl Solomon. Com as costas da mão, o homem deu um tapa forte e violento em de Odessa, lançando-a para longe e derrubando-a no chão de pedra.

A agente ergueu o rosto, atordoada, com a mandíbula dolorida e o ouvido zunindo. Olhou ao redor em busca do pai e se deu conta do que tinha acontecido. Era como se um véu tivesse sido arrancado.

De camisola de hospital e meias, Earl Solomon corria na direção dela com uma expressão feroz de escárnio e uma força física anormal. Ele deu um salto. Queria pisotear o pescoço dela.

Odessa girou e escapou no último segundo. Solomon caiu em cima dela, golpeando-a nos rins e no torso. No começo, a agente tentou ficar em posição defensiva, mas o corpo possuído de Solomon tinha energia de sobra. Odessa percebeu que, se deixasse, ele a espancaria até a morte.

Ela se debateu e conseguiu se desvencilhar, desconcertada diante da imagem de Earl Solomon, um homem que ela respeitava, uma pessoa querida.

— Por favor, não! — implorou, tentando se afastar.

Mas aquele não era o homem que ela conhecia. Não era Earl Solomon.

O incorpóreo se pôs de pé. Sua agilidade era extraordinária para um corpo idoso. Descontrolado, balançando os braços erguidos, ele foi até ela. Odessa levantou um pouco o corpo. Usou o próprio peso para se esquivar e jogá-lo para longe. O incorpóreo rolou pelo chão de pedra, e parecia que algo tinha sido raspado na superfície.

Odessa chorava. Lágrimas de raiva, lágrimas de desespero.

— Não! — suplicou ela.

Ele se levantou e correu até Odessa mais uma vez.

— Não me obrigue a fazer isso.

Ele deu o bote, e ela não conseguiu desviar. Os corpos colidiram e caíram.

— *Pare!* — berrou Odessa.

Ele não parou. Ela percebeu que não iria parar por nada. Era um cão raivoso, um psicopata e um exterminador em um corpo só. De novo, ele se levantou — e Odessa viu uma pilha de tábuas soltas e uma caixa de ferramentas atrás dele.

O incorpóreo segurou o rosto dela. Enterrou os dedos em suas bochechas, em suas têmporas, tentando cegá-la. Odessa deixou o incorpóreo virá-la de frente, então chutou os joelhos dele, soltou-se e cambaleou para trás, caindo de costas nas tábuas.

Ela tateou o chão em busca de uma arma, sem tirar os olhos da criatura. Alcançou o cabo de um martelo. Ergueu-se de joelhos, ao mesmo tempo que o incorpóreo atacou. Ele chutou o martelo para longe, arrancando-o das mãos dela. Odessa caiu para trás, agarrando-se à caixa de ferramentas enquanto o incorpóreo ia para cima dela mais uma vez. Foi então que a agente encontrou um cabo de madeira.

Os dois se engalfinharam. A criatura mostrou os dentes, querendo arrancar um naco da pele macia da oponente. Feito um cachorro louco, abocanhou. Odessa tentou esganá-lo com o antebraço, sem resultado. Ele a encurralou.

— Que Deus me perdoe — disse Odessa, rangendo os dentes. — Solomon, me perdoe...

Com a mão direita, ela enterrou a sovela na nuca do incorpóreo. Com todas as forças, perfurou a musculatura dele, até chegar ao cérebro.

O incorpóreo esbugalhou os olhos. Sua língua se enrolou e inchou a poucos centímetros do rosto dela. Aos berros, Odessa o empurrou para longe. Ainda no chão, recuou o quanto pôde e ficou vendo a figura se contorcer.

Sentia um misto de tormento e alívio. Rosto, quadril, rins, joelho, tudo doía. Chegou a cair no chão de pedra, zonza por conta do esforço, tentando recuperar o fôlego.

Conseguiu se sentar, então se pôs de pé. Na estranha escuridão da câmara, viu a coisa estirada no chão, sem se mover.

Um vapor emanou da figura em ondas, como um truque de luz e sombra. O odor de solda queimada invadiu as narinas da agente antes que ela conseguisse entender aquele ataque do incorpóreo. Odessa protegeu o rosto com os braços e deu alguns passos para trás, mas foi tomada por um espasmo. Seu corpo ficou rijo e a coluna, arqueada. Sua cabeça foi jogada para trás. Sentiu uma dor excruciante... e então seus músculos pararam de tremer, e ela conseguiu relaxar os membros e a mente.

A angústia dos espíritos dos escravos atormentava o corpo e a alma de Blackwood. Ao abraçar aquelas aflições, em vez de se defender do ataque, ele neutralizara a intenção hostil da conjuradora.

Juanita, a sacerdotisa, a *mayombero*, ficou furiosa. Enquanto lutava para retomar o controle dos espíritos, o ser obscuro que a possuía apareceu. Dela emergiu a figura de túnica branca e cabelo preto de Orleanna Blackwood, uma projeção astral. Na câmara funerária, Hugo Blackwood ficou frente a frente com seu amor degenerado. Orleanna o perfurava com seus ferozes olhos castanhos. Os dois travaram um cabo de guerra pelas almas dos escravos.

Blackwood tinha se deixado envolver pelos fantasmas, e naquele momento seu espírito ganhava força à medida que seu corpo enfraquecia.

Retornem, implorou ele. *Retornem.*

O corpo de Blackwood tremia, enquanto os seres turvos, púrpura, retornavam flutuando à câmara.

A imagem horripilante de sua finada esposa emitiu um berro excruciante.

Deixe que descansem, ordenou Blackwood. *Deixe-os em paz.*

Ela não estava disposta a libertá-los. Confrontou os espíritos numa última tentativa de incitar vingança. Queria a energia daquele sofrimento imemorial para si.

A névoa púrpura voou até ela e a subjugou. Sua camisola branca ficou roxa, depois foi escurecendo até ficar preta. A névoa se tornou mais densa e sufocante à medida que puxava Orleanna para as profundezas do solo envelhecido, até, por fim, se assentar.

Os joelhos de Blackwood cederam, e ele caiu. Ainda que estivesse fraco, observou o último resquício de névoa retornar à terra.

Então recobrou o equilíbrio e se forçou a ficar de pé. Sentia seu corpo como uma colmeia evacuada por milhares de abelhas zangadas. A cripta subterrânea estava em silêncio novamente.

— Meu querido.

Hugo Blackwood congelou ao ouvir aquela voz. Em quatrocentos e cinquenta anos, pouquíssimas coisas conseguiram deixá-lo naquele estado. A voz dela tinha esse poder. Trêmulo, o homem se afastou da cripta e se voltou para a catacumba.

Da escuridão emergiu Orleanna Blackwood. Não como um demônio ou um espírito do mal. Era Orleanna, sua esposa, de pele clara e olhos vivazes, em sua diáfana camisola esvoaçante.

— Orleanna — sussurrou Hugo Blackwood.

— Você me salvou. — Com um sorriso extasiado, ela abriu os braços, pronta para ser recebida pelo marido. — Finalmente, meu amor. Finalmente podemos ficar juntos.

— Meu amor — balbuciou Blackwood.

— Estou aqui — disse ela. — Me envolva em seus braços, e seremos um só novamente.

— Sim, meu amor! Mas antes... Permita-me olhar para você.

Era sua jovem esposa, esbanjando saúde. Estava deslumbrante.

— Permita-me apreciar sua beleza.

Ela virou um pouco o rosto e sorriu. Era o retrato da juventude, da saúde, da felicidade.

— Meu Hugo — disse ela, sem conseguir conter a alegria. — Precisamos um do outro. Me abrace. Não aguento mais esperar.

Orleanna correu até ele. Blackwood abriu os braços para receber seu único e verdadeiro amor, mas, no último instante, justo quando a esposa estava prestes a abraçá-lo, ele a agarrou pelo pescoço delicado.

Apertou com força, esmagando os músculos de sua garganta, fechando a passagem de ar. O rosto de Orleanna se contorceu de dor e espanto.

O olhar de Blackwood oscilava entre um leve desespero e uma ira funesta.

Então a ilusão se desfez, e o rosto de Orleanna se transformou no rosto da agente Odessa Hardwicke.

Por um instante, Blackwood ficou chocado, horrorizado. Esperava ver Earl Solomon.

O incorpóreo aproveitou aquele segundo de distração para se desvencilhar, torcendo o braço de Blackwood e lançando seu corpo contra a parede de pedra.

Blackwood ficou zonzo. A criatura partiu para cima dele com um olhar selvagem. Um demônio. Um incorpóreo.

Correu até Blackwood a uma velocidade desconcertante, agarrou-o e jogou-o para longe com a força de uma *banshee*. Blackwood caiu em uma quina perto dos túmulos. O incorpóreo investiu mais uma vez, balançando os braços e abrindo a boca, mas sem emitir som. Blackwood o golpeou com um chute bem no meio do abdômen. Com a outra perna, arremessou-o para longe.

O britânico se levantou depressa e tirou o estojo de couro do bolso. Desenrolou-o e selecionou um dos instrumentos, uma adaga com uma lâmina curta de aço. Ejetaria o incorpóreo e o manteria ali com um feitiço imobilizante até que a ajuda chegasse.

Vindo de um dos lados, o incorpóreo jogou o corpo contra o de seu oponente. Os dois voaram pela câmara, derrubando o estojo e os instrumentos da mão de Blackwood. O homem caiu de cara nas pedras e se virou bem a tempo de pegar o incorpóreo no ar, antes que o atingisse.

Blackwood segurou o incorpóreo pelo pescoço, a uma distância segura. Com a outra mão, empunhou a adaga.

O incorpóreo tentava acertá-lo no rosto e no peito. Só parou de espernear quando Blackwood apertou seu pescoço com mais força. A criatura viu a lâmina de aço com a ponta virada para baixo assim que Blackwood ergueu a mão.

— Sinto muito, agente Hardwicke.

Blackwood encostou a ponta da lâmina na nuca de Odessa. Estava prestes a matar a vítima desafortunada, mas se deteve. Hesitou e, naquele momento, teve uma visão. Orleanna se manifestou de novo no rosto de Odessa. Mas, Blackwood sentiu que a visão não era obra do incorpóreo.

A visão significava algo para ele.

Contudo, a hesitação cobrou seu preço novamente. O incorpóreo bateu a cabeça de Blackwood contra o piso de pedra e se soltou. Repetiu o golpe, deixando Blackwood desnorteado, e arrancou a adaga de sua mão. A entidade virou a adaga para o próprio pescoço e, com um sorriso alucinado, estava prestes a se cortar.

Blackwood segurou o pulso dela. Sua força era prodigiosa, e Blackwood estava debilitado pelo duelo com a conjuradora. Sua mão tremia. A ponta da lâmina se aproximava do pescoço de Odessa Hardwicke.

Blackwood estava prestes perdê-la.

De repente, um alvoroço irrompeu na cripta, uma movimentação vinda da catacumba, como a lufada de vento de um bater de asas. Alguém tirou o incorpóreo de cima de Blackwood e arrancou a adaga de sua mão.

Era Joaquim, o tatuador e carcereiro dos incorpóreos. Seu golpe fez a entidade girar para longe, mas ela permanecia exaltada e pronta para o ataque.

Então Joaquim contraiu o peito, e sua camisa se rasgou nas costas. Um par de asas se desdobrou. Eram enormes e exibiam uma plumagem colorida que daria inveja à mais rara das borboletas. Aquilo deixou o incorpóreo aturdido, paralisado. Joaquim se lançou contra ele e o agarrou pelo pescoço. Então recolheu as asas. Girou o incorpóreo no ar, segurando-o pela cabeça. Estava prestes a quebrar seu pescoço.

— Não! — gritou Blackwood.

Joaquim olhou para ele, surpreso. Blackwood pegou o estojo de couro que tinha caído e se aproximou do incorpóreo, que se estrebuchava. Encarou a entidade e conseguiu enxergar o olhar de Odessa Hardwicke por trás do esgar feroz.

Joaquim segurou a criatura em um mata leão, mas afrouxou um pouco o braço para que Blackwood pudesse entoar o encantamento com as duas mãos na cabeça do incorpóreo. Os braços de Blackwood tremiam com o esforço. O ser tentava se soltar das garras de Joaquim, e seu corpo convulsionava.

Quando Blackwood afastou as mãos, e a imagem da cabeça do incorpóreo surgiu entre eles, como se Blackwood o estivesse arrancando do corpo. A boca larga da criatura urrava, talvez de dor, talvez por relutância. Blackwood não estava conseguindo extraí-lo por completo. Não iria dar conta de segurar a coisa maldita por muito mais tempo... Até que, como se Odessa Hardwicke o empurrasse para fora de seu corpo, o incorpóreo foi ejetado. Blackwood cambaleou para trás, com o espírito abominável uivando em suas mãos.

Joaquim soltou Odessa, deixando seu corpo se estirar no chão. Ele agarrou o incorpóreo pelo pescoço, tirando-o das mãos de Blackwood. A criatura guinchava e gemia.

O inglês correu até Odessa, ajoelhou-se e afastou o cabelo de seu rosto. A pele dela estava gélida ao toque, mas suas pálpebras começaram a tremular e seus lábios, a se mexer.

A agente estava recobrando os sentidos. Blackwood ajudou Odessa a se sentar. Ela olhou para ele sem dizer nada, tentando entender por que o homem estava tão feliz em vê-la.

— O que aconteceu? — perguntou ela, com a língua rija e gosto de cinzas na boca.

— Você... Você desmaiou — disse Blackwood.

Ela olhou para Joaquim, que segurava um incorpóreo enrugado. A entidade estava de boca aberta, grunhindo.

Então ela lembrou: Earl Solomon. Apertou com força o ombro de Blackwood.

— Solomon — disse ela.

Blackwood a ajudou a sair da catacumba e a conduziu até a câmara menor. Lá estava Solomon, caído, com o cabo bulboso de madeira da sovela despontando da nuca.

Odessa levou as mãos à boca, estarrecida de terror pelo que tinha feito. Blackwood se ajoelhou ao lado de Solomon, observando seu corpo encolhido.

— Afaste o olhar um instante — pediu Blackwood. — Por favor.

Ela obedeceu. Blackwood removeu a sovela e jogou-a num canto. Ajeitou o corpo de Solomon, a camisola hospitalar, esticou os braços dele junto ao corpo, exatamente como fizera com Vernon Jamus no outro cemitério de escravos.

Odessa já tinha se virado de volta, e lágrimas escorriam pelo seu rosto.

Blackwood abriu o estojo.

— Que sua alma descanse.

Ele conduziu uma espécie de ritual funerário, purificando e libertando Solomon para além das eras. Odessa mal prestou atenção no que ele dizia, porque não parava de chorava. Blackwood se levantou com dificuldade, exausto, e Odessa o amparou. Ele guardou os instrumentos de volta no estojo e o enfiou no bolso do casaco.

Ela não acreditava que tinha chegado àquele ponto. Mas enquanto lamentava a morte do homem cujo corpo assassinara, lembrou-se de vê-lo possuído, contorcendo-se até morrer.

Lembrou-se da emanação. Algo tinha se desprendido do corpo dele, exatamente como o que ela vira emanar de Walt Leppo quando ele morreu.

— Espere — disse ela, olhando ao redor. — Como fui parar na cripta?

Blackwood não respondeu.

Algo estava errado.

Joaquim adentrou a câmara, segurando firme o incorpóreo. Parou perto deles e olhou para o corpo de Earl Solomon.

— Preciso levar esse incorpóreo para Providence o quanto antes, por precaução — disse ele. — Vai se juntar aos outros três. Você conseguiu, Hugo.

Blackwood assentiu, cabisbaixo.

— Você chegou na hora certa.

— Bom, foi uma viagem longa de Providence até aqui — disse Joaquim. — Parabéns pelo seu trabalho também, agente Hardwicke.

— Ah, eu não...

Odessa começou a falar, mas não concluiu o pensamento. Joaquim já estava de saída com o incorpóreo. Antes de ele desaparecer nas sombras, a mulher imaginou ter visto um lindo par de asas de anjo dobradas, tatuadas em suas costas largas.

Odessa voltou para a cripta, tentando se lembrar de como tinha chegado lá. Examinou o antigo cemitério. Blackwood seguiu atrás.

— Esta ilha portuária era uma das maiores comunidades escravocratas do começo do século XVIII — explicou ele. — Os escravos africanos e caribenhos representavam um quarto da força de trabalho em Nova York.

— Inacreditável — disse Odessa.

— Se não falarmos dos erros do passado, e não lidarmos de forma honesta com eles, espíritos malignos vão continuar surgindo pela fenda não cicatrizada. Nesse ponto, as cidades não são muito diferentes das pessoas.

Naquele momento, Odessa se recordou da imagem do pai, e mais uma memória veio à tona.

— Quando eu apaguei, tive um sonho. Vi uma mulher.

Blackwood se virou para ela, atento.

— Fale mais.

Odessa se esforçou para lembrar.

— Cabelo preto. Olhos pretos. Usava uma camisola branca...

— E o que mais? — indagou Blackwood, com uma urgência contida.

— Ela queria me ajudar. A acordar. Acho que foi ela... quem me enviou de volta. É muita loucura?

Blackwood não respondeu. Estava imerso em pensamentos.

— Você mencionou a sua esposa — disse Odessa.

Ele despertou de seu devaneio.

— O espírito invasor apareceu para mim com o rosto dela. Ela está presa em um limbo, esperando o meu resgate. Se eu continuar salvando o mundo das forças obscuras, acredito que conseguirei libertá-la.

Então Odessa entendeu. Hugo Blackwood vinha derrotando projeções de sua amada fazia quatro séculos e meio, em uma missão para salvá-la. Era isso que o deixara tão arisco.

Odessa ainda sentia dores inexplicáveis. Além dos cortes e hematomas e da mandíbula sensível, estava sentindo mais alguma coisa. Esfregou a nuca e tateou algo estranho sob o couro cabeludo.

Uma veia saltada. Já estava sumindo, mas ela ligou os pontos...

Um sigilo. A marca dos incorpóreo.

Ela olhou para Blackwood, e ele percebeu que Odessa havia entendido.

A agente deu um pulo para trás e apertou os próprios braços, nervosa, enojada por ter sido habitada por um daqueles demônios repulsivos.

— Meu Deus! Aquela coisa estava dentro de mim?

Blackwood não confirmou nem negou.

— O que eu... O que ele me fez fazer? — indagou Odessa. Ela notou que o terno de Blackwood estava sujo de terra, com um botão faltando. — Eu fui atrás de você?

— Sim — admitiu ele.

— Mas espere... Você não disse que o único jeito de livrar um corpo de uma daquelas coisas era... matando a pessoa? Você me salvou. Mas por quê?

Ela estava muito confusa.

Blackwood a encarou de um jeito estranho, como se ele mesmo não soubesse responder.

— Boa pergunta. Por quê?

No fim das contas, o inquérito do FBI sobre o incidente não seguiu adiante. O Gabinete de Responsabilidade Profissional, unidade de assuntos internos do FBI, decidiu abandonar o caso, baseando-se quase exclusivamente no depoimento da filha sobrevivente da família Peters sobre o transcorrido naquela noite trágica.

Concluiu-se que Walter Leppo tinha sido abatido no exercício da profissão, e sua família recebeu pensão completa com bônus.

Ainda que o testemunho absolvesse Odessa, a audiência disciplinar não chegou a ser realizada, e ela nunca foi oficialmente inocentada. Sua reputação jamais seria restaurada de todo. Devolveram-lhe a arma, mas não permitiram que continuasse fazendo seu trabalho investigativo. No lugar, ofereceram-lhe missões especiais e prometeram um novo cargo no futuro.

Isso fez Odessa se lembrar do arranjo incomum que Earl Solomon manteve com o FBI ao longo de toda a sua carreira. Ela não gostava da ideia e decidiu que se demitiria por livre e espontânea vontade.

Linus a aconselhou a não tomar decisões precipitadas.

— Espera mais uns dias — sugeriu ele. — E então decida o que for melhor para você.

Odessa se sentia grata pelo apoio dele ao longo do processo, mas não conseguia parar de pensar no que a cartomante dissera na loja de artigos religiosos.

Ele é um homem bom e dedicado. Os sentimentos dele por você são genuínos. Você é o amor da vida dele. Mas ele não é o seu.

Alguns dias depois, sozinha em casa, tentando resolver o que faria de sua vida, o sr. Lusk apareceu à porta do apartamento. Odessa ficou surpresa com a alegria repentina que sentiu ao vê-lo.

— É o Blackwood? — perguntou ela, empolgada. — Ele quer me ver?

— Ah, não, srta. Hardwicke! — respondeu o homem, com seu jeito teatral. — Estou aqui para tratar de uma questão legal.

— Que questão legal?

— A propriedade de Earl Solomon. Você foi nomeada executora dele.

O sr. Lusk entregou a ela um calhamaço de papéis preso por um grande clipe preto.

— Mas eu nunca... — Ela folheou as primeiras páginas. — Nunca concordei com isso.

— Convenhamos, o acordo não é de todo ruim. Você é a única beneficiária do patrimônio dele.

Ele entregou um segundo calhamaço a ela. Odessa estava em choque.

— A propriedade dele? — indagou. Ela pulou para as últimas páginas do testamento, assinadas pela mão trêmula de Solomon, poucos dias antes. O homem cuja vida ela mesma tinha tirado. — Não posso aceitar isso.

— Garanto a você que está tudo certo.

— Então a casa dele... Eu tenho uma casa agora?

— Assim que eu cuidar dos autos do inventário... Mas deve ser coisa rápida. Boa sorte, srta. Hardwicke.

O sr. Lusk se despediu e seguiu pelo corredor.

— Espere! — gritou ela, segurando a porta com o pé. — Mas e Hugo Blackwood?

O sr. Lusk parecia confuso.

— O que tem ele?
— Ah... Nada, acho. Mande lembranças por mim.
— Pode deixar. Se por acaso eu vê-lo de novo, darei o recado.

E, com um sorriso no rosto, ele desapareceu.

Odessa entrou na casa de Earl Solomon, em Camden, Nova Jersey. Ficou parada à porta, em silêncio, pensando no agente, um homem que ela mal chegou a conhecer, mas que, ao mesmo tempo, sentia conhecer tão bem. Ainda havia tanta coisa que ela não compreendia.

Depois de uma rápida inspeção, saiu para pegar a correspondência. Panfletos, circulares e boletos dos quais ela precisaria cuidar o quanto antes. E um pacote quadrado embrulhado em papel e amarrado com um barbante — destinado a Earl Solomon, sem remetente.

Ela entrou em casa às pressas e rasgou o embrulho. Dentro dele, encontravam-se quatro rolos de fita etiquetados: NOVA JERSEY 2019 / INCORPÓREOS.

Odessa empurrou os fundos do armário da despensa e acessou a sala secreta. Carregou as caixas até as estantes de fitas e colocou-as em uma nova prateleira, vazia.

Então foi à primeira estante e pegou a gravação que iniciava a sequência: #1001 / MISSISSIPPI 1962 / VERNON JAMUS.

Odessa enrolou a fita no gravador que ficava em cima da mesa e colocou o velho e aconchegante fone de ouvido. Ajeitou-se na ampla poltrona de couro e apertou o play. No início, só ouviu sibilos e estalos, mas depois a voz ronronante de Hugo Blackwood começou a falar.

EPÍLOGO: A CAIXA

Wall Street é um labirinto. São cânions de aço e vidro tapando o sol e o céu. A noite parece cair mais cedo ali do que em qualquer outro lugar de Manhattan.

Mesmo nesse breu, o misterioso homem de sobretudo parecia caminhar apenas à sombra. Não precisava fazer o menor esforço ou traçar rota alguma — as sombras simplesmente se juntavam a seu redor, em seu encalço. E assim ele as carregava consigo enquanto pairava sobre a singela caixa de correio.

As poucas pessoas que passavam por ali o evitavam, não por medo, não por saberem quem ele era, mas obedecendo a um instinto firmado na parte mais primitiva do cérebro. Talvez, em suas efêmeras observações, percebessem que ele próprio não tinha sombra.

O homem misterioso se aproximou da caixa de correio e estendeu a mão muito pálida — quase inconcebível de tão pálida. Depositou um envelope improvisado, lacrado com cera, endereçado a Hugo Blackwood e estampado com o radiante olho da providência, o olho que tudo vê.

A carta tinha demorado centenas de anos para chegar a seu destino, e, com ela, anunciou-se O Fim.

intrinseca.com.br

@intrinseca

editoraintrinseca

@intrinseca

1ª edição	JANEIRO DE 2021
impressão	LIS GRÁFICA
papel de miolo	PÓLEN SOFT 80g/m²
papel de capa	CARTÃO SUPREMO ALTA ALVURA 250g/m²
tipografia	COCHIN